i Robinson / Letture

Silvia Ballestra

La Sibilla

Vita di Joyce Lussu

Editori Laterza

www.laterza.it

Prima edizione ottobre 2022

Edizione
7 8 9 10 11 12
Anno
2023 2024 2025 2026 2027 2028

Questo libro è stampato
su carta amica delle foreste

Stampato da
Petruzzi - Città di Castello (PG)
per conto della
Gius. Laterza & Figli Spa
ISBN 978-88-581-4753-5

«Come al solito», rispose la Sibilla, «ho cominciato pescando nella mia memoria. La memoria dei nonni è importante per i bambini, dà loro la dimensione della fluidità del tempo, del continuo scontro-incontro tra passato e futuro. Il passato è l'assuefazione a modelli costruiti in precedenza, il futuro la trasgressione critica per migliorarli e superarli».

Joyce Lussu, *Il libro delle streghe*

La Sibilla

Vita di Joyce Lussu

Introduzione

Da un finestrino appannato di un piccolo treno regionale marchigiano che una sera d'inverno da Porto San Giorgio mi porta a casa, una manciata di chilometri più giù, guardo il cielo notturno. La linea adriatica corre lungo il mare aperto, ora calmo, bellissimo, anche se in quel periodo lo spettacolo è sopra, nello spazio profondo. Sono i mesi della grande stella che passa a chiudere un secolo denso e complicato. A voler essere definitivi, chiude un intero millennio. La stella si mostra ogni sera in tutto il suo splendore, nitida e dinamica, è la cometa più luminosa che si sia mai vista.

È il 1997 e vivo a Milano da un po', dopo un periodo passato a Bologna dove mi sono trasferita per l'università. Le volte che torno nelle Marche, invece di rivedere i vecchi amici ormai persi per strada, prendo questi vecchi treni regionali e corro da Joyce Lussu, o arrivo fino ad Ancona dove mi aspetta il nostro comune editore e amico Massimo Canalini della Transeuropa.

I miei ritorni quegli anni nelle Marche sono principalmente per lavoro e per studio. Laggiù, in una bella casa di campagna tra Porto San Giorgio e Fermo che si chiama San Tommaso, località Paludi, vive una donna formidabile, saggia e generosa, ricchissima di pensieri, intuizioni, toni, bellezza, forza, argomenti, intelligenza. La mia Joyce, la mia sibilla.

Quando la incontro la prima volta è il novembre del 1991, un mese dopo l'uscita del mio primo libro. Lei ha settantanove anni, io ventuno. È nata nel 1912, come mia nonna Fernanda, e io di fama la conosco da sempre. Da quando la maestra alle elementari ci leggeva la sua poesia *Scarpette rosse*, che avevamo stampata nel sussidiario accanto a poesie di Brecht, Tagore, Neruda, e i miei compagni scoppiavano a piangere, perché è una poesia che fa piangere. Il suo nome mi è noto da sempre perché in casa si parlava di Joyce come della sorella di Gladys, per via di parenti comuni.

Mi ha mandato a chiamare lei ma sono anni che desidero conoscerla. Lei non sa che io l'ho già sentita al telefono. Infatti Canalini in casa editrice ad Ancona, rispondendo alle chiamate, aveva questo dannato vizio di mettere le persone in vivavoce per lasciarsi le mani libere di continuare a trafficare con bozze e floppy disk (era ancora l'epoca dei dischetti, dei nastri registrati e dei manoscritti). Avevo dunque avuto modo di assistere, spettatrice silenziosa, a una tremenda scenata di Joyce contro di lui che non si decideva a ripubblicare l'introvabile *Portrait*. Alquanto seccata, la scrittrice riversava via telefono accuse, insulti, reprimende severe e giuste su quei giovani editori anconetani che avevano costruito la loro iniziale fortuna proprio grazie ai suoi libri. Canalini taceva, incassava, annuiva, le dava ragione. Però non ristampava.

«Ma perché cavolo non ristampi, pure tu», gli dicevo. «È un libro bellissimo».

Me ne aveva data una copia e lo avevo divorato. Avevo preso anche *Il libro delle streghe*, *Alba rossa* che conteneva *Fronti e frontiere*, e poi il libro della nonna di Joyce, *La nostra casa sull'Adriatico*, e *Le inglesi in Italia*, un albo di grandi dimensioni sulla storia della famiglia (e del territorio). Tutti editi da Transeuropa/Il lavoro editoriale a partire dagli anni Ottanta.

Portrait è stata la prima autobiografia di Joyce. Nella sua edizione anconetana contiene «116 foto rare, mai pubblicate». Penso che molti dei problemi che ostacolavano un'eventuale ristampa fossero legati al costo della riproduzione delle foto. Almeno credo, perché della piccola editoria, e di quella marchigiana in particolare, ci sarebbe molto da dire (e si dirà: molti dei libri di Joyce sono usciti, per sua scelta, da piccoli editori, indipendenti e di cultura).

Comunque, conservo gelosamente quella copia introvabile con le sue foto straordinarie. Tante Joyce, dall'infanzia alla vecchiaia, in vari contesti. Una piccola Joyce a Firenze coperta solo di meravigliosi capelli lunghissimi, alla moda vittoriana delle foto inglesi di Lewis Carroll. Joyce con i fratelli, Max e Gladys. Una Joyce signorina vestita da amazzone con maestosi cavalli, nelle Marche, a casa del nonno. Una Joyce studentessa di filosofia nella Heidelberg degli anni Trenta. Poi una ragazza in Africa, approdata lì in cerca di lavoro con un fascicolo già aperto a suo nome nel Casellario politico centrale della polizia fascista. Una foto con Benedetto Croce, amico e primo curatore delle sue poesie. Quindi, una serie di scatti di Joyce ripresa dietro a un microfono, in piazze o in case della cultura, trasmissioni televisive (però all'estero, rare le sue apparizioni in televisione in Italia), in sedi o a congressi di partito, riunioni di partigiani, di intellettuali mondiali per la pace, di scrittori. Il momento in cui un generale appunta la medaglia d'argento al valor militare sull'abito che so essere rosso di una Joyce sorridente in occhiali da sole. Joyce con Emilio, Joyce con il figlio Giovanni. Joyce in Sardegna, poi in marcia con i guerriglieri del Curdistan, della Guinea-Bissau. Joyce con Nazim Hikmet, penna in mano e fogli ben distesi. Joyce su una sdraio con un bel nipotino, roseo e attento, seduto sulle ginocchia. Entrambi guardano nell'obiettivo, sorridenti e fiduciosi. Aspettano il futuro, sereni.

È per un libro di foto che Joyce mi ha mandato a chiamare. Si intitolerà *Streghe a fuoco*, parlerà di donne, e sarà composto collettivamente, con una serie di testi di donne scelte da Joyce e relative fotografie fatte da Raffaello Scatasta, fotografo di Fermo che vive a Bologna da sempre (scoprirò con sorpresa, subito, che abita praticamente oltre il muro della casa in cui mi sono trasferita da due mesi, in una traversa di Strada Maggiore, lui al 3 io al 5, e che le nostre finestre sono adiacenti: roba da streghe, davvero).

Arrivo, dunque, a casa di Joyce per la prima volta una sera di novembre del 1991. È buio e sono anni che non vado in visita da qualcuno che abita in campagna, ma è una situazione che mi è molto familiare e mi porta indietro alla mia infanzia, a cose che mi sono note: una luce accesa su un portoncino di legno di una grande villa padronale, con attorno la notte che avvolge i campi fino al fiume, i rumori e gli odori dei fossi, l'umido autunnale, la pioggia sulle foglie del giardino. È la prima volta che vedo casa di Joyce (e di Gladys e di Max, insomma dei Salvadori), ma tutto quello che c'è fuori lo conosco bene: è la campagna marchigiana disegnata dalla mezzadria, è la provincia picena in cui pure io sono nata, è una delle vallate che corrono tra l'Adriatico e i Sibillini.

Gladys ha disegnato un albero genealogico che, a casa dei miei, è sistemato su un leggio di peltro brunito. Quando eravamo piccole, noi figlie lo ammiravamo intimorite, fiorito com'era di ghirigori e nomi scritti in caratteri con le grazie, su pergamena, con in cima un'intestazione latina: *Ciccus Gratianus*, che sarebbe il capostipite della famiglia materna di mio padre. Noi bambine cantavamo quei nomi solennemente, per poi ridere, avvolte in lenzuola che dovevano fungere da mantelli, perché eravamo attratte dagli svolazzi e dal latino e dai nomi di quegli sconosciuti che, in qualche modo a noi oscuro e lontano, ci avevano preceduto.

Le famiglie Graziani e Salvadori si erano incontrate a metà dell'Ottocento e questa lontana parentela era testimoniata dalla presenza, in entrambe, di echi di nomi inglesi: mio padre aveva infatti un cugino di nome John, anche se tutti lo chiamavano Gione (così come Joyce veniva chiamata dai contadini anche Iole, Gioice, Giove: la storia dei nomi di Joyce/Gioconda comincia subito). C'era un legame tra le due famiglie, dunque, che risaliva alla «tribù anglo-marchigiana» (definizione di Joyce) nata con l'arrivo nelle Marche di un gruppo di signorine inglesi, e se nella nostra parte di british rimaneva ben poco, nel ramo Salvadori quelle *ladies* avevano lasciato un imprinting preciso: il loro pensiero cosmopolita, libertario e femminista aveva prevalso sull'immobilismo marchigiano della parte maschile della genealogia.

Non parlerei di tutto questo se, a un certo punto, non diventasse importante, per Joyce, risalire all'indietro, ad ascendenze che spiegano l'amalgama culturale e 'antropologico' di un posto, di una famiglia, di una storia. Succederà dopo un po' nel suo percorso, dopo che si sarà messa sulle carte a fare la storia da una prospettiva un po' diversa, originale come è originale tutta la sua opera. Perché Joyce la storia l'ha fatta di persona, da protagonista, ma anche da studiosa.

La storia è anche dentro casa di Joyce, in quella casa in cui entro per la prima volta e che colpisce molto chiunque l'abbia visitata. Intanto, a quell'epoca, c'è dentro Joyce. Avvolta in un elegante e caldo scialle colorato, mi accoglie con un gran sorriso, contornata da amiche che chiacchierano, ridono, fumano (e mi squadrano: ovvio, sono quella che, giovanissima, ha appena pubblicato un libro). Mi parla subito del suo progetto di libro sulle streghe, mi fa dono di un libro di Mimmo Franzinelli sui cappellani militari che devo leggere assolutamente, mi dice, e uno su padre Agostino Gemelli e i suoi legami col fascismo.

Dopo quel giorno, tornerò tutte le volte che posso.

Non c'è solo quel libro iniziale, collettivo e fotografico, a tenere insieme i nostri discorsi. Ce ne sarà un altro, anni dopo, frutto di decine di incontri con lei fissati su nastro. Ore e ore di registrazioni che realizzo nel corso di mesi, di anni, andando a trovarla per parlare della sua vita, dei suoi pensieri, della sua storia, per raccogliere la sua lezione. Non uso a caso questa parola: per anni Joyce ha girato per le scuole parlando ai più giovani, facendo storia tra i banchi, confrontandosi con studenti e studentesse di ogni età e anche con i loro insegnanti, cercando di rispondere a domande semplici e per questo fondamentali. Per esempio: che vuol dire 'civiltà'? Come nasce la violenza nella società? Com'è stato possibile che una minoranza si sia impossessata delle ricchezze a scapito di una maggioranza sfruttata e sottomessa? Che cos'è la pace? Come mai le donne sono state perseguitate per secoli? E ancora, cosa significa combattere nella resistenza per un'antimilitarista?

Vado da lei a porre a mia volta delle domande, come secoli fa pellegrini e viandanti salivano sui Sibillini, fino alla grotta della signora che, narra la leggenda, circondata dalle sue fate tesseva i fili di passato, presente e futuro, e di cui la stessa Joyce ci ha lasciato un'interpretazione nuova e molto affascinante. D'accordo, non proprio, non le ho mai detto: «Cara Joyce, tu sei una sibilla: sei tu la nostra sibilla»; tuttavia, molte persone la chiamavano in questo modo e capitava spesso, quando veniva invitata in giro per l'Italia, che venisse presentata così in pubblico. Naturalmente ne rideva, di questa storia della sibilla che le attribuivano.

Anche dopo la sua morte, molti sono stati gli interventi, incontri, approfondimenti in cui si è usata questa dicitura per definirla. C'è un titolo che ricorre spesso, in articoli di giornale o nei convegni sulla sua figura: *Joyce Lussu, sibilla del Novecento.* Anche il Novecento è stato usato spesso per parlare di lei, perché lei *è stata* il Novecento. È stata un tempo, un intero secolo, ed è stata un mondo.

Quando mi capita di doverla definire, raccontare a chi non la conosce, a volte snocciolo un elenco: partigiana, poetessa, scrittrice, traduttrice, storica, politica, combattente, medaglia d'argento per la lotta di liberazione, compagna di Emilio Lussu, intellettuale, agitatrice culturale, saggista... A volte cambio l'ordine, di alcune definizioni so che avrebbe da ridire (per esempio su «intellettuale», e probabilmente pure su «agitatrice culturale»), quasi sempre mi sembra che nessuna di queste etichette riesca a dar conto della sua grandezza, neanche se messe – appunto – tutte assieme.

E allora forse *sibilla* è una figura che sono autorizzata a usare, adesso, anche io, per dire di Joyce.

E sono di nuovo su quel treno di tanti anni fa, che corre lungo il mare nella notte, sotto la cometa, continuando a pensare a Joyce, a Emilio, alla loro vita luminosa.

1

Già durante quei viaggi di ritorno da casa di Joyce, anche se l'avevo lasciata da pochi minuti, mi capitava di pensare a Joyce ed Emilio insieme e di provare una sorta di 'mancanza'. Gli incontri con Joyce erano impegnativi, nel senso che sollecitavano molte questioni e costituivano una sorta di richiamo a studiare, lavorare, approfondire. Ed erano straordinariamente intensi perché, per una lettrice e per una persona alle prese con la scrittura com'ero, c'era davvero moltissimo per riflettere e di cui fare tesoro. Faceva un certo effetto sapere che certe storie che sembravano pura fiction, le storie che leggevo nei suoi libri e che la riguardavano, erano invece avvenute davvero e che i protagonisti erano esistiti e si erano comportati in maniera così *magnifica*. Una di quei protagonisti la conoscevo, ce l'avevo avuta davanti fino a un attimo prima, e magari in quel momento stava mangiando un gelato al marron glacé con l'amica con cui mi aveva accompagnato alla stazione di Porto San Giorgio. Io, invece, stavo tornando a casa col mio bottino di cassette registrate, stordita da tutti gli argomenti venuti fuori e discussi sempre col taglio alla Joyce, brillante e vivace, inaspettato, mirato, scomodo, ed ecco che nella solitudine un po' appannata del treno cominciavo a pensare a Joyce ed Emilio giovani, insomma trentenni, o almeno adulti (lei giovane adulta, all'epoca del loro incontro, lui uomo maturo, dato che aveva ventidue anni di più, ma insomma non anziani), ed era facile per me pensarli come 'amici' reali, umani, pieni di spessore e sostanza.

Mi dispiaceva non averli potuti conoscere in coppia, particolarmente perché in quella fase della mia vita – e dello 'studio' della scrittrice Joyce – sentivo di dovermi concentrare soprattutto sulle vicende della resistenza che li avevano visti protagonisti coraggiosi e bellissimi. Intanto avrei voluto ringraziarli per i rischi che si erano presi. Poi non avrei mai smesso di chiedere storie su quel periodo. Un po' perché appartengo alla generazione dei nipoti che da piccoli si facevano raccontare dai nonni le storie di guerra, essendo i genitori concentrati a fare altro e non avendo per motivi anagrafici troppi ricordi su quel periodo, un po' perché ho sempre considerato la seconda guerra mondiale un punto decisivo e fondamentale per capire tutto quello che era arrivato dopo. E a scuola, naturalmente, non ci si arrivava mai, col programma. O meglio, alle scuole elementari avevo avuto una maestra molto sensibile all'argomento (era stata vittima delle leggi razziali del '38) e le avevo frequentate in un periodo in cui in classe si parlava molto della pace e si leggevano appunto le poesie di Joyce Lussu, però poi alle superiori, quando si sarebbe dovuta approfondire e analizzare la storia del Novecento, tutto veniva travolto dalla fretta della maturità incombente, delle ultime interrogazioni ecc. ecc., insomma tutti i problemi che ci sono – incredibilmente – ancora oggi. Così a quell'epoca stavo cercando di recuperare i pezzi che mi mancavano e, allo stesso tempo, avevo avuto questa fortuna pazzesca di trovarmi Joyce, storica e scrittrice, a portata di mano, disponibile a raccontare e condividere.

Pensavo spesso a Joyce ed Emilio, alle loro storie. Le avevo lette, le avevo ascoltate. Erano storie straordinarie. Il loro incontro, la loro storia insieme non smetteva di stupirmi.

Ed è da lì che partirò.

Chi è, dunque, Joyce quando, a ventun anni, incontra per la prima volta Emilio Lussu a Ginevra?

È la figlia di due persone che il capitano sardo conosce già, una ragazza in esilio da tempo insieme alla sua famiglia. Alta, bionda, occhi azzurri, portamento aristocratico, Gioconda Salvadori (così all'anagrafe: Beatrice Gioconda Salvadori, ma per tutti Joyce) è una donna di bellezza eccezionale, con un notevole fascino che le arriva da nascita e formazione. Determinata, pragmatica, colta, ha una coscienza politica molto forte. E poi, scrive poesie.

Pur essendo giovane, ha già viaggiato molto, per scelta e per necessità. Appena può si sposta tra la Svizzera, dove ha seguito i genitori fuoriusciti, e l'Italia, dove torna a casa dei nonni marchigiani; è stata un semestre in Africa per lavoro; ha soggiornato un paio di anni in Germania per studio.

Nata a Firenze l'8 maggio del 1912, terza dopo Gladys (Perugia, 1906) e Max (Londra, 1908), Joyce è in fuga dal '24. Ha dodici anni, infatti, quando nella sua vita di ragazzina accade un evento cruciale, un atto di grave violenza che condizionerà la storia della sua famiglia: il pestaggio subito dal padre, uscito vivo solo per un caso dall'assalto di una squadraccia fascista.

Suo padre, Guglielmo Salvadori, filosofo positivista-evoluzionista, professore di Sociologia (uno dei primi laureati in Italia in Scienze sociali, con seconda laurea in Filosofia presa a Lipsia), è il traduttore dell'opera del filosofo Herbert Spencer, uscita per l'editore Bocca. A Firenze ha una libera docenza che esercita a titolo gratuito. Scrive su riviste e giornali, collabora con il «New Statesman» e la «Westminster Gazette», mentre sua moglie è corrispondente del «Manchester Guardian» per il quale scrive diverse critiche al regime. Sono, per questo, due intellettuali nel mirino.

Entrambi appartengono a nobili famiglie marchigiane di proprietari terrieri del fermano, ma Willy (così viene chiamato in casa Guglielmo) ha rotto i rapporti col padre a causa di divergenze politiche. Né lui né la moglie condividono il conservatorismo retrogrado delle ricche famiglie d'origine. Il padre di Guglielmo, il conte Salvadori Paleotti, è uno degli agrari che hanno organizzato i primi fasci nelle campagne picene e Willy, che ha studiato, è un laico repubblicano con tendenze liberali – meglio dire *liberal*, all'inglese, per intendersi – e simpatizza con i socialisti (a Porto San Giorgio si è iscritto alla Società operaia), non può tollerarlo. La moglie Cynthia (all'anagrafe Giacinta Galletti di Cadilhac, ma chiamata anche lei all'inglese), che lo ha accompagnato a Lipsia appena sposati per togliersi anche lei da quell'ambiente, la pensa come lui. Come molte donne della sua generazione, non ha frequentato scuole pubbliche e a differenza dei fratelli maschi non è andata in collegio per non rinunciare alla vita in campagna e al suo amore per piante e animali, però parla quattro lingue, soggiorna spesso a Roma con la famiglia per motivi di lavoro del padre deputato, ha studiato disegno a Napoli prendendo lezioni dal pittore Flavio Gioja, è stata un anno a Madras (dove suo fratello Arthur si è trasferito dopo aver studiato al Trinity College di Oxford diventando funzionario britannico in India), è convinta antimilitarista e neutralista. Proviene da una famiglia in cui l'innesto inglese da parte femminile ha lasciato una robusta base di impegno, orgoglio, indipendenza e sensibilità libertaria soprattutto nelle donne, già 'emancipate' da qualche generazione e in contrasto con i loro mariti (parlando, in un racconto, di una parente d'inizio Ottocento che si era salvata da un'aggressione grazie al suo atteggiamento, Joyce accenna a «spalle erette e sguardo gelido e diretto, secondo le regole del *Collier's pluck*, la grinta di famiglia»). Suo padre, ex ufficiale garibaldino originario di Roma, è stato sindaco di Torre San Patrizio e per cinque volte deputato liberale del collegio di Montegiorgio ma è un uomo che si comporta in modo arrogante, «una specie di Don Rodrigo locale» dice Joyce, un feudatario vecchio stampo che gira per i suoi possedimenti, e per le piazze dei paesi dove fa campagna elettorale, con la carrozza equipaggiata di campieri armati di fucile. La figlia preferisce guardare alla madre scrittrice (che a un certo punto si separa dal marito e se ne torna in Inghilterra), ai cugini inglesi che sono molto attivi nel movimento pacifista e anticolonialista sorto attorno a Bertrand Russell. Parla tranquillamente di rivoluzione: «diceva che l'avremmo dovuta fare nel 1914, per impedire la guerra», scrive Joyce della madre, ricordando certi pranzi a villa Marina, la casa dei nonni Salvadori, dove tornano d'estate «facendo inorridire il parentado» con le loro uscite sovversive (e certe poesie provocatorie scritte dalla piccola Joyce fatte trovare a tavola alla famiglia riunita, infilate per scherzo tra i tovaglioli delle zie).

Orgogliosamente e coerentemente con la scelta di rompere con la loro classe sociale d'origine, Willy e Cynthia hanno rinunciato al sostegno economico dei padri possidenti ma non avendo una vera formazione professionale, e con tre figli da crescere, si sono arrangiati tra lezioni, traduzioni e corrispondenze per giornali inglesi.

In quegli anni scelte del genere – esporsi politicamente, contrastare la propaganda – si pagano care, ed essere prelevati a casa da una squadra di otto fascisti armati fino ai denti per andare a 'discutere di stampa libera' alla sede del fascio, dopo esser stati segnalati da una gentildonna della colonia anglo-fiorentina per due pezzi usciti sui giornali inglesi, significa una cosa sola: botte, minacce, torture.

Sono anni molto violenti a Firenze. La città è percorsa da bande di fascisti terribili, duri e fanatici, riuniti in squadracce dai nomi paurosi. Una su tutti, 'La Disperata', al cui soccorso arriva ogni tanto 'La Disperatissima', composta da squadristi di Perugia che si muovono anche fuori regione spingendosi a fare incursioni fin nelle Marche. Gentaccia pronta a usare bastone e olio di ricino senza alcuno scrupolo, teppisti, criminali come Amerigo Dumini, il capo degli squadristi che un paio di mesi dopo sequestrano e uccidono Matteotti (e che, ricorda Lussu ne *La marcia su Roma*, era solito presentarsi dicendo «Amerigo Dumini, nove omicidi»).

Il professor Salvadori, per non mettere in pericolo la famiglia, obbedisce alla convocazione senza fare storie e va a piazza Mentana. Entra nel covo alle diciotto del primo aprile e ne esce a tarda sera, coperto di sangue e barcollante. Max, all'epoca sedicenne, che gli è andato appresso perché aveva delle lettere da impostare alla stazione e l'ha aspettato fuori, ha sentito tre brutti ceffi che ciondolano per la piazzetta dire alcune frasi inquietanti.

«Occorre finirlo».
«Già, ma chi l'ha comandato?»
«L'ordine viene da Roma».

In quel momento Willy esce dal palazzo circondato da una dozzina di fascisti esagitati che brandiscono bastoni. Il padre, ammutolito, è coperto di sangue, e quando Max gli si fa incontro per sostenerlo e aiutarlo riceve la sua razione di botte: i picchiatori non hanno finito, la squadraccia li segue fin sul ponte Santa Trinita, vogliono buttare padre e figlio al fiume. I due si salvano solo grazie a una pattuglia di carabinieri che passa di lì per caso, e quando infine arrivano a casa a mezzanotte, malconci e umiliati, sebbene Cynthia mantenga calma e lucidità e Willy cerchi di minimizzare, lo shock è forte per tutti loro. Scrive Joyce in *Portrait*:

Tornarono tardi, e la scena è ancora nei miei occhi. Noi due donne (mia madre e io, mia sorella era in Svizzera), affacciate alla ringhiera del secondo piano, sulla scala a spirale da cui si vedeva l'atrio dell'entrata; e loro due che dall'atrio salivano i primi gradini, il viso rivolto in alto, verso di noi.

Il viso di mio padre era irriconoscibile; sembrava allargato e appiattito, e in mezzo al sangue che gocciolava ancora sotto i capelli, si vedevano i tagli asimmetrici fatti con la punta dei pugnali: tre sulla fronte, due sulle guance, uno sul mento. Mio fratello aveva il viso tutto gonfio e un occhio che pareva una melanzana. «Non è niente, non è niente», diceva mio padre, cercando di sorridere con le labbra tumefatte. Capii in quel momento quanto ci volesse bene.

In quella sera drammatica che costituisce uno spartiacque nella storia della loro famiglia, Joyce fa tesoro dell'esempio dato dai genitori e dal fratello. Il padre che coraggiosamente cerca di sminuire la portata della violenza e il fratello che lo sostiene forniscono alla Joyce dodicenne «solidità, in quanto alle scelte da fare. Servì a pormi di fronte a ciò che è barbarie e a ciò che invece è civiltà».

La scelta è chiara. Insieme alla pena per quello che è successo ai suoi cari, nella giovanissima Joyce, quella sera di primavera, si impone repentina una reazione, un'intuizione:

Ma un altro pensiero mi traversò il cervello come una freccia.
Noi donne eravamo rimaste a casa, in relativa sicurezza; mentre

i due uomini della famiglia avevano dovuto buttarsi allo sbaraglio, affrontare i pericoli esterni, la brutalità di una lotta senza quartiere. E giurai a me stessa che mai avrei usato i tradizionali privilegi femminili: se rissa aveva da esserci, nella rissa ci sarei stata anch'io.

Questa promessa di Joyce, la sua risoluzione, scandita in quell'enunciato finale breve come una sentenza e con la scelta di una parola forte come «rissa», mi è sempre sembrata molto potente. Una di quelle decisioni prese in un'età precisa e a cui attenersi, fedelmente, per tutta la vita. Un fondamento ineludibile, un 'cosa voglio fare da grande, chi voglio essere'. Un centro, un asse, la definizione della propria, fortissima, personalità, ciò che intendiamo con carattere, e in questo caso anche con tempra, che ci arriva da formazione e circostanze, ma soprattutto da nostre scelte.

Sembra una formulazione semplice, cristallina, ma dietro c'è una scelta etica esistenziale molto impegnativa. Joyce racconta quella scelta sempre con grande linearità, senza mai lamentarsene, anzi rivendicandola come una cosa naturale, il da farsi in quel momento. Ma non è affatto una cosa ovvia, anzi. Né ovvia né facile.

I giovani Salvadori stanno già pagando un prezzo alto per le loro scelte. Max è stato pestato a scuola, da un gruppo di compagni del ginnasio, un anno prima. E adesso la violenza contro il padre con annuncio di «sentenza di morte», la fuga, l'esilio.

Guglielmo darà poi mandato al suo avvocato di avviare un procedimento legale contro gli aggressori, ma la macchina della violenza continuerà ad agire indisturbata: avvocato minacciato, studio del successore sfasciato, intimidazione testimoni, insabbiamento procedura, impunità per gli aggressori. Tutto questo viene raccontato da Salvadori in un articolo di due pagine comparso sul quindicinale parigino «Il becco giallo» (*I fasti del duce e del fascismo*, 1928) e da Gaetano Salvemini in *The Fascist Dictatorship in Italy* (pubblicato a New York nel '27) per spiegare come il potere fascista si fondi su violenza, asservimento delle istituzioni e autoritarismo. A quell'epoca, all'estero, si pensa ancora che si tratti di un momento transitorio e che il regime sia tutto sommato rispettabile: molte cancellerie provano simpatia per Mussolini, non avendo ancora chiara la portata del fenomeno (Churchill, all'inizio, aveva definito Mussolini «un leader ammirevole»). Serviranno i racconti dei fuggiaschi per far uscire voci e testimonianze da un'Italia completamente bloccata dalla censura.

Ai figli Salvadori il rientro in Italia è consentito ma ogni volta devono chiedere permessi e passaporti, perché per il momento il loro paese li considera nemici, il sistema li ha rigettati come oppositori 'per nascita'. Tutto ciò comporta un senso di sradicamento, conferma la precarietà, la disparità di diritti: fanno una vita da emarginati, da esclusi, da respinti.

Rileggendo alcune dichiarazioni di Joyce, che si trovano magari in piccole prefazioni a suoi libri meno noti, in un paio di occasioni il peso di quella condizione si scorge in filigrana. È la condizione dei perseguitati, in questo caso per motivi politici, per i loro ideali, e la persecuzione non è indolore. Scrive, riflettendo sulla sua storia, in una introduzione a un libro sui suoi avi: «Non ho nostalgia per l'infanzia e la gioventù, che rappresentano per me epoche di immaturità, d'insufficiente autonomia e perciò di frustrazioni; sto molto meglio ora, con una maggiore padronanza di me e delle cose».

A cosa si riferisce? A un errore di gioventù che vedremo più avanti (un matrimonio finito male), ma anche alla sua situazione generale, credo. Alla condizione che il regime ha ritagliato per lei senza che, troppo piccola, potesse ancora opporvisi fino in fondo come avrebbe fatto dopo.

E probabilmente Joyce sta pensando a una fase della vita problematica per molti, sempre (l'adolescenza, l'incompiutezza dei primi anni da giovani adulti), ma sorprende scoprire che la magnifica oratrice, la donna capace di affascinare intere piazze, che non esita a salire su un palco per discutere e rispondere alle domande di chiunque e che in privato non si sottrae a confronti anche duri e memorabili lasciando gli interlocutori strapazzati e ammutoliti, fino a una certa età sia stata molto timida. Ed è lei stessa a raccontarlo: «Il fatto di non essere mai andata a scuola mi aveva reso difficile la comunicazione, perché innanzitutto la scuola serve non per quel che impari a fare ma per la possibilità di stare insieme agli altri, per un fatto 'sociale' che a me era mancato. Di fronte al mio simile avevo dei blocchi, avevo l'incapacità di comunicare, una scarsissima fiducia in me stessa. È quel che capita ai giovanissimi, credo». La Joyce silenziosa e insicura, tra la bambina allegra e desiderosa di imparare tutto e scherzare (Giacinta, nel suo diario, la descrive come una bambina di grande vitalità, serena, che «non sente che il bisogno di vivere e agire»; ne documenta gli interessi, vivissimi, il tempo trascorso ad ascoltare con stupore la zia Minnie che suona, l'ammirazione per i discorsi complessi del fratello Max, le passeggiate a cavallo con Gladys, le battute scambiate col padre, le domande che pone ai genitori e per le quali i genitori non hanno tutte le risposte) e la donna piena di verve e «gioiosa aggressività» che diventerà, è un inedito assoluto per chi l'ha conosciuta. Ma è assolutamente credibile, vero, naturale.

E frustrazione e impotenza sono sensazioni note a Joyce: il regime ha cercato di imporgliele ma lei le ha sempre combattute, cercando in tutti i modi di contrastarle con l'azione, altro principio fondativo della sua vita. È il fascismo che l'ha spinta fuori dal suo paese, le ha tolto i documenti, ha punito i suoi familiari. A questo Joyce reagisce con la rivolta. E con non poca rabbia, sentimento indispensabile per la sopravvivenza.

Dunque, la sua rivolta personale risale alla prima giovinezza. Per lei che ha sempre tenuto in grandissima considerazione il giudizio dei genitori («sarei morta piuttosto che rischiare, con un atto di vigliaccheria, di perdere la stima di mia madre»), deve essere stato pesante, a quell'età, subire la persecuzione fascista, assistere alle violenze contro i suoi cari, essere costretta all'esilio. Dall'altra parte, la saldezza delle posizioni dei genitori la tengono ancorata a principi e valori che lei condivide in toto e che le offrono una vita molto più ricca e interessante di quella che potrebbe avere se, per esempio, volesse andare a vivere con i nonni. Su questo è molto chiara e non ha tentennamenti: «Le cose che loro m'avevano insegnato per me andavano benissimo e ho continuato su quella strada. Ma a me è andata anche bene, poiché non ho mai subito quel genere di traumi che incombono su tutti i ragazzi che hanno dei veri conflitti coi genitori. Non è naturale mettersi contro i propri genitori. Mio padre, che l'aveva fatto, è rimasto traumatizzato non poco. Certo, il suo coraggio è servito a noi, ma per lui è stato un trauma terribile. Io credo fermamente che poiché lui l'aveva subito, noi ci siamo salvati».

Joyce è insofferente verso il sistema, a quell'età, non certo verso la sua famiglia. E il sistema non è solo spietato, ma si regge su persone mediocri, conformiste, piccoli burocrati a cui viene conferito un potere di arbitrarietà spaventoso. Lo racconterà bene in apertura di *Fronti e frontiere*, il suo testo sulla guerra di liberazione, quando narra del passaporto annullato, della fatica di avere i documenti sempre sottoposti a valutazione e giudizio, di sentirsi respinta dal suo paese.

Ma è anche vero che l'intelligenza non è necessariamente collegata all'esperienza, alla maturità: «Non so se il tempo è veramente qualcosa che matura, poiché secondo me l'intelligenza viene per illuminazioni rapide e profonde. Le cose da cui ho imparato di più non erano dovute al tempo o alla ripetizione, ma erano proprio delle luci che si accendevano».

Joyce si definisce «proletarizzata dalla lotta». Da una parte la famiglia d'origine, con gli agi, le rendite da aristocrazia terriera, il blasone, dall'altra i genitori convintamente indipendenti, libertari, che vivono da intellettuali e non vogliono saperne dei privilegi della loro classe di partenza. Commentando le foto di *Portrait*, Joyce scrive: «Quelle che mi sembrano più incongruenti e quasi comiche, sono le fotografie dell'infanzia e della prima gioventù. Si vede una graziosa bambinetta ben pettinata e lavata, con l'abitino buono (povera mamma, che ci cuciva tutti i vestiti riciclando vecchi cenci e ci cucinava la dieta mediterranea perché aveva tanti pochi soldi!); oppure una cavallerizza con splendidi cavalli, che sembra la figlia di un lord senza preoccupazioni economiche».

La bambina pettinata e lavata coincide solo in parte con il quotidiano della piccola Joyce a Firenze. Assomiglia di più, forse, alla ragazzina che passa le estati dai nonni in campagna, arrivando dalla città.

Pochi giorni dopo l'aggressione, minacciati dalla promessa che i fascisti sarebbero tornati per la seconda, definitiva, lezione («davano lezioni, questi», commenterà Joyce), i Salvadori lasciano Firenze. Cynthia ha un passaporto con il nome da ragazza, fatto l'anno prima per andare a trovare sua madre in Inghilterra, Willy solo una tessera del Touring Club (i documenti gli sono stati sequestrati) che gli permette di passare cinque giorni oltreconfine per 'motivi turistici'. Partono a scaglioni, diretti al cantone di Vaud, nella Svizzera francese. Hanno individuato quella destinazione, a differenza dei loro pari fuoriusciti della prima immigrazione che scelgono la Francia, perché lì, grazie a qualche parente e a conoscenti inglesi, hanno contatti con gruppi libertari cosmopoliti.

C'è una scuola lungo il lago Lemano, in un paese chiamato Gland, la Fellowship School, una scuola che trae ispirazione dall'esperienza del Cabaret Voltaire (il locale di Zurigo sorto con intenti artistici e politici, culla di dadà, avanguardia, sperimentalismo e radicalismo). La gestisce Emma Thompson, quacchera nata nel Kent, prima donna a diplomarsi in Scienze sociali presso lo Stockwell College of Education di Londra, che dopo una vita di insegnamento tra Francia e Inghilterra con i suoi risparmi ha aperto in Svizzera una propria scuola in cui mettere in pratica le sue teorie pedagogiche in modo libero e innovativo. In questa scuola che si regge con i fondi di quaccheri britannici e di mecenati antimilitaristi, i ragazzi alloggiano in villette e hanno la possibilità di incontrare le celebrità del pacifismo di quegli anni, da Romain Rolland a Coudenhove-Kalergi, da Bertrand Russell a Pandit Nehru, più vari personaggi di passaggio che tengono lezioni interessanti e attuali. Joyce e Max la frequentano per un po', mentre i genitori sono ospiti di amici, poco lontano. Gli scolari si applicano in attività pratiche, puliscono, cucinano; fanno belle passeggiate negli idilliaci scenari svizzeri di prati, montagne, laghi e villaggi. Arrivano da tutto il mondo e l'impostazione internazionalista è molto forte, ci si rivolge agli insegnanti con espressioni in sanscrito perché serve una lingua comune; si imparano canti e danze popolari di varie culture; si fa meditazione.

I mesi in quella scuola nuova e alternativa sono uno dei pezzi della particolarissima formazione di Joyce, non il più importante ma di sicuro il più singolare. Fino a quel momento ha ricevuto un'educazione frammentaria, essendo stata ritirata dalle elementari già nel '23, dopo la riforma Gentile, sia per motivi economici – in casa non si riescono a pagare divise, tasse, libri di scuola di tutti – sia per l'impostazione troppo fascista della scuola italiana quanto a pedagogia e contenuti. In famiglia ha ricevuto molti insegnamenti in storia, storia dell'arte, letteratura, latino, greco, geografia, disegno, ma si sente un po' carente nelle materie scientifiche come matematica e chimica. Dell'infanzia fiorentina rievocherà spesso la quantità di libri che i genitori si erano portati dalle Marche, il fatto che leggessero tutti insieme, anche in lingua originale («mio padre aveva una bella voce sonora ed era un ottimo dicitore»).

Ai bambini Salvadori viene dato da leggere di tutto, dalla letteratura inglese per l'infanzia di ottima qualità, ai fumetti, ai libri di storia, ai classici che i genitori ritengono adattissimi anche per la più piccola. Le fanno leggere la *Divina commedia* liberamente, senza particolari spiegazioni o commenti, e lei la apprezza molto e impara, arricchisce il suo linguaggio, familiarizza con la versificazione. «Un giorno che mio padre in cucina aveva alzato un po' troppo la voce sono arrivata e gli ho detto 'Taci maledetto lupo, consuma dentro te con la tua rabbia!' e la lite si è risolta in risate».

Non avendo molti soldi ma tempo e cultura, Willy e Cynthia si applicano per coinvolgere la più piccola (Max e Gladys un loro percorso scolastico lo stanno facendo) in attività che non richiedano grandi spese: nel periodo fiorentino, passeggiate nei giardini di Boboli con relative osservazioni di piante e panorami, visite agli Uffizi e al museo Stibbert, nei giorni gratuiti, con racconti su arte e usi degli altri popoli, letture dei classici da Ariosto a Orazio, dal *Don Chisciotte* a Longfellow.

I bambini di Willy e Cynthia non sono stati battezzati ma i genitori hanno fornito una panoramica sulle religioni più diffuse, proposto la lettura di Bibbia e Vangeli, Corano, discorsi di Gautama Buddha, i detti di Confucio e i sogni di Lao Tse. È un'educazione laica, quei testi vengono letti come testi storico-poetici: «il dogma e l'assoluto ci apparivano come segni di arretratezza mentale e civile». Storicizzate le religioni e lasciati liberi di scegliere, i ragazzi non subiscono particolari richiami mistici. Visitano varie chiese di varie confessioni, moschee, sinagoghe, chiese calviniste, ma nessuna religione li affascina o colpisce in maniera particolare (solo Gladys, da adulta, si convertirà al cattolicesimo al momento del matrimonio, su richiesta del marito). La mamma propone tutti i tipi di narrazioni senza interferire più di tanto, ma un giorno che Joyce sta sfogliando una vecchia Bibbia ricca di incisioni, le indica altri libri, di storia e di poesia, dicendole che «questi hanno fatto solo del bene e la gente è diventata più intelligente e più buona. Mentre questi», riferendosi ai libri di religione, «hanno fatto ammazzare un sacco di gente. C'è in questi libri qualcosa che non va».

Poi ci sono le spiegazioni e gli esempi forniti dal quotidiano, dalle osservazioni della bambina. Già da piccolissima i genitori la portano in manifestazione, assistono insieme ai cortei dei lavoratori, degli operai della Pignone, dei reduci che chiedono la pace in piazza della Signoria e vengono dispersi dalle cariche della polizia a cavallo; Joyce osserva la folla, le bandiere rosse rimaste a terra, i gruppetti di squadristi che si affacciano dalle vie laterali, abbigliati di nero e con simboli paurosi, pugnali, teschi, striscioni con scritto ME NE FREGO.

Quando, a sei anni, vede un gruppo di prigionieri austriaci malridotti, o legge sul «Corriere dei Piccoli» il fumetto italiano infarcito di nazionalismo e pedagogia della guerra, e chiede spiegazioni al padre, lui le dice che quegli austriaci sono come i poveri contadini che lavorano per il nonno: i Gegé, i Nemo, il figlio della Cognigna, mandati al fronte esattamente come i soldati nemici. Le spiega, da neutralista com'è, cos'è un fronte, cos'è un prigioniero, cos'è un soldato.

Quando, a nove anni, durante la campagna elettorale del '21, una campagna durissima segnata da violenze terribili, viene sorpresa a scrivere su un muro ABBASSO MUSSOLINI! ABBASSO IL FASCIO E VIVA LA REPUBBLICA! da un fascista che le molla due sberle, e corre dalla madre per chiedere, orgogliosa, se ha fatto bene a non cedere a quello che pretendeva immediata ritrattazione, la madre le risponde: «Certo che hai fatto bene». Più avanti nella vita, quando sarà a sua volta madre, capirà quanto può costare a un genitore rispondere così in circostanze del genere.

Joyce ama e stima profondamente i genitori, li ammira. E non vuole assolutamente deluderli.

Terminata un po' malamente l'esperienza con la 'scuola della fratellanza' (non sempre, purtroppo, queste istituzioni sperimentali funzionano perfettamente) e preferendo i genitori, a quel punto, una cultura più tradizionale per i figli, i Salvadori girano per un po' in cerca di una sistemazione svizzera meno precaria.

La trovano lì vicino, a soli cinque chilometri. Begnins è un villaggio di meno di mille anime ma ospita otto castelli che sono in realtà ville fortificate, con torri e smerli, restaurate e abitabili. Si stabiliscono nel castello di Martheray, un edificio a due piani con una splendida vista sul lago e sul Monte Bianco, prendendolo in affitto a una cifra accettabile dal vignaiolo che l'ha avuto in eredità. È una casa dagli spazi enormi: corridoi larghi cinque metri e lunghi trenta, saloni che potrebbero ospitare duecento persone, una cucina gigantesca con un immenso piano di lavoro su cui loro appoggiano un fornelletto da campeggio. D'inverno ci fa un freddo tremendo e si raccolgono attorno al focolare in cucina, aiutati da uno scaldabagno elettrico che permette di rifugiarsi in una confortevole vasca d'acqua bollente quando proprio non si resiste. Le ampie soffitte diventano palestra di giochi per i ragazzi. Joyce occupa la stanza rotonda più alta, dove si chiude a declamare le poesie che viene scrivendo.

La scrittura, la poesia, l'interesse per la lettura, sono, diremmo oggi, nel Dna di Joyce. Non solo per via dei genitori, ma anche grazie alla nonna materna. Margaret Collier, Madame Galletti di Cadilhac, ha scritto due libri noti anche in Inghilterra: *Our Home by the Adriatic* (1886, Richard Bentley and Son) e *Babel* (1887, William Blackwood and Sons). Entrambi i libri, il primo una sorta di saggio antropologico su quello strano e ignoto angolo di mondo chiamato Marche e l'altro un vero e proprio romanzo con protagonista una giovane marchigiana che si reca a Londra, hanno avuto un buon successo e diverse ristampe.

Incoraggiata dai genitori Joyce, sin da piccola, scrive componimenti e già a dieci anni pubblica delle poesie su un giornalino mensile illustrato della casa editrice Claudiana di Firenze, «L'amico dei fanciulli», con cui continuerà a 'collaborare' per qualche anno. Scrive e pubblica qualche esercizio poetico anche per «La strenna dei fanciulli», una pubblicazione per bambini che le famiglie regalavano ai figli a Natale. Anche in Svizzera continua a pubblicare le sue poesie, alcune per la Fellowship School, altre per la rivista «Unsere Jugend».

Nella formazione di Joyce gioca un ruolo importantissimo la conoscenza delle lingue. Con i genitori mezzi inglesi, si parla l'inglese; grazie ai vari giri in Svizzera e al papà che ha studiato a Lipsia, si impara il tedesco; il francese si apprende in un attimo, nel cantone di Vaud, e si studia perché in quegli anni è la lingua straniera più insegnata e richiesta anche nelle scuole italiane. Willy, infatti, non ha assolutamente rinunciato a un'educazione 'italiana' per i suoi figli: considera un diritto irrinunciabile rimanere italiani, seppure temporaneamente esuli in Svizzera per cause di forza maggiore, e punta proprio a lottare «affinché l'Italia diventasse un paese dove gente come noi potesse vivere e lavorare», scriverà. Non intende alienarsi più del dovuto, dunque, dal suo paese d'origine e spinge i figli a dare gli esami, da privatisti, nelle Marche. Joyce torna per sostenere la licenza ginnasiale a Fermo e Max quella liceale a Macerata (dove anche Joyce farà la maturità nel '30).

È in occasione di uno di quei ritorni in Italia dai nonni che Joyce visita Napoli per la prima volta. Ha diciassette anni e bussa a palazzo Filomarino per incontrare Benedetto Croce, amico di Willy per via di una corrispondenza che hanno intrattenuto tra filosofi discutendo di Spencer. Annunciata dunque da una missiva del padre, va a sottoporre al celebre filosofo alcuni suoi scritti: poesie, racconti, un dramma a sfondo politico.

Don Benedetto accoglie molto favorevolmente i lavori di Joyce. È colpito dalla personalità della signorina Salvadori (così la chiama), dalla qualità dei suoi versi che elogia molto e che si adopererà per far pubblicare su «La Critica» e più tardi, in raccolta, dal suo editore napoletano Ricciardi.

Il ritratto che ne fa Joyce è un po' irriverente ma molto affettuoso ed efficace: «Don Benedetto era un uomo piccolo, con una testa a pera e un naso molto grande. Leggeva con rapidità incredibile, voltando le pagine una dietro l'altra, col naso che quasi toccava il foglio; tanto che pareva che non usasse gli occhi, ma che aspirasse le parole scritte con la proboscide».

Nasce un'amicizia che diventerà anche, in qualche modo, collaborazione politica, seppur con prospettive e posizioni diverse.

La casa di Croce le ricorda quella del nonno, lei chiama entrambe le sue «oasi di benessere», forse perché sono grandi, comode, sicure. Differentemente dagli ambienti che la sua famiglia frequenta di solito (vagoni di terza classe, latterie in cui ci si sfama con una tazza di latte, sedi dell'Esercito della salvezza per avere una cuccetta e una scodella di minestra durante i giri svizzeri, anticamere di questure dove si aspetta per ore il rinnovo di un documento, case di fortuna), le dimore di questi proprietari terrieri sono palazzi forniti di tutti i comfort.

Villa Marina dei conti Salvadori, una costruzione in stile neorinascimentale risalente al Settecento, con i suoi viali alberati, le piante, gli animali, la buona cucina, le appare più accogliente. Palazzo Filomarino risulta più imponente e freddo: «un susseguirsi di stanze abbastanza scure interamente tappezzate di libri, con tavoli coperti di carte e sedie dallo schienale rigido». Non c'è, all'apparenza, nulla di «decorativo», nota Joyce, nessun oggetto riconducibile a un gusto femminile nonostante la presenza delle molte donne di casa Croce, la signora Adelina e le quattro figlie.

Gli animali a cui si riferisce Joyce parlando della casa del nonno sono principalmente cavalli, per i quali nutre una passione che condivide con sua madre (Cynthia è sempre stata provetta cavallerizza, capace di domare puledri con la gentilezza, e continuerà a usare sempre i cavalli per spostarsi una volta tornata nelle Marche, persino da anziana, visto che a quell'epoca saranno ancora il principale mezzo di locomozione), ma sono anche motivo di conflitto con le nobili zie: capita che da piccola Joyce venga esclusa da tavola perché puzza di stalla. Lei infatti passa ore nelle mangiatoie con i cavalli, accudendoli, nutrendoli, offrendo fave e zucchero, anche recitando per loro le sue poesie di bambina. Ha un pessimo rapporto con l'aiuto cocchiere, tal Mustafà che ambirebbe a guidare la Lancia del conte Salvadori, una delle prime automobili, bellissima, con gli strapuntini dietro, nera lucida, se il posto non fosse già preso dallo *chauffeur* Lanfroy, un reduce decorato. Mustafà tratta male i cavalli e Joyce non lo sopporta. Lo detesta anche per il suo servilismo. Il giovane garzone di stalla, ossequioso verso la proprietà e devoto alla causa dei padroni, sarebbe diventato di lì a breve il capo di una squadraccia dedita a picchiare pacifici socialisti e repubblicani in strada e nelle case. Il periodo è quello delle agitazioni degli operai e dei contadini e anche se nel piceno non ci sono stati grossi movimenti come nelle campagne del Nord, qualcosa si teme.

Quando d'estate tornano a Porto San Giorgio, i piccoli Salvadori sono colpiti dall'ingiustizia della disparità di classe tra i loro parenti *rentiers* e il paese popolato da mezzadri, artigiani, piccoli commercianti, pescatori. Loro sono abituati, a Firenze, a frequentare persone di ogni estrazione sociale senza porre steccati o esclusioni: le famiglie con cui intrattengono rapporti sono per lo più famiglie di operai, impiegati, artigiani. E sì, a Cynthia capita di frequentare anche signore inglesi e salotti, ma quando la moglie di un agrario umbro, la contessa Grace di Campello, le dice «Ma Cynthia, tu dovresti essere col fascismo; il fascismo difende la nostra classe», lei le risponde: «La *vostra* non è più la *mia* classe».

Invece, nelle Marche, la distinzione tra padroni e mezzadri, tra potenti e sfruttati, è molto netta, fa parte dell'ordine sociale dell'ex Stato pontificio ancora ben radicato. I nipoti 'fiorentini', però, quando tornano da quelle parti, criticano il nonno conte, i suoi silenzi e la sua bellissima papalina ricamata che indossa in casa, il suo incedere autoritario che però nasconde inanità (la proprietà è gestita, di fatto, da fattori e contabili), lo prendono in giro perché legge Salgari, considerano quei loro parenti arretrati e il loro modo di vivere un po' assurdo, anacronistico.

Ricordando l'estate del 1920 e i giorni caldi dello sciopero generale, Max dirà di essere rimasto molto impressionato dalla disuguaglianza dell'ambiente sangiorgese. Quando una delegazione dei 'sovversivi' si era recata alla villa di suo nonno per esporre le proprie istanze, differentemente dai suoi cugini, lui ne aveva appoggiato le ragioni. In paese c'erano molti socialisti e repubblicani, una società operaia e la camera del lavoro. Echi del biennio rosso erano arrivati sin lì. La rivolta di Ancona (distante poche decine di chilometri) del giugno 1920, con la ribellione armata dei bersaglieri che non volevano partire per l'Albania, ne era stata uno degli episodi più significativi. Era stata sostenuta da una parte consistente della popolazione, dai lavoratori del porto, dagli anarchici che in città costituivano una presenza attiva e numerosa sin dalla fine dell'Ottocento, accresciuta nella settimana rossa di Errico Malatesta del 1914; da Ancona, la sommossa si era estesa anche ai paesi vicini e c'erano stati scontri in tutte le Marche, in Romagna, in Umbria, scioperi di solidarietà a Roma e Milano, blocchi ferroviari. La rivolta, che aveva lasciato morti sul campo sia da una parte sia dall'altra, era stata repressa a colpi di cannone, ma aveva avuto come effetto la rinuncia all'occupazione dell'Albania.

È così che dalle parti dei Salvadori, un po' più a sud appunto, si parlava di fare di villa Marina una casa del popolo, e Joyce ricorda che vi era stato un piccolo assalto bonario alle cantine della villa da parte di alcuni socialisti che si erano rivolti così al nonno: «Sor conte, volemo spartì?». La cosa si era risolta senza incidenti, ma la famiglia era rimasta molto scossa e il pomeriggio stesso il conte aveva chiamato a raccolta gli altri proprietari terrieri della zona per «armare un loro piccolo esercito privato» diventando così uno dei primi finanziatori del fascismo in zona.

Joyce bambina ha grande simpatia per i contadini-reduci che non le parlano delle loro esperienze di guerra ma sorridono con franchezza, sono amichevoli e «giocavano con i bambini come se i bambini fossero importanti e preziosi». Al contrario, non sopporta gli ufficiali-reduci che capitano a casa del nonno, arroganti e odiosi e che considerano i bambini una seccatura.

Le persone a cui vuole bene e che rievoca spesso come esempio di onestà e correttezza sono quelle del 'popolo'. Come la Cognigna, moglie del vergaro che abita in una casa colonica vicina alla villa; Filomena, una marinara che vive in una capanna sulla spiaggia; il giardiniere Nazzareno, che è un vecchio socialista; Nannì Felici, un fabbro anarchico dall'invettiva sempre pronta.

Porto San Giorgio è anche questo, un villaggio di persone pacifiche e laboriose, ed è un posto in cui la famiglia Salvadori ha un ruolo importante per varie ragioni. È stato infatti il bisnonno Luigi a bonificare decine di ettari di terreni, per dodici chilometri di costa, frutto della regressione marina di fine Settecento che ha interessato il tratto di spiagge sotto Fermo, tra il porto e il Tenna. Il bisnonno era stato sindaco per più mandati, priore del porto, imprenditore agrario moderno e innovativo. A dar lustro al territorio, anche suo figlio Tommaso, nominato da Joyce in varie opere come l'unico intellettuale e studioso della famiglia prima di Willy: laureato in Medicina a Pisa, aveva preso parte alla spedizione dei Mille, poi era diventato un celebre ornitologo (a lui sono dedicati i nomi di varie specie di uccelli, tra cui un'anatra della Papuasia, oltre a un fagiano, uno scricciolo, un canarino); autore di numerosissime opere scientifiche e collaboratore dei cataloghi del British Museum, aveva riorganizzato la raccolta del museo zoologico di Torino, uno dei più importanti d'Europa, di cui era stato vicedirettore per una vita.

Ottenuto dunque da privatista il diploma al liceo classico Leopardi di Macerata, Joyce, sulla scia del padre che aveva a suo tempo studiato con i migliori professori di Lipsia, decide di iscriversi all'università di Heidelberg, la cui facoltà di Filosofia a quell'epoca è la più prestigiosa d'Europa. Per farlo, deve mettere insieme un po' di soldi e trova impiego come istitutrice e cameriera presso una famiglia napoletana a Bengasi, dove rimarrà sei mesi soffrendo per la convivenza con quei suoi datori di lavoro piuttosto ottusi e ignoranti. Anche i suoi fratelli lavorano. Max in una fabbrica poi in una mensa per studenti, Gladys, laureata a Ginevra in Psicologia, si occupa di bambini handicappati, attività all'avanguardia per l'epoca che poi coltiverà tutta la vita, anche una volta tornata nelle Marche.

Ha ancora diciotto anni quando, messo da parte un gruzzolo sufficiente, Joyce torna in Italia, passa dalla Svizzera per salutare i genitori, e va nella Germania di Weimar.

A Heidelberg vive in un pensionato con altre ragazze, si mantiene insegnando francese e italiano in un collegio o facendo la babysitter, frequenta le lezioni dei migliori professori, tra cui l'esistenzialista Jaspers e il neokantiano Rickert. È in contatto con gli studenti di sinistra (i *sozi*, i giovani socialisti e socialdemocratici che si oppongono ai *nazi*), frequenta un maneggio in cui può cavalcare in cambio di lavori da scuderia.

Ogni tanto esce con dei ragazzi per andare a ballare. Fa, insomma, vita universitaria.

Una volta riceve una visita di Willy che, per farle un regalo, la porta a sentire un concerto al festival di Bayreuth: c'è Toscanini che dirige il *Lohengrin* di Wagner, in un teatro in cui si esibiscono i massimi maestri dell'epoca. Joyce, però, non apprezza molto i toni che le ricordano le marce di un reggimento («il senso dell'umorismo di Wagner non era molto sviluppato, c'era un sottofondo razzistico-militaristico») e la lunghezza estenuante dell'opera, né le piacciono le facce che vede attorno, dall'aria già nazista.

Ci sono le corporazioni studentesche, a Heidelberg, le confraternite che organizzano dei duelli al pugnale, i *Mensuren*, illegali ma tollerati in quanto folkloristici e tradizionali, importanti per la formazione patriottica del bravo tedesco.

Nel '32, poi, in città arriva Hitler; il borgomastro gli ha concesso l'uso della *Stadthalle* e gli studenti di sinistra si preparano a riceverlo, pensando di organizzare un contraddittorio. In quanto 'esperta' di opposizione al fascismo, per averlo sperimentato in prima persona in Italia da perseguitata, Joyce viene scelta dai compagni come loro portavoce. Dovrà illustrare le loro ragioni e butta giù anche una scaletta per il suo intervento, ma le cose vanno diversamente. Già la sera prima del comizio si capisce che aria tira, con i bivacchi di nazisti in uniforme che occupano la città tra bevute e canzoni tra il patriottico e l'osceno. La descrizione di Joyce di quelle ore è l'istantanea della tenebra che, già apparsa in Italia, si è fatta ancora più scura e paurosa e comincia ad allungarsi su tutto il continente senza trovare opposizione:

> L'indomani la città era in stato d'assedio, riempita di camicie cachi e vessilli rossi, i negozi erano chiusi, le strade bloccate, la gente tappata in casa. Dal balcone del municipio, altoparlanti potentissimi diffondevano ovunque il nevrotico, cadenzato abbaiare della voce di Hitler, il fragore degli applausi, l'esplodere delle canzoni. Altro che contraddittorio!

Ero molto scossa. Corsi all'università in cerca dei miei professori. Ne trovai un paio all'entrata, non mi ricordo nemmeno chi fossero, e concitatamente descrissi loro quel che stava accadendo.

Mi guardarono con un sorriso di paziente sopportazione. «Non se la prenda», mi dissero. «Quando quei ragazzoni si saranno sfogati, tutto tornerà come prima».

La loro ottusità mi sconvolse; e quando trovai Jaspers e Rickert, la risposta non fu molto diversa. Feci allora alcune riflessioni sugli accademici, le università e la cultura libresca. Forse, la cultura che mi serviva, avrei dovuto cercarla da un'altra parte.

Una prima fase della vita di Joyce si chiude così, con il rigetto per l'establishment culturale delle accademie e delle università, del sapere ufficiale ai massimi livelli di raffinatezza del pensiero che però non ha saputo o voluto riconoscere i segni della tragedia incombente neanche quando ce li ha avuti sotto gli occhi. Distratto e miope.

2

Un piccolo passo indietro per collocare, nelle varie zone d'Europa in cui si muovono e nelle diverse svolte della loro esistenza, tre dei protagonisti di questa storia che stanno per legarsi gli uni agli altri.

Dunque, da una parte abbiamo i fratelli Salvadori, Joyce e Max, e dall'altra Emilio Lussu. Il punto comune sarà Giustizia e Libertà, il movimento antifascista al quale i Salvadori aderiranno da subito. Sorto a Parigi nel 1929 intorno a un gruppo di esuli fuggiti dal confino e dalle squadracce mussoliniane, ha come obiettivo l'insurrezione e il rovesciamento del regime.

Di Joyce sin qui abbiamo detto. Lasciamola per un attimo, per capire invece chi è Emilio Lussu e cosa rappresenta ai suoi occhi nel momento in cui le loro vite si incrociano la prima volta.

Quando Joyce incontra per la prima volta Emilio a Ginevra, nel 1933, è consapevole di trovarsi al cospetto di un mito: l'uomo a cui deve consegnare un messaggio segreto per conto di Giustizia e Libertà è un prestigioso rivoluzionario ricercato dalle polizie fasciste di tutta Europa.

Carismatico, coraggioso, indomito, Lussu è un figlio della Sardegna più profonda. Nato ad Armungia nel 1890, laureato in Giurisprudenza a Cagliari, amatissimo comandante della brigata Sassari (nella prima guerra mondiale ha ricevuto ben quattro medaglie dopo quattro anni di trincea per azioni sull'altipiano del Carso e della Bainsizza), ex deputato del Partito sardo d'azione, ha pagato cara, fin lì, la sua militanza, ma ha anche ottenuto una gran bella vittoria su un regime che sembra inattaccabile.

Capelli e occhi neri, slanciato, elegante, occhiali dalla montatura di metallo, baffi e pizzetto, sguardo ironico e tagliente, in quel periodo si fa chiamare 'Mister Mill' e vive in clandestinità. Agli occhi dei giovani dell'epoca, lo dice Joyce stessa, è un personaggio leggendario, per le gesta in Sardegna e per la sua avventurosa fuga da Lipari.

I fatti della Sardegna sono questi: la sera del primo novembre 1926, centinaia di fascisti hanno assediato la casa dell'avvocato Lussu. Non è un'azione isolata, è solo una delle rappresaglie che bande di fascisti organizzano in tutta Italia – devastando case, sedi di giornali, picchiando e assaltando – non appena si è diffusa la notizia dell'attentato fallito a Mussolini, avvenuto il giorno prima a Bologna per mano del sedicenne Anteo Zamboni. Lussu, che è un antifascista, ha partecipato alla secessione dell'Aventino dopo l'assassinio di Matteotti, è antimonarchico, ha lavorato a un progetto federalista-rivoluzionario per unire azionisti, repubblicani e socialisti, è nel mirino dei fascisti della sua città: l'ordine è di saccheggiarne la casa e linciarlo sul posto. L'organizzazione dell'assalto, nella sede del fascio, è durata tutta la giornata per cui c'è stato tempo e modo, per Lussu, di ricevere informazioni da voci amiche e preparare una reazione. Gli amici gli consigliano di scappare ma lui decide di restare in casa, situata nella piazza più centrale di Cagliari, lasciandola ben illuminata, «per dare un esempio di incitamento alla resistenza».

Scende in strada per vedere che succede, sente gli squilli di tromba che chiamano a raccolta i fascisti mentre la piazza si fa deserta. Risale, manda via la domestica. La città continua a serrarsi, i negozi abbassano le saracinesche, i cinema si svuotano. Al ristorante vicino casa dove va a pranzare, il cameriere – che è stato un suo soldato durante la guerra e ora è diventato fascista ma nutre ancora grande rispetto del capitano – lo scongiura di partire subito. La sentenza contro Lussu è stata emessa e lo sa tutta Cagliari. Persino gli inquilini del suo palazzo, tra cui un magistrato di Corte d'appello, si chiudono e tacciono terrorizzati.

«Incominciai a preparare la difesa. Un fucile da caccia, due pistole da guerra, munizioni sufficienti. Due mazze ferrate dell'esercito austriaco, trofei di guerra, pendevano al muro». Due giovani amici e compagni si presentano per aiutarlo ma lui li congeda senza discutere. Spegne la luce e si avvicina alla finestra. Assiste alla devastazione della sede della tipografia del giornale «Il Corriere» all'angolo, poi a quella dello studio dell'avvocato Angius.

Quindi risuona il grido «Abbasso Lussu! A morte!».

È sorpreso di riconoscere tra gli assalitori persone che conosce bene, di cui è stato amico o compagno di scuola.

La colonna si divide in tre parti e l'attacco arriva da tre punti: una squadra sfonda il portone e sale dalle scale, una cerca di entrare da un cortile sul retro, l'ultima si arrampica dai balconi. «Confesso che, nella mia vita, mi sono trovato in circostanze migliori. I clamori della piazza erano demoniaci. La massa incitava gli assalitori dalle finestre con tonalità di uragano».

Lussu lancia un primo avviso, grida «Sono armato!» da dietro le persiane.

Poi, mira e spara al primo che arriva sul balcone. Un giovane fascista, Battista Porrà, colpito a morte piomba giù, sul selciato della piazza. Gli altri scompaiono in un lampo.

Nonostante lo svolgimento dei fatti dimostri la legittima difesa (e infatti verrà assolto) e nonostante l'immunità parlamentare, Lussu viene portato in carcere. Ci vorrà un anno prima di arrivare a sentenza ma l'ordine di scarcerazione immediata è seguito da un ordine di domicilio coatto. Lussu è condannato alla pena di cinque anni di confino per misure di ordine pubblico e definito «avversario incorreggibile del regime».

In quell'anno di carcere si è ammalato di pleurite, non ha ricevuto cure adeguate e ha sviluppato una lesione tubercolare. Sebbene dichiarato intrasportabile da un medico, violando il regolamento carcerario Lussu viene spedito a Lipari. Non gli permettono neanche di salutare la madre. Lungo il percorso verso l'imbarco incontra solo militari schierati e armati: le banchine sono deserte e solo un pescatore, ritto su una barca in mezzo al mare, grida «Viva Lussu! Viva la Sardegna!» prima di approdare in porto e finire a sua volta accerchiato dalla polizia.

Lussu viene imbarcato febbricitante e provato. Sperano che muoia durante la traversata.

Due giorni dopo, invece, approda a Lipari e, seppure sfinito e ammanettato con doppia catena, riesce a scendere sulle sue gambe.

Ad attenderlo, una fila di camicie nere che improvvisano un'accoglienza intonando il *de profundis*, ma anche compagni e amici che lo salutano con affetto e rispetto. Sull'isola c'è un piccolo drappello di ex deputati come lui, è come se a Lipari si fosse ricostruito in scala ridotta il parlamento di un tempo. Ci sono democratici, repubblicani, liberali, cattolici, c'è il capo della massoneria, e naturalmente ci sono socialisti, comunisti, anarchici.

I colleghi gli fanno subito notare che è seguito da agenti in borghese. Lussu è infatti considerato molto pericoloso dal regime ed è stato disposto per lui un trattamento speciale.

Non che manchi la sorveglianza, a Lipari. Isola bellissima, così come Ponza, Ustica, Favignana, Pantelleria, Lampedusa, Tremiti, dal novembre del '26, data dell'entrata in vigore delle leggi eccezionali fasciste, è destinazione di confino. In quegli anni è la principale colonia per gli oppositori politici. Il paese è piccolo e gli abitanti non si mischiano ai confinati. La natura è amena, il clima d'estate è molto caldo, il mare spettacolare, ma quel posto è un carcere a cielo aperto.

Tutto attorno, a terra e in acqua, guardie, vedette, pattuglie, spioni, ronde. In porto, mas armati di mitragliatrice e riflettori; al largo, incrociano motoscafi veloci e imbarcazioni a vela e a motore; sull'isola quattrocento uomini armati sorvegliano cinquecento prigionieri, più o meno un agente ogni due confinati. Tra i deportati vi sono anche pericolosi agenti provocatori, ex fascisti in punizione disposti a ogni bassezza pur di riguadagnare stima e favori dei loro vecchi capi.

La vita è scandita da orari da rispettare, c'è un coprifuoco, ci sono ronde di controllo che passano per le case abitate dai confinati. La corrispondenza in arrivo e partenza, compresi libri e riviste, è censurata e vistata. È proibito parlare di politica, ma di cosa parleranno mai dei deportati per motivi politici? E dunque il modo si trova. Sostituendo la parola 'fascisti' con la parola 'polpi', si passano ore ad analizzare la vita dei polpi, la loro organizzazione sociale, il loro comportamento in natura e via così.

Il controllo su Lussu è molto pesante: «Essere di continuo pedinati sembra una cosa indifferente. Invece è molto penoso e irritante. Bisogna avere i nervi a posto per non diventare nevrastenici, sentendo sempre dietro di sé degli uomini che vi seguono come la vostra ombra. Uscire di casa ed essere seguiti: avvicinarsi ad un amico ed essere seguiti: parlare ed essere uditi: fermarsi e sentire che anche l'altro si ferma; entrare in un caffè, in un negozio, in una casa, e vedere sempre la stessa faccia; non poter sorridere; stringere la mano a un passante, non poter ricevere in casa un amico, senza che la vostra ombra ne prenda nota, questo diventa in breve un'oppressione e un incubo».

Dal primo momento in cui ha messo piede sull'isola, Lussu ha avuto una sola idea in testa: la fuga. È convinto che, con un buon piano e complicità esterne, è possibile «evadere da qualunque posto, anche da una fortezza», ma nessun confinato è mai riuscito nell'impresa.

Ci vorranno anni, vari tentativi, un gran lavoro di preparazione. Alla fine, scapperanno in tre: il capitano sardo considerato pericoloso agitatore politico, un giovane intellettuale fiorentino, il nipote di un ex presidente del consiglio.

Emilio Lussu, Carlo Rosselli, Fausto Nitti.

Destinazione Francia.

Nel libro *La catena*, scritto subito dopo l'arrivo a Parigi, Lussu riserva alla fuga vera e propria un solo capitolo. Gli preme di più spiegare il contesto, raccontare le condizioni di vita dei confinati, ricostruire il clima che ha portato alla nascita delle leggi eccezionali. Però gli è chiaro che il raid di Lipari è stato «un sasso gettato al centro di un lago calmo in una giornata di sole. Attorno al punto toccato dal sasso, i cerchi si formano, si moltiplicano, si estendono, e ridanno animazione all'immobilità, vita improvvisa alla morte apparente», e sa, perché molti sono interessatissimi all'aspetto 'sportivo' e chiedono tutti i dettagli, che «il giovane lettore che s'interessi di avventure romanzesche ha probabilmente saltato le pagine sul tribunale speciale, e attende la fuga».

C'è il contesto politico e c'è l'azione.

O anche, c'è la cornice e c'è l'opera d'arte. Perché la fuga è davvero rocambolesca, come viene spesso definita per sottolinearne l'audacia e la dinamica, ed è un capolavoro, per riuscita ed effetto. E per ciò che segue, ossia la nascita del movimento che da lì trae ispirazione e forza. Una volta arrivati in Francia i protagonisti, intervistati dai giornali di tutto il mondo, non possono svelarne tutti i dettagli (uno dei fondamentali 'complici', Gioacchino Dolci, viene chiamato Caio perché il nome non si può ancora dire), ma un libro uscito nel 2009, *Lipari 1929* di Luca Di Vito e Michele Gialdroni, ne ricostruisce accuratamente la preparazione con documenti, lettere, testimonianze, accidenti, tentativi, dispacci e dati tecnici. Ed è una storia avvincentissima, piena di suspense.

L'ex militare Lussu, appena messo piede sull'isola, ha immediatamente individuato i punti strategici; da quei luoghi non passerà mai, per non destare sospetti. Comincia a rispettare orari ferrei e si impone una disciplina da cui non derogherà mai – uscite alla stessa ora, passeggiata quotidiana in quella che la polizia ritiene la zona più adatta all'evasione ma che è all'opposto di quella prescelta, luoghi fissi da frequentare per apparire prevedibile e rassicurante. Come alloggio, sceglie una casa danneggiata dal terremoto (Nitti racconta che in una stanza c'era un buco al centro del pavimento e si doveva camminare rasente al muro, per andare in bagno bisognava fare gli equilibristi su una passerella) che ha il pregio di avere una terrazza alta da cui si può osservare il mare e controllare i quattro punti cardinali. Dispone, inoltre, di quattro vie di fuga attraverso i tetti.

In quella casa passerà molto tempo, in inverno, colpito da una ricaduta della tubercolosi. È a letto febbricitante, quando riceve la prima visita di Carlo Rosselli, appena sbarcato a Lipari. È il gennaio del 1928, Lussu racconta: «Venne a trovarmi il giorno dopo il suo arrivo. Sorridente, con la guida di Lipari in mano, sembrava un turista. L'isola gli faceva dimenticare l'aria compressa dal carcere». Il ventottenne Rosselli, infatti, è appena uscito di prigione, dove ha scontato dieci mesi di reclusione per aver favorito, insieme a Sandro Pertini e Ferruccio Parri, l'espatrio di Filippo Turati in Corsica.

Lussu e Rosselli diventano subito amici. Confinati sull'isola, si vedono quotidianamente, ma anche dopo, per circa sei anni, dal '29 al '34, non passerà giorno senza che siano insieme, concentrati a progettare, elaborare, discutere, confrontarsi. Da militanti, con obiettivi ben precisi. Da azionisti.

Lussu, rievocando la figura di Rosselli, dirà: «Un temperamento d'eccezione il suo. L'ho sempre visto senza riposo e senza stanchezza, a Lipari come a Parigi. Solo un uomo di quella tempra e di tanto entusiasmo morale poteva dare tanto prestigio all'antifascismo e a un movimento come Giustizia e Libertà».

Da subito, Lussu e Rosselli parlano di fuga e continueranno a parlarne. Rosselli: «Abbiamo poi sempre parlato di fuga, fino alla noia, fino alla reciproca esasperazione. Fuga con variazioni, in tutti i tempi. Passati, presenti, futuri, condizionali. Fughe in barca, in motoscafo, in piroscafo, in aeroplano, in dirigibile. Fuga, fuga, fuga».

Non sono soli; da quel momento, nasce quello che Emilio chiama «il club dell'evasione». Ne fanno parte oltre a loro Fausto Nitti, la moglie di Carlo Marion, Gioacchino Dolci, con l'apporto fondamentale di Ferruccio Parri e Paolo Fabbri.

Rosselli ci mette anche i soldi e Marion, che può viaggiare dall'isola al continente (e anche all'estero grazie al suo passaporto inglese), tiene i contatti con l'esterno con una fitta corrispondenza che nasconde istruzioni invisibili vergate con l'inchiostro simpatico tra le righe.

Lussu e Rosselli sono abilissimi a spacciarsi per due signori quieti e non così pericolosi come li si potrebbe credere. Rosselli ha un bimbo piccolo, affettuosamente chiamato Mirtillino, e riempie le lettere per la madre Amelia di notizie sulla famiglia e sui progressi del piccolo. È normale comunicazione ai parenti ma è anche una copertura, così come è una copertura l'impressione che vuol dare Lussu, anche dopo un miglioramento, di essere rassegnato ai suoi guai di infermo e di pensare solo a riguardarsi, mestamente. In realtà i preparativi non si fermano mai.

Quando è costretto a letto dalla febbre e dagli sbocchi di sangue, Emilio studia le cartine («il dottore attribuiva la mia ossessione per il mare alla nostalgia dell'isola natale. Spesso mi sono addormentato sulle rotte tracciate tra Lipari, Milazzo e lo stretto di Messina»). Quando è in piedi, ne approfitta per allenarsi a nuotare. D'inverno esce con sciarpa e cappotto, ma in casa si sottopone a docce gelate per temprare il fisico e prepararsi a immersioni notturne in qualsiasi stagione. Nelle sue passeggiate lo accompagna, ogni tanto, un'amica, Bruna Pagano, che ricorda: «Lussu era magro, alto, molto abbronzato dal sole, con una barbetta nera che gli dava un'aria fosca e severa insieme: e invece era un uomo molto dolce, molto gentile». Lui le parla della Sardegna, della madre Lucia, dei cavalli, degli studi fatti, degli amici e dei soldati. E, naturalmente, della guerra.

Emilio soffre più degli altri quella situazione lunga e avvilente. Ormai ha quasi quarant'anni, ama la libertà, l'azione. Un giorno la signora che gestisce l'alimentari, una sarda che ha sposato un uomo di Lipari, avvisa Bruna: «Di' all'onorevole che sono arrivate le mutande». È un messaggio per Lussu che manda la ragazza a ritirare una torta alla sarda. Si tratta di una vera torta sarda, grande, scura, coperta di confettini colorati. A casa, Lussu la taglia e tira fuori un cannocchiale da marina.

Ogni giorno, il club dell'evasione vaglia un piano via l'altro, ne studia i pro e i contro, i rischi, la fattibilità. Uomini nati in città o esperti in pascoli e altipiani diventano minuziosi conoscitori di maree e carte nautiche, si impratichiscono di Mediterraneo.

Si opta per la fuga con un mezzo rapido. Un motoscafo che vada più veloce dei mas della polizia: si avvicinerà all'isola in un punto convenuto e i fuggitivi dovranno raggiungerlo dopo un breve tratto a nuoto. Il tempo è fondamentale, se si inceppa qualcosa e si ritarda di un solo minuto ai controlli serali, ci si gioca tutto.

Nell'estate del '28, con la salute altalenante, Lussu è costretto a frenare i parenti (la madre, uno zio) che implorano Mussolini di mandarlo in sanatorio. Scrive al suo avvocato: «Sappiano i miei parenti, compresa mia madre, che la politica non li deve riguardare in alcun modo. In politica non vi sono parentele di sorta, e ciascuno stia a casa sua. Io sarò infinitamente grato a quelli che sapranno stare zitti. Li autorizzo persino a rinnegarmi, ma non a occuparsi così brillantemente a mio favore».

Non può tollerare che si possa anche lontanamente pensare che dietro a quelle richieste, a quelle suppliche, ci sia lui. Lussu non è sconfitto, non si piega. Sente il dovere di restare al posto di combattimento ed è deciso a pagare qualsiasi prezzo. La tempra è quella. Da cavaliere dei Rossomori, da valoroso comandante di brigata, da avvocato che ha difeso gratuitamente e appassionatamente contadini e pastori e operai, da deputato aventiniano. Da antifascista.

Con Lussu non si scherza, non transige. Allo zio dice: «Considero mio nemico personale chiunque voglia interferire nella mia posizione di confinato politico per provocare qualunque provvedimento di clemenza».

Intanto, in Francia, i compagni stanno lavorando. Della logistica si occupa Alberto Tarchiani, un ex redattore del «Corriere della Sera» esule a Parigi insieme a Salvemini. Deve mettere insieme i soldi, i marinai, trovare un mezzo. Dapprima si rivolge a Raffaele Rossetti, una medaglia d'oro della prima guerra mondiale, che acquista un canotto da corsa, il *Sigma IV*, adatto a fiumi e laghi ma che non garantisce la tenuta sul mare. Portarlo dal Nord della Francia alla Tunisia si rivela presto un'impresa impossibile, ci sono continui problemi tecnici, guasti, oneri. Rossetti è intrattabile, i debiti si accumulano, per pagare il meccanico senza dover gravare sui compagni Tarchiani, per la prima volta in vita sua, va al casinò di Montecarlo dove, alla roulette, vince la cifra che gli serve.

Alla polizia giungono continue segnalazioni di movimenti, di imminenti evasioni. Le voci corrono, le spie sono ovunque, circolano informative di una possibile fuga di Lussu. Nel frattempo, altri confinati provano a scappare ma vengono presi subito e la sorveglianza si intensifica.

Passano mesi di peripezie e attesa febbrile sull'isola; bisogna nascondere il nervosismo, mantenersi freddi, e gli appartenenti al club dell'evasione si rivelano abilissimi maestri della dissimulazione. Intanto, nessuno ha il coraggio di dire a Rossetti che sta passando troppo tempo infruttuosamente.

Finché però, alla fine del '28, si cambia piano. A un certo punto Gioacchino Dolci, un giovane repubblicano romano di mestiere disegnatore, viene rilasciato dal confino e decide di aiutare i compagni: conosce perfettamente l'isola, fattore indispensabile per la riuscita dell'operazione. È un soggetto determinante per la svolta tanto attesa, un attivista senza nome, sfuggito a ogni possibile radar dei servizi segreti. Rossetti viene sostituito da Italo Oxilia, già al timone nella fuga di Turati, che trova anche l'imbarcazione adatta. È il motoscafo *Dream V*, ancorato a Nizza, di proprietà di un principe egiziano. Contrattazione, pagamento con centoventimila franchi della famiglia Rosselli transitati da Parigi via Marion fin nelle mani di Salvemini, acquisto, partenza per la Tunisia. Finalmente, dopo quattro tentativi andati a vuoto e altrettanti appuntamenti mancati, la situazione si è sbloccata. Lussu si è raccomandato:

armi a bordo. Fucili e pistole nel caso ci sia un inseguimento, bisogna farsi trovare pronti a tutto.

Notte senza luna, quella del 27 luglio 1929. Notte finalmente arrivata, sognata, preparata. Il motoscafo si avvicina a luci spente al punto convenuto. In febbrile attesa sugli scogli, tre uomini con i fagotti di vestiti sotto braccio scrutano le tenebre mentre a un centinaio di metri, nella piazzetta sul mare, siedono a un tavolino del caffè il capo della colonia, un maresciallo, l'ex pretore. C'è uno spazio utile di pochi minuti prima che la ronda si accorga che in tre non hanno fatto rientro a casa. Nitti è il primo a scivolare in acqua al segnale convenuto, Lussu e Rosselli tornano indietro convinti che l'appuntamento sia saltato per l'ennesima volta. Paolo Fabbri, prezioso collaboratore, corre verso il paese per riacchiapparli. Riattraversano insieme l'abitato in maniera fortunosa (nel cortile di una delle loro case è in corso una lite per dei polli, in piazza si mangiano granite al bar), Lussu è travestito da vecchio pescatore ma Rosselli rischia di farsi riconoscere.

Di nuovo sugli scogli, al buio, poi giù in mare, a tentoni.

Rosselli: «Bum bum: nella calda notte di luglio si odono rumori sordi, come di martellate provenienti dal fondo marino. Un'ombra nera si profila, là a ottanta metri verso il porto».

«Il mare era calmissimo. Ad un tratto, appena percettibile, il palpito di un motore», racconterà Lussu.

Salgono a bordo con una scala di corda, aiutati da Nitti e Dolci, mentre il motoscafo scivola, pericolosamente alla deriva, verso il molo. L'equipaggio è al completo, zuppo ma trionfante.

Oxilia dà gas. A terra li sentono tutti, compreso Ferruccio Parri che dall'inizio ha scelto di rimanere con la famiglia, compreso Fabbri che ha il compito di distrarre e trattenere le guardie.

È un attimo, i motori rombano, un balzo e via. Nessun allarme a terra, gli sbirri pensano si tratti di un mezzo dei loro. E comunque sarebbero imprendibili: corrono come pazzi nella notte verso la Tunisia, verso la libertà. Al buio, sulle onde.

Non è facile, oggi, immaginare quanto si dovesse conoscere, in quel periodo, delle cose che accadevano. Nell'Italia fascista no stampa libera, no comunicazioni non autorizzate. Redazioni dei giornali tutte sotto controllo a partire dai direttori, tutti fascisti; censura e autocensura; milioni di occhi e orecchie pronti a delazioni e un popolo intero disposto a volenteroso controllo sugli altri.

La notizia della fuga, agli italiani, viene data solo il 10 agosto.

Gli evasi che, passando dalla Tunisia, sbarcano a Marsiglia e poi partono per Parigi in treno trovano ad attenderli Salvemini, che ha organizzato per loro una specie di tournée tra direttori di giornali internazionali e salotti della cultura (Lussu lo chiama scherzosamente il loro «impresario»). Hanno capito che è importantissimo raccontare, spiegare all'estero di cosa si parla quando si parla di fascismo. Sentirlo dalla viva voce di chi è riuscito a beffare il regime è fondamentale, è un controcanto necessario, e i tre sono degli ottimi oratori, asciutti, ironici, appassionati. Rilasciano interviste che escono a Londra, Parigi, negli Stati Uniti, in Argentina, Svezia, Svizzera, e incrinano fortemente l'immagine internazionale del regime, contrastano la propaganda serrata e potente di Mussolini.

Mi chiedo se Joyce, all'epoca, avesse visto la fotografia del motoscafo. Quella fotografia con i tre fuggiaschi a poppa. Posa rilassata, sguardo rivolto all'orizzonte, Rosselli accenna un sorriso. Un sorriso viene sempre anche a me ogni volta che mi capita sottomano quell'immagine, da un libro, dalla rete. Ogni volta sogghigno ammirata, congratulandomi in segreto con quegli eroi affratellati e disinvolti che corrono in mare aperto, sollevando onde, verso la libertà. Mette allegria, funziona potentemente anche a distanza di oltre novant'anni. È un'immagine di vittoria. È la storia come deve andare. Lussu ha le mani incrociate poggiate su una gamba accavallata all'altra, Nitti e Rosselli si reggono ai sostegni del tettuccio con volti gioviali e sguardi verso il futuro. Li ammiro profondamente. Sono una fan, come lo si è di miti, di idoli, di persone care che non si conoscono dal vivo ma sono importanti per la nostra esistenza. Sono devota al loro coraggio, alla loro ironia.

Ogni volta che nell'introduzione di Lussu a *La catena* rileggo l'episodio di Nitti che, rievocando le gesta della fuga in una serata a casa dello scrittore inglese Wells, manda in frantumi un'anfora cinese della dinastia Ming per la troppa foga nel gesticolare («È certo, checché ne dica, che Fausto pensò al suicidio e, se avesse potuto sparire sul momento con una pillola, l'avrebbe fatto»), rido. Rido perché oggettivamente fa ridere la situazione, il racconto che ne fa Lussu, e perché si ride di gioia, per la beffa, per lo scampato pericolo. Si può essere eroi anche facendo gesti goffi, come rompere un prezioso vaso per sbaglio mentre si racconta, in un inglese stentato, un'impresa così eccezionale, unica. Si può essere eroi nel raccontarlo così, senza la retorica roboante del linguaggio di quell'epoca disgraziata. Si è antifascisti anche nella scelta dei toni, delle parole.

Non so chi abbia preso quello scatto, se Dolci o Oxilia (gli altri due dell'equipaggio che non compaiono, quindi uno sarà al timone mentre l'altro fotografa), ma deve essere stato nel tratto tra La Galite e La Goulette, o forse tra Tunisi e Biserta, nel loro viaggio di avvicinamento verso l'Algeria da cui possono imbarcarsi senza problemi per Marsiglia (sul traghetto che li porta in Francia «lieti ed esuberanti», Rosselli sottocoperta suonerà tutta la notte sinfonie di Beethoven al pianoforte: lo possiamo immaginare galvanizzato, elettrico, felice, almeno per il momento).

Mentre nel '29 Emilio è impegnato a fuggire da Lipari, Joyce, che ha diciassette anni, va e viene dall'Italia, dove fa base a casa dei nonni nelle Marche, incontra Croce, si prepara per andare a studiare in Germania. I genitori sono bloccati in Svizzera, da dove non possono ancora muoversi; a loro il passaporto non viene rinnovato. Il console di Losanna ha avuto un burrascoso colloquio con Cynthia che si è dichiarata indisponibile a qualsiasi mediazione riguardante la loro libertà di parola. Nel frattempo, Max consegue la sua prima laurea a Ginevra, in *Sciences sociales*, prima di rientrare in Italia dove si iscrive all'università a Roma.

A Parigi, dopo l'arrivo di Lussu, Rosselli e Nitti, nasce Giustizia e Libertà. Racconta Lussu: «Già tre giorni dopo l'arrivo, si perfezionò la nostra organizzazione».

Non è un partito, è un movimento clandestino (fondato dai rifugiati di Lipari più Tarchiani, Cianca, Rossetti, Dolci e Facchinetti) che accoglie le varie correnti di provenienza politica dei fondatori – la liberale di Tarchiani, la socialista di Rosselli, la federalista di Lussu, la repubblicana degli altri – momentaneamente riunite in uno scopo comune: l'antifascismo attivo. La loro azione unitaria mira alla caduta del regime mussoliniano e prepara il terreno per la conseguente rinascita democratica del paese, rinascita che dovrà fondarsi su ideali di giustizia sociale ed economica e libertà politica. Già a Lipari, Rosselli aveva portato a termine (anche discutendo molto con Lussu e Parri) la stesura definitiva del suo saggio *Socialismo liberale*, che nel '30 andrà alle stampe proprio a Parigi e costituirà il manifesto teorico del neonato movimento insieme agli insegnamenti di Salvemini e alle idee di Gobetti (dei quali Rosselli è stato, rispettivamente, allievo e collaboratore).

Lussu conia il motto «Insorgere! Risorgere!», Dolci disegna il simbolo. Due sono le centrali, situate nel cuore di Parigi: Place du Panthéon, nel Quartier Latin, e Rue Notre-Dame-des-Champs, a Montparnasse.

Viene fondata una casa editrice, si stampano libri e volantini, si organizza una rete di solidarietà e azione tra i clandestini in Francia che ha contatti con gruppi antifascisti in Italia: a Milano c'è Riccardo Bauer, a Bergamo Ernesto Rossi, a Torino Aldo Garosci, in Sardegna Dino Giacobbe, a Roma Max Salvadori.

Sono anni di antifascismo clandestino e organizzazione della lotta, anni in cui si deve agire con prudenza perché le spie sono sempre in agguato e non sai chi può essere un infiltrato e chi invece no. Ci sono personaggi molto insidiosi come Carlo Del Re, un avvocato che diverrà agente provocatore, e Dino Segre, lo scrittore noto con lo pseudonimo Pitigrilli di cui Emilio si fida pochissimo e di cui scrive: «Pitigrilli non è diventato spia, lo è nato» (una volta che lo incontra per strada a Parigi, Lussu dice a Pitigrilli in tono sprezzante e minaccioso: «Levati dai piedi, ché, di fronte a un uomo come te, una pistola spara da sola»), più numerosi doppiogiochisti al soldo dell'Ovra, come René Odin che è emissario in Italia di Rosselli ma contemporaneamente riferisce tutto ad Arturo Bocchini, famigerato capo della polizia politica, o Enrico Brichetti, e vari altri traditori pronti a vendersi. Giustizia e Libertà preoccupa molto il regime; Rosselli, Lussu e la loro rete sono sorvegliati speciali (di nuovo), si temono attentati al duce.

È in quei mesi che Emilio scrive *La catena*, che gli frutta un anticipo di diecimila franchi, utilissimi in un periodo in cui non può lavorare. Tradotto e stampato in francese, inglese, tedesco e sloveno, arriva negli Stati Uniti dove c'è Salvemini, che per primo ha sollecitato la scrittura di quello e dei successivi libri di Emilio. Per l'Italia si prevede una versione clandestina, di piccolo formato per essere occultato e girare di mano in mano, che circola tra gli studenti e trova terreno fertile in Sardegna, dove è vivissimo il ricordo di *su capitano* e delle sue gesta con la brigata Sassari. Essendo il 'militare' del gruppo, è affidato a lui il compito di valutare, anche sul piano pratico e organizzativo, un'eventuale insurrezione, mentre prosegue, incessante, il lavoro di agitazione politica.

Nel '32, Joyce è a Heidelberg, Max a Roma, Emilio tra Francia e Svizzera.

Max studia Scienze politiche, prende la seconda laurea (la tesi verterà sulla stabilizzazione del potere d'acquisto della moneta) e conduce una vita semiclandestina. Dopo aver fatto sette mesi a Milano nei bersaglieri, dove ha ricevuto un addestramento da ufficiale, si impiega all'Istituto commercio estero. Dietro questa facciata, si occupa della distribuzione di materiale propagandistico antifascista, volantini che riceve da Ernesto Rossi e che provvede a distribuire a Roma e in varie località del Lazio e delle Marche. Fa un lavoro su piccola scala, consapevole che non è ancora il momento di pensare a una rivolta contro un regime fortissimo e armato. Cerca di accendere scintille, dare segni di vita, far sapere che un'opposizione esiste mettendo volantini nelle cassette delle lettere e attaccando sui tram, nei bagni pubblici, sui poster dei teatri, francobolli con l'emblema di Giustizia e Libertà, quello disegnato da Dolci con la fiamma rossa affiancata dalla *I* di Insorgere e dalla *R* di Risorgere.

Nel luglio di quell'anno, però, viene arrestato insieme ad altri quaranta cospiratori. Portato a Regina Coeli, è rinchiuso in una cella di due metri per uno, infestata da insetti, puzzolente, senza finestre. Non subisce torture perché la polizia non ha chiaro il suo ruolo, la sua posizione nell'organizzazione, ma lui sa cosa fanno ai prigionieri: a Roma ha conosciuto un giovane comunista a cui sono stati infilati aghi sotto le unghie e frantumati i testicoli e che ha avuto il cuore danneggiato dai colpi inferti con sacchi di sabbia, e una ragazza a cui la polizia fascista ha devastato seni e genitali a colpi di rasoio. Sono racconti che fanno molta paura.

Ha ventiquattro anni, dopo due mesi crolla. A settembre, infatti, in preda a una forte crisi psicologica causata dalla dura prigionia, scrive una lettera di pentimento a Mussolini implorando clemenza – in gergo politico-carcerario 'la letterina' –; la lettera non implica la compromissione di nessuno dei compagni ma ha come effetto la scarcerazione e l'invio al confino a Ponza. Condanna comminata: i soliti cinque anni.

Questa lettera, da lui mai negata o nascosta (nel suo libro di memorie ricorda che, arrivato nella Roma liberata, avrebbe potuto tranquillamente farla sparire, ma non lo fece per non compiere un secondo atto di viltà), costituirà una macchia che Max non si perdonerà mai. Un'umiliazione bruciante, che però è un episodio isolato in una lunga storia di coraggio e azioni rischiose: «un aspetto minore (e transitorio) dell'aspra lotta ingaggiata tra i dissidenti politici, dispersi e perseguitati, e la spietata dittatura mussoliniana: il momentaneo cedimento di un giovane militante, quando gli pareva di avere tutto contro e avvertiva di essere alla mercé del nemico», scrive lo storico Mimmo Franzinelli.

A Ponza, nel '33, dalla Svizzera lo raggiunge Joyce. Come scrive Federica Trenti, autrice de *Il Novecento di Joyce Salvadori Lussu*, è in quell'occasione che Joyce sperimenta per la prima volta una trasferta sotto falsa identità, «protetta dal suo aspetto nordico e dalla padronanza della lingua tedesca». Quello dalla Svizzera a Ponza e ritorno in incognito è solo il primo spostamento «di una lunga serie con cui salvaguarderà se stessa e altri compagni durante la guerra». Ed è la prima volta che compie un'azione antifascista (anche questa la prima di una lunga serie) in maniera autonoma, 'formalizzata'. Si tratta infatti di una vera e propria missione, affidatale lì a Ponza dal fratello Max e dai compagni di confino: raggiungere Mister Mill, alias Emilio Lussu, per consegnargli un messaggio con i piani di evasione dei confinati.

È quella la volta in cui finalmente Joyce ed Emilio si incontrano. Dico 'finalmente' per due motivi. Il primo è che ai signori Salvadori Emilio Lussu è noto non solo per fama, ma perché l'hanno conosciuto di persona, in casa loro a Martheray, dove il fondatore di Giustizia e Libertà si è recato una volta a fare dono di un suo libro e conoscere il professor Willy, antifascista ed esule come lui. Mancato per poco – era fuori casa per lavoro, un piccolo impiego da dattilografa –, la sera Joyce aveva ascoltato i suoi parlare con ammirazione e rispetto di quest'uomo che all'epoca era una figura leggendaria per via delle gesta in Sardegna e della fuga da Lipari. I più giovani in particolare, quelli più desiderosi di azione e militanza, lo consideravano un vero e proprio mito. Proprio confidando nell'esperienza da fuggiasco dell'ex confinato a Lipari, il fratello di Joyce e gli altri giellisti a Ponza avevano pensato di chiedere aiuto a lui. Così Joyce era partita dalla Svizzera e, raggiunta Ponza, aveva preso in carico il lungo messaggio scritto in caratteri piccolissimi su una striscia di carta contenente un piano di fuga del fratello e dei compagni, lo aveva arrotolato per bene, infilato nel manico vuoto della valigia in fibra che aveva smontato e rimontato, ed era ripartita per la Svizzera dove si era messa a cercare in lungo e largo il capitano che viveva in clandestinità. Era arrivata fino in Belgio, poi in Francia, in Alta Savoia. E *finalmente*, dunque, le era stato fissato un appuntamento con lui in casa del repubblicano Chiostergi.

Questo incontro possiamo facilmente immaginarlo, grazie al racconto che ne ha fatto Joyce in più occasioni.

Lei lo ha definito «il colpo di fulmine dei romanzi dell'Ottocento».

E dunque, uno sguardo, immaginiamo. Il primo, quello in cui c'è tutto.

E poi la sera insieme, in un letto a una piazza, come ha scritto Joyce in una poesia.

E in un'altra:

Il lungo sonno è stato prima
prima d'averti incontrato
adesso che ti ho trovato
non voglio più dormire

voglio aver gli occhi aperti
per guardare il tuo viso
adesso che mi hai sorriso
voglio sempre pensare
[...]

Dopo quella prima notte, però, si separano quasi subito. Perché Emilio, che ha ventidue anni più di lei e non ha mai avuto una compagna, è stato soldato, e poi confinato, soffre per la tubercolosi contratta in carcere a Cagliari, è un rivoluzionario militante a cui non si confà la vita di famiglia, non ha nessuna intenzione di legarsi a una donna e pensare di farsi una casa, fermarsi. Almeno, questo è quello che pensa lui, con un concetto di 'casa e famiglia' che Joyce, solo molti anni dopo, si adopererà a 'riaggiustargli'.

Joyce riparte per l'Italia, per le Marche, e Mister Mill scompare in Svizzera.

3

C'è un primo matrimonio, nella vita di Joyce, di cui lei non ha mai parlato nei libri autobiografici ma che era un fatto noto in quanto già menzionato da Giuseppe Fiori nella biografia di Emilio Lussu *Il cavaliere dei Rossomori*.

Ricordo che, preparando le domande per le mie interviste poi diventate libro, non avevo provato particolare curiosità a riguardo. Fiori ne accennava in due righe e mi era apparso subito come un fatto minore, su cui non indugiare più di tanto. In più, volevo fermamente rispettare la scelta di Joyce di accantonarlo (in tutta evidenza: non ce n'era traccia in nessuno dei suoi libri, né nei suoi racconti dal vivo) per un qualche motivo suo che non mi incuriosiva affatto.

Più che altro, la prima volta che lo avevo letto mi ero chiesta come potesse essere stato annullato un matrimonio contratto in un paese in cui non esisteva ancora il divorzio. Immaginavo che tra la confusione dei vari documenti, il passaggio in Africa, le perdite di registri e archivi vari sotto i bombardamenti, l'atto fosse andato perduto o fosse decaduto per conto suo. (Ma come? Uno zio di mio padre, che si era sposato una prima volta ma poi si era accasato con un'altra compagna, aveva dovuto aspettare appunto gli anni Settanta per regolarizzare la sua posizione e dare il suo cognome ai figli, per dire.) Dunque, mi colpiva più l'aspetto burocratico che non altro. Poi, nel 2008, dunque dieci anni dopo la morte di Joyce, grazie al lavoro di Antonietta Langiu e Gilda Traini, autrici di una preziosa biografia e bibliografia ragionata di Joyce Lussu prodotta per la Regione Marche e costruita anche sulle lettere di famiglia custodite nell'archivio Salvadori Paleotti curato da Gladys e da sua figlia Clara, avevo letto che la cancellazione era avvenuta a San Marino e da lì era stata poi trascritta in Italia.

Dunque conoscevo l'episodio, non era un segreto, non era uno scoop, non era, secondo me, importante in quella che era l'economia (diciamo così) della sua autobiografia, scritta o narrata.

Credo che non sia affatto facile scrivere un'autobiografia. Cosa scegliere senza cadere in vuoto protagonismo, cosa mostrare dei fatti accaduti, cosa metterci, dentro, di una vita? Quanto vogliamo condividere dei nostri sentimenti, dei nostri eventuali errori? Un'autobiografia deve necessariamente essere una specie di confessione? (Anche no, spero! Lo credo, anzi, vivamente, rifuggendo per quanto mi riguarda da qualsiasi tipo di pratica gesuitica o pedagogia comunista. E il lettore, poi, cosa diventerebbe? Un guardone, un confessore, un giudice? E perché mai?)

Ancora. Su cosa ci fa piacere soffermarci, a quali vicende diamo più peso? E, soprattutto, cosa ci ricordiamo? Per scelta o per forza, perché la memoria funziona per conto suo e di infanzia, adolescenza e giovinezza elabora ricordi anche secondo meccanismi che non governiamo del tutto, secondo prospettive e distanze che cambiano negli anni?

Joyce ha sempre dichiarato di aver scritto i suoi libri per non dover ripetere ogni volta, a voce, le storie che aveva vissuto. Dunque, nei suoi scritti autobiografici fa una cernita e mette le vicende che ritiene più interessanti, e siccome non sono affatto poche e per di più sono straordinarie e preziose, qualcosa va sacrificato per forza.

Un matrimonio annullato è importante? Oggi diremmo proprio di no. Lo consideriamo, donne e uomini, alla stregua di una prova andata male, lo sistemiamo in una successione di relazioni, di convivenze, di fasi che si aprono e si possono chiudere. Soprattutto all'inizio della vita adulta. E se all'epoca era indissolubile pur nella sua forma civile perché appunto non c'era ancora il divorzio, bisogna mettere in conto la cultura *nonconformist* che arriva a Joyce dalla sua parte inglese.

Mi capita spesso di pensare alla storia di Joyce come a una storia assolutamente 'moderna', che precorre i tempi delle donne. La Joyce che si sposa e apre una parentesi inaspettata e poi la richiude senza lasciare troppe tracce è un esempio di grande modernità, nell'Italia – anzi: nelle Marche! – del 1934. (Mentre scrivo «senza lasciare tracce», mi sovviene il ricordo di me e Massimo Canalini che, arrivando una mattina a casa di Joyce, ci chiediamo cosa ne sia stato di quest'uomo apparso e poi scomparso senza un grido. «Ma il primo marito di Joyce, poi, che fine ha fatto?» «E chi lo sa! Si è aperta una botola, poveretto, ed è stato cancellato. Ne parla Giuseppe Fiori nella biografia di Emilio, ma fa solo il nome, e basta. Aldo Belluigi, di Tolentino. Sarà tornato qui nelle Marche, si sarà rifatto una vita. Mai più saputo niente, mai più nominato».)

Ricordo di aver dunque, anche io, 'archiviato' velocemente questa storia del primo matrimonio, considerandola l'equivalente di una relazione sbagliata come ce ne sono tante nella vita di persone che magari provano a convivere e poi decidono di lasciarsi o di non sposarsi. E di aver quindi deciso di non chiedere nulla su questo a Joyce.

E poi, è così necessario parlare di tutte le relazioni che si sono avute, quando ce n'è una importantissima, enorme, che sovrasta e annichilisce tutte le altre? Certo, c'era quel magnifico scritto di Joyce, con quel titolo molto suggestivo, *Che cos'è un marito*, riportato in un paio di suoi libri: un piccolo saggio di storia, che è anche un testo d'amore, sulla loro lunga relazione all'insegna di un fine comune, quasi fosse un consorzio, in cui analizza il suo rapporto con Emilio, tutto positivo e tutto in chiaro, che non poteva non tornare in mente una volta saputo che c'era stato un altro tipo di marito, sbagliato, superato, perso (che cosa *non* è un marito?, si potrebbe parafrasare).

Però a un certo punto, qualche anno dopo la sua morte, ho cominciato a notare che in rete, su Wikipedia, o nelle voci di enciclopedie delle donne, o ancora in ricordi, blog, testimonianze, questa storia del primo matrimonio (celebrato a Fermo il 21 febbraio 1934 e poi finito con una separazione e successivo annullamento) cominciava ad avere un suo spazio sempre più grande.

Questo fatto mi urtava non poco. In più il primo marito veniva definito 'fascista' e dunque mi pareva voler accendere una curiosità, suscitare un piccolo scandalo. Mi sembrava un gossip, un gonfiare una cosa che non era davvero così importante, anche distorcendola non poco. Cos'era successo, perché all'improvviso c'era tutto questo interesse per questo primo marito?

Alla fine, avevo capito. C'erano stati un paio di convegni, qualche anno dopo la morte di Joyce, ben fatti e con studi rigorosi che avevano messo in luce un periodo della vita di Joyce poco noto, perché da lei non raccontato nei dettagli. Si trattava, appunto, degli anni trascorsi tra il primo e il secondo incontro con Emilio. Anni in cui si sapeva essere stata per un periodo in Africa, insieme al primo marito e a suo fratello Max con rispettiva consorte (inglese di nome, anche lei, Joyce). In Kenya, per la precisione, dove i quattro giovani avevano impiantato un'azienda agricola, nella concessione inglese Equator Farm, a duecento chilometri da Nairobi, lungo il lago Nakuru, che non era andata molto bene.

Dobbiamo alla storica Elisa Signori un egregio lavoro di analisi delle carte riguardanti la famiglia Salvadori conservate negli archivi del Casellario politico centrale, poi riportato negli atti del convegno *Joyce Lussu. Una donna nella storia* tenutosi nel 2001 all'Istituto sardo per la storia della Resistenza e dell'autonomia, a Cagliari, a cura di Maria Luisa Plaisant. Perché se Joyce di quel periodo lascia solo qualche poesia e un po' di corrispondenza che intrattiene con la mamma, ci pensa la polizia a scandagliare, controllare e trascrivere dettagli. È dagli occhiuti rapporti di polizia che veniamo a sapere qualcosa in più sul marito di Joyce, sul rapporto con Max, sui loro spostamenti.

Innanzitutto, si deduce che Max e Aldo Belluigi sono amici: sono i primi a partire per l'Africa, dopo essere passati in Svizzera da Willy (che non ha ancora ottenuto il passaporto mentre moglie e figlie sono rientrate in Italia e si sono stabilite a San Tommaso, una proprietà ereditata dal conte Salvadori che nel frattempo è morto), e solo dopo vengono raggiunti dalle due Joyce.

C'è inoltre una lettera di Max a Joyce, del '33, che scrive alla sorella: «In quanto a Belluigi, deciditi; se vuoi sposare, sposa; se vuoi aspettare, aspetta. Prima in ogni caso di dir di sì, dovresti informarti prima sulla sua situazione finanziaria e dopo dovresti tenerlo a bada perché ho l'impressione che butti via il denaro. Ricorda in ogni caso che tu sei una persona istruita mentre lui non lo è e non può esserlo».

Quando si sono conosciuti Joyce e Aldo? Dopo quanto si sono sposati? Max sembra sapere delle cose su Belluigi, ma non si capisce se gliele ha raccontate la sorella o se anche lui lo ha frequentato nei mesi passati a casa della madre. Dal confino di Ponza, infatti, grazie all'intercessione di un influente parente inglese di Cynthia, Sir Arthur Collier, è stato liberato con un atto di clemenza del duce e da lì è tornato a casa nelle Marche.

Chi ha trovato la 'dritta' per l'Africa? Da dove nasce l'idea della partenza? A occhio e croce si direbbe dall'Inghilterra, in quanto Equator Farm fa parte del protettorato inglese in Kenya.

E come mai i due fratelli Salvadori si imbarcano in un'impresa così diversa da tutto quello che hanno fatto sin lì (le due lauree per Max, gli studi di Joyce)?

C'è da dire che quelli sono anni di crisi per entrambi. La vita dei due fratelli per certi versi sembra procedere nella stessa direzione, di impegno nell'antifascismo, di solidarietà tra loro e verso i compagni, ma anche di fermo forzato. La prigionia e poi il confino di Max hanno molto toccato Joyce, in famiglia si discutono i momenti critici del suo percorso. Il padre, dalla Svizzera, sul rilascio del figlio scrive a Cynthia: «Spero che Max non sia stato il solo ad essere liberato e che si tratti di una misura generale o almeno concessa a parecchi confinati per festeggiare la firma del famoso patto a quattro. Se non fosse così io quasi preferirei che Max fosse rimasto con i suoi compagni laggiù». Gli seccherebbe se ci fosse stato un intervento delle autorità britanniche solo per un prigioniero (ancorché inglese in quanto Max è nato a Londra e ha passaporto inglese) e solo grazie a entrature ad alti livelli della famiglia. Comunque, Max ha dovuto dichiarare che di lì in avanti non condurrà alcuna attività segreta contro il governo italiano. È forse anche per questo impegno (disatteso, alla grande, anni dopo) che Max decide di abbandonare l'Italia, prima espatriando con il passaporto del cugino Arturo Galletti, che gli somiglia molto e può essere scambiato con lui, poi, dopo una puntata in Inghilterra e una in Svizzera da Willy con Belluigi, partendo da Marsiglia per il Kenya con il cognato.

Sono anni pesanti, il consenso al fascismo sembra permeare qualsiasi strato sociale, gli oppositori sono stati messi a tacere, la stampa è tutta asservita, trionfa l'opportunismo, gli amici e i compagni sono in galera o sono stati costretti a fuggire. La cappa del regime deve essere claustrofobica, cupa, soprattutto per dei giovani con un futuro da costruire.

Ma forse non c'è solo questo. Forse c'è anche la volontà, per i due Salvadori, di mettersi alla prova con qualcosa di totalmente diverso. Provare a cercare, anche, un luogo che sia meno ostile, dove non sono sottoposti a controllo costante di polizia. Dove non sono severamente puniti per ogni piccola azione di resistenza civile (Max che finisce al carcere duro per aver distribuito volantini nelle cassette delle lettere non può non farci pensare allo struggente *Ognuno muore solo* di Hans Fallada). E magari c'è anche il richiamo per terre lontane, che costituiscano un altrove, il confronto con realtà diverse e popoli sconosciuti. È così?

Su questo passaggio ci illumina Federica Trenti, che ricorda come per molti giovani inglesi degli anni Venti e Trenta l'emigrazione verso le colonie fosse prassi comune. Trenti rievoca l'esperienza della famiglia di Doris Lessing, che nel libro *Mia madre* racconta come molti giovani borghesi britannici senza soldi venissero attratti da finanziamenti offerti dalle banche per avviare attività agricole nelle colonie e di come, per gli inglesi che non volevano stare in Europa in quegli anni in cui ci si preparava alla guerra, l'Africa costituisse un'alternativa possibile.

Certo non era una vita facile, quella nelle campagne africane. Poteva andar bene per i più ricchi e strutturati, che riuscivano a resistere ai rovesci di fortuna e ai fallimenti delle imprese, ma non per gli altri partiti un po' al buio. Inoltre, molti rimanevano spiazzati dalla durezza della vita, dal territorio totalmente vergine e senza comodità o infrastrutture, senza poter contare su alcuna preparazione psicologica o esperienza pratica.

Dopo tre raccolti andati a male, si aprono le prime crepe tra Max e Belluigi. Il posto deve essere certamente bellissimo, sia per le descrizioni che ne fa Joyce alla madre, sia per le testimonianze di altre signore che qualche anno prima sono transitate dalle proprietà di Lord Delamere, pioniere dello sviluppo agricolo di quel territorio che lì ha impiantato una grande azienda sperimentale, come le scrittrici Elspeth Huxley e Karen Blixen che restano affascinate dal paesaggio e dalla luce.

Le lettere di Joyce alla madre sembrano serene, raccontano la vita quotidiana: «Abbiamo semplificato l'abbigliamento; Aldo e Max portano calzoncini corti [...] la Joyce ed io portiamo dei pantaloni lunghi di velurs (velurs per modo di dire perché è fustagno) [...] Attorno a casa giriamo tutti e quattro scalzi per economia di scarpe e calze».

In quel periodo scrive molto, ispirandosi anche ai fiori e agli animali del posto: le magnolie, il frangipane, i buoi, il coccodrillo, le antilopi, le iene, i bufali. E i cavalli, sempre. E la terra.

Oltre alle poesie, ci sono tracce di suoi racconti, almeno in una lettera della madre. Scrive Cynthia: «Ho riletto tutte le tue descrizioni dei vari viaggi sul lago Vittoria e nel Serengeti, e poi i tuoi racconti in inglese come *The Evening Bag*. Non mi ricordo se mi hai detto di aver pubblicato questi racconti. Sono scritti molto bene. Insomma ora ho l'impressione di aver fatto un viaggio nell'Africa orientale e di aver visto io quelle cose. È impressionante, ed è segno che hai scritto bene».

Della rottura con il marito sappiamo che avviene nel '36, data in cui Belluigi fa ritorno in Italia (mentre Joyce rimarrà in Africa fino al '38). Sempre dalle ricostruzioni di Elisa Signori sulle carte di polizia, sappiamo che al suo rientro viene sottoposto a interrogatorio. Da quello che dichiara, si ricava che la rottura è dovuta a dissapori con Max, che è entrato in rotta di collisione con le rappresentanze diplomatiche italiane (in particolare con il segretario del fascio a Nairobi, dottor Carlo Linda), e per incompatibilità di carattere e di vedute politiche con la moglie (Belluigi, prima delle nozze con Joyce, è definito dalla polizia «possidente, di condotta regolare e politicamente affidabile per non aver mai dato luogo a sospetti e per aver percorso il prescritto iter formativo nei ranghi del Pnf fino a diventare caposquadra nella locale legione della Milizia»).

Da quel periodo nella valle del Rift e dalle osservazioni che ha modo di compiere girando, Max ricava il suo primo libro, *La colonisation européenne au Kenya*, pubblicato a Parigi nel '38. Si tratta di una monografia, scrive Enzo Santarelli, che «è, come al solito, uno studio di grande rigore ed impegno» in cui «si intravvede la complessità della questione indigena» e vi si analizza la colonizzazione dell'Africa orientale, portando avanti un discorso anticoloniale già iniziato dagli antifascisti di GL e da Max stesso sin dal '34.

Dunque, questi anni strani di Joyce. Cerco e intreccio, confronto i lavori di Elisa Signori che ha consultato le carte di polizia, di Antonietta Langiu e Gilda Traini che hanno visto le lettere conservate dalla figlia di Gladys ancora in parte inaccessibili, le intuizioni di Federica Trenti sui coloni inglesi, le riflessioni sulla biografia e le scelte di Joyce di Maria Teresa Sega («la sua formazione materialistica e razionalistica la spinge ad aborrire tutto ciò che ha sentore di psicanalitico, di introspettivo», e ancora: «Joyce Lussu appartiene a quel non piccolo gruppo di donne che nel Novecento fanno della politica il centro della propria identità»).

E all'improvviso mi rendo conto che non è una questione di 'gossip'. E che non è vero che Joyce non ha mai parlato di quel periodo. Ne ha, anzi, scritto, in un modo che va interrogato. Nelle sue prime poesie, le prime pubblicate.

Solo da poco ho letto le sue *Liriche*, curate da Benedetto Croce. Joyce non le ha mai ristampate, o meglio ne ha inserite solo tre nella sua raccolta *Inventario delle cose certe*.

Le ho trovate a Napoli, in un modo abbastanza straordinario. Al termine di una lezione su Joyce, per il festival 'Lezioni di Storia. L'invenzione del futuro', in cui ho parlato della pratica dell'utopia nella sua vita e nella sua opera. Una rarissima copia d'epoca delle *Liriche* mi aspettava (lo sapevo, l'avevo trovata in rete su maremagnum.com cercando Joyce Salvadori anziché Joyce Lussu) proprio dietro al teatro Bellini, nascosta da anni tra gli scaffali della libreria Pironti, in via Port'Alba.

Di quelle poesie, Joyce mi aveva parlato sempre come di qualcosa in cui non aveva mai creduto molto, nonostante il sostegno e il grande incoraggiamento di Benedetto Croce. «Forse quelle in tedesco, le ho rilette, non sono male», mi aveva detto. Eppure la loro pubblicazione era stata un piccolo evento, all'epoca. La raccolta conteneva dei componimenti in tedesco che erano proposti con una piccola traduzione in prosa fatta da Benedetto Croce stesso. Trovo una recensione uscita nell'agosto del '39 in francese su un giornale svizzero a firma di Henri de Ziegler, un filosofo dell'università di Ginevra. Rileva «l'intimo tormento e l'ardente malinconia» che c'è in molte di quelle poesie, la ricerca dell'oblio, il tema della solitudine.

Joyce ne ha ripubblicata qualcuna, di quelle in tedesco. Ma altre le ha lasciate in quel vecchio libro. E in quei versi, Joyce dice più di qualcosa.

> [...] E ho paura,
> paura del rimorso, – di coloro
> ch'ho ingannati – non per me, oh no!, ma per loro,
> perché soffriranno

e non volevo farli soffrire.
Volevo far bene, e non ho saputo capire.

(Mombasa, luglio 1935)

E ancora:

Ho amato e creduto. È un errore,
mi dici.
Son dunque fantasmi soltanto, le cose
che rendon felici?
T'ho offerto il più sacro sentire, e tu hai riso
sprezzante.
M'hai tolto ogni orgoglio, ogni speme e sorriso,
ed or non so più che nascondere il viso,
e piangere, piangere, piangere.

(Tanganyika, 19 luglio 1936)

La ragazza Joyce, che lascia l'avventura africana, capisce di dover tornare indietro, seguire la sua strada, rimuove l'errore, ma è severa con se stessa, è una di noi, del nostro tempo.

Non ne farà mai parola nei suoi ricordi, eppure oggi quella fase di Joyce arricchisce la sua storia, ci aiuta a capire ancora più profondamente, in qualche modo a rendere persino più 'valorosa', la sua scelta successiva.

Quell'ombra, quello scarto, servono a capire meglio tutto quello che arriva dopo, voluto con ancora più determinazione, con una costruzione cosciente che è costata anche qualche ferita.

E si capisce che Joyce non ha mai smesso di pensare a Emilio.

4

Nell'aprile del 1938, Joyce rientra in Europa a bordo del piroscafo francese *Général Metzinger*. Arriva dall'Africa ed è passata da Aden, dove il console italiano le ha annullato il passaporto: comincia così il suo *Fronti e frontiere*, con Joyce stravolta dalla fatica e furiosa per l'ennesimo sopruso burocratico del funzionario fascista di turno. Arriva dal Tanganika, dove ha trovato lavoro in un'industria per la brillatura del riso, cercando di mettere assieme quello che le serve per il viaggio di rientro in Europa e per l'iscrizione a una università così da riprendere gli studi interrotti dall'avvento dei nazisti.

La voglia di tornare nel suo paese, che non vede da anni, è grande. Ne ha nostalgia, vorrebbe riabbracciare sua madre, sentire parlare italiano, ritrovare casa. È stata 'fuori' quasi quattro anni ma questo espatrio – un po' scelto, un po' obbligato – non è bastato a ripulire la sua immagine di antifascista agli occhi dei consoli zelanti che si ostinano a negarle il prezioso lasciapassare.

Già nelle prime righe di quel libro, ci sono tutti gli elementi che caratterizzeranno gli anni della guerra: documenti, dunque, e frontiere da varcare, trasferte di tutti i tipi, interrogatori, lingue straniere che per non tradirsi diventano la sua anche quando deve pensare o comunicare con altri italiani, e la sua madrelingua, invece, perduta e quindi molto desiderata.

Controlli e divieti sono la sua dannazione da quando ci sono i fascisti al potere.

Di fatto è così già da un po' anche per tutta la sua famiglia. Anche i genitori, infatti, continuano a essere nel mirino di poliziotti e fascisti; Max è rientrato in Europa da solo e dà notizie tramite lettere alla madre, ma non sanno bene dove si trovi, se negli Stati Uniti o in Inghilterra, paese della moglie; persino Gladys, la sorella meno esposta politicamente, si è vista ritirare il passaporto nel '37, nelle lontane Marche dove si sono ricongiunti, infine, anche gli anziani genitori.

Dopo dieci giorni di navigazione, finalmente Joyce sbarca a Marsiglia. In quel periodo, col beneplacito dei gendarmi francesi ostili ai fascisti che chiudono un occhio sul passaporto scaduto, è ancora facile passare in Svizzera.

Lì Joyce può contare su amici. La Svizzera è la base dell'antifascismo italiano, in quegli anni, insieme a Parigi, sede d'elezione dell'emigrazione politica. Joyce si stabilisce a Ginevra, trova lavoro come dattilografa e riprende i contatti con i compagni di Giustizia e Libertà.

Da qualche parte c'è Mister Mill. Joyce non lo ha dimenticato. Non c'è solo l'amore, che evidentemente è travolgente: c'è anche un altro sentimento «che faceva sì che lo cercassi ancora, per tutte le ragioni possibili», scrive lei. Possiamo chiamarlo tensione etico-politica. Possiamo chiamarlo comunanza di intenti. Possiamo chiamarlo spinta all'azione in nome di ideali di giustizia e libertà (per nominare le cose come erano). Completamento e coniugazione diversa di uno stesso scopo, con il medesimo fuoco, uguale generosità, identico coraggio e slancio.

Sono diversi, Emilio e Joyce. Intanto per l'età, poi per formazione, per provenienza geografica, per bagaglio di esperienze. Eppure hanno in comune sensibilità, rigore, forza. E anche un bel po' di ironia.

Da una parte un uomo che viene dalle trincee dove ha vissuto in prima linea il massacro della prima guerra mondiale e da lì è arrivato in parlamento grazie alla sua terra, la Sardegna aspra e dura che sembra ferma a epoche remote, e con i voti di quelli che lo ricordano e rispettano come il capitano della gloriosa brigata Sassari. E poi l'antifascista che si è dovuto difendere uccidendo, il confinato che è riuscito a scappare in un'impresa impossibile, quindi il rivoluzionario, carismatico fondatore insieme ad altre grandi personalità di un movimento che attrae e aiuta gli oppositori e i perseguitati, unica piccola luce in un'Europa sull'orlo della tenebra.

Accanto a lui una donna, una ragazza 'di buona famiglia', che ha studiato filosofia a Heidelberg, parla molte lingue, frequenta la casa di Benedetto Croce, è energica e determinata, entrata nell'età adulta decisa a essere protagonista e non lasciarsi travolgere dai flutti della storia che fin lì l'hanno un po' sballottata.

Tutt'attorno, un mondo che comincia la guerra, con il suo carico di dolore, fame e terrore. E, dietro ogni curva, polizia, bombe, traditori.

Infine, il loro paese, di là delle Alpi, irraggiungibile, interdetto.

È un destino già scritto e forse Joyce in cuor suo l'ha sempre saputo: è Emilio che vuole, è lui il suo uomo, non ce ne sono altri al mondo.

Non ci dice com'è rincontrarsi, ma possiamo immaginarlo.

La storia riprende da dove si erano lasciati.

Le vicende vissute da Joyce ed Emilio durante la guerra sono travolgenti, rocambolesche, piene di rischi e pericoli. Sono uniche anche in quanto narrate, da dentro, da due scrittori. Non solo svelano retroscena di quella particolarissima resistenza che fu una trama di azioni politiche e di inedita «diplomazia clandestina», ma restituiscono la complessità, il paesaggio umano, le complicazioni, i pericoli.

È in quel periodo preciso che si fissa la loro grandezza di persone e di coppia. Che strana dimensione, quella di coppia, in una storia di lotta e resistenza.

Come dice Joyce, del rivoluzionario si ha l'immagine di uomo solitario, completamente dedito all'azione e assorbito dal suo ideale. È una lezione, di vita e di guerriglia: «Dal punto di vista esterno una coppia ben sincronizzata, evidentemente serena, riscuote simpatia e fiducia. Nella vita clandestina, questo elemento si rivelò particolarmente prezioso. Per la polizia d'allora, il rivoluzionario era ancora irregolare, un fanatico, un individuo antisociale. Una coppia raggiante onesti affetti non rientrava nello schema. Per cui, dove Emilio o io da soli non saremmo mai passati, in coppia passavamo tranquillamente, senza suscitare sospetti».

Un giorno, discutendo di romanzi, le chiesi, incautamente, se avesse mai pensato di scrivere un romanzo d'amore. Era scoppiata a ridere e aveva detto: «Ma io l'ho scritto un libro d'amore!». Mi ero subito corretta da sola: certo che l'aveva scritto, era *Fronti e frontiere*! Lo avevo sempre letto come un libro di azione e di guerra, con molte avventure dentro, ma certamente era anche un grande libro d'amore.

Capolavoro di semplicità ed efficacia, come l'ha definito Salvemini, *Fronti e frontiere* è il libro più noto e tradotto di Joyce. Un'opera unica, nuova, che avvince e commuove, spiega, illumina, dà una dimensione mondiale alla resistenza, segnando un itinerario internazionale che dalla Francia passa in Spagna, in Portogallo, in Inghilterra, di nuovo in Francia, dentro e fuori dalla Svizzera che è territorio neutrale e base fondamentale per il passaggio dei fuoriusciti, e infine il ritorno nell'Italia da liberare. Ed è il racconto di una lotta intrapresa sin dal 1938, quando pareva che nazismo e fascismo fossero imbattibili, una lotta che è una anticipazione e una prefigurazione della resistenza con tutto ciò che ne consegue in termini di lungimiranza politica e solidarietà umana.

Joyce ed Emilio passano continuamente le frontiere in maniera clandestina, spinti dai fronti di guerra che avanzano. Come ci riescono? Ci riescono perché sono una coppia (e perché sono bravissimi e determinati).

Pensavate alla morte, alla tortura, al carcere, ai pericoli? Joyce dice di no, perché se cominci a pensare a cose come queste ti blocchi. Naturalmente erano consapevoli dei rischi, di quello che succede quando cadi prigioniero, ma ugualmente sono andati avanti schivandoli, confidando nella fortuna e nell'elaborazione delle situazioni in cui via via venivano trovandosi.

A piedi, in treno, in aereo, su motoscafo, Joyce ed Emilio, per tutta la guerra, viaggiano nell'Europa occupata dai nazisti.

Volano, navigano, camminano. Marciano moltissimo. Parlano lingue che non sono la loro. Incontrano contrabbandieri, zingari, profughi, malavitosi, soldati, diplomatici, spie, compagni, brave persone, perseguitati politici.

Cambiano continuamente identità. Sono signori polacchi, agrari corsi, maestri francesi, professori svizzeri. Per fortuna, nella realtà, sono anche due scrittori, così che noi oggi possiamo leggere le loro testimonianze preziose, vederli in azione attraverso le loro pagine.

Bisogna leggerlo, *Fronti e frontiere*. Lì, Joyce ha messo tutto. Se ogni tanto, nei suoi scritti, Emilio taglia corto sulla componente avventurosa e sembra dedicarsi di più a tratteggiare la situazione storica e spiegare in dettaglio il lavoro politico, Joyce si sofferma nelle descrizioni, nell'osservazione delle persone, nella rievocazione di tutte le dimensioni delle vicende della sua lotta per la liberazione.

E in *Alba rossa*, interessantissima operazione editoriale pubblicata da Transeuropa nel 1991, con *Fronti e frontiere* che dialoga con *Diplomazia clandestina* di Emilio (due testi sullo stesso periodo, sulle stesse vicende, ma raccontate da due voci diverse: quella di Joyce prima, quella di Emilio dopo), si può vedere riflessa la coppia Joyce/Emilio. La loro diversità e insieme la loro consonanza. Entrambi ripercorrono le vicende degli anni della resistenza che li hanno visti lavorare fianco a fianco, con ruoli ora simili ora profondamente diversi, ma sempre protagonisti della storia.

Joyce ed Emilio insieme sono come mettere una potenza a un numero, elevandolo. La loro incisività si moltiplica, nei testi, ma soprattutto nell'azione. È questo che mi ha sempre affascinato, nel pensarli in coppia. Due è più di uno, è ovvio, ma in questa storia entrambi riconoscono che essere insieme in prima linea ha un valore aggiunto in termini proprio di forza ed efficacia, nella vita di clandestini cospirativi in lotta.

Nel periodo in cui sono stati separati, tra il loro primo incontro e il ritrovarsi per cominciare a vivere insieme, Emilio ha fatto una vita da rivoluzionario in clandestinità. Ha preso parte alla guerra di Spagna solo per un breve periodo, impossibilitato a battersi più di tanto per via dei suoi guai di salute. Già nel '33 aveva passato lunghi periodi nei sanatori svizzeri per la tubercolosi contratta in carcere, poi nel '36 subisce una pesante operazione con la resezione di sei costole ed è costretto a una lunga convalescenza nel sanatorio di Davos, lo stesso della *Montagna incantata* di Mann, dove scrive *Un anno sull'Altipiano*. Alla fine di maggio del '37 è sul fronte aragonese della guerra di Spagna, come dirigente politico del battaglione Garibaldi delle Brigate internazionali, da dove torna quasi subito in Francia per partecipare al funerale del suo amico Rosselli e per via di una ricaduta della tubercolosi. Da quando si sono ricongiunti, Emilio e Joyce hanno cambiato molte case, a Parigi all'inizio vivono all'Hôtel de l'Université: Joyce si è iscritta alla Sorbona e studia, alloggiano al Quartier Latin, trovano casa in Rue de l'Estrapade 7, dietro Place du Panthéon, indirizzo comodo anche per i contatti con i compagni di GL. Lei ogni tanto guadagna qualcosa dando lezioni di lingue; non ha molti amici in quei mesi, ma ha Emilio da cui impara moltissimo. Decidono di celebrare un 'matrimonio politico' (non ufficiale, ovviamente, viste le condizioni, il periodo e il fatto che il primo matrimonio di Joyce non è ancora stato cancellato) e fanno anche un piccolo viaggio di nozze appena fuori Parigi: una settimana all'albergo Ville Normande, il luogo in cui Rousseau si era fermato per scrivere *Julie ou la Nouvelle Héloïse*. Lì Emilio, ispirato da racconti di caccia di altri ospiti e da un sogno, scrive *Il cinghiale del diavolo*. Non possiedono quasi niente, in casa hanno però libri e una macchina da scrivere. E una *Encylopaedia Britannica*, faticosamente pagata a rate da Joyce, che la seguirà in quasi tutti i trasbordi di lì in avanti, a partire da quella prima, drammatica, fuga da Parigi.

Parigi all'arrivo dei nazisti è una visione d'apocalisse. Sia Joyce che Emilio ricordano la frase sentita al volo da un operaio che leggendo il giornale commenta a occhi bassi: «On est foutu. C'est officiel».

È il 14 giugno del 1940, loro due sono rimasti fino all'ultimo. Nei giorni precedenti, gran parte degli emigrati politici italiani ha lasciato la città. Partiti i Tarchiani e i Campolonghi, Nitti è già da un mese a Tolosa con la moglie, dove alloggia presso Silvio Trentin. Nel primo pomeriggio del 13 il gruppo di Giustizia e Libertà lascia la città, Cianca e Garosci si dirigono a Tolosa imboccando la rotabile principale. Nel tolosano ci sono già Di Vittorio, Sereni e Dozza, Amendola è a Marsiglia, Saragat è nell'Ariège, Grieco è partito per l'Urss, Longo è internato in campo a Vernet.

A Parigi, in quei giorni, ci sono ancora Buozzi e Nenni. Emilio li chiama al telefono. Chi si aspetta le barricate, almeno nei quartieri popolari, resta molto deluso. Il 12, a un nuovo giro di telefonate di Emilio, risponde solo Baldini, all'Unione delle cooperative. Ha ottant'anni e non vuole rimettersi in cammino: «Rimango qui, legato al mio lavoro di tutta la mia vita, e non mi muovo. Se i tedeschi vorranno sopprimermi, facciano pure».

Il 14 pomeriggio, all'imbrunire, partono anche Joyce ed Emilio. I palazzi si sono svuotati, attorno c'è solo silenzio.

Emilio: «La città era morta. Nelle strade e nelle piazze pochi cittadini, isolati, sperduti, e un esercito di gatti vaganti, anch'essi sperduti. Con Parigi, sembrava morisse la terza Repubblica».

Joyce: «Mezzi di trasporto non ce n'erano più, e ci avviammo a piedi, con una leggera borsa ciascuno. Emilio aveva preso anche l'ombrello; il cielo era coperto. Una densa caligine giallastra si appesantiva sugli edifici muti: forse era nebbia artificiale, forse il fumo dei depositi di nafta in fiamme. Ci avviammo verso la porta di Orléans, verso il sud. Dalle porte a nord di Parigi, stavano entrando i tedeschi, senza bruciare una cartuccia, con la fanfara in testa, a passo di parata. Sull'asfalto silenzioso non s'incontravano che cani e gatti dall'aria smarrita, abbandonati dai loro padroni in fuga».

I gatti abbandonati di Parigi, la fiumana di profughi che arriva dalle terre in cui già si sono installati i nazisti – la Normandia, la Piccardia, il Belgio –, il centro città svuotato di colpo, l'armata di von Küchler che arriva sugli Champs Elysées senza sparare un colpo.

E poi, le masserizie legate ai tetti delle rare automobili, i carri a cavallo zeppi di valigie e materassi, carriole e sacchetti a mano pieni di oggetti e vestiti, le famiglie intere in marcia, per mano per non perdersi, «avanzando a passo d'uomo, come in corteo funebre».

Joyce guarda le persone che marciano insieme a loro verso sud, sono famiglie dal volto torvo, stanche, affamate, che non sanno cosa le aspetta, fin dove riusciranno ad arrivare: «la solidarietà umana non si espandeva al di là del coniuge e dei figli».

È un viaggio faticosissimo, ogni tanto incrociano qualche mezzo militare, con i soldati sfatti e pieni di rabbia contro i capi che li stanno vendendo al nemico. Joyce assiste all'arrivo di una macchina carica di ufficiali in fuga che viene intercettata dai soldati. Tirano fuori un colonnello, lo schiaffeggiano. «Dove vai porco venduto, dove hai lasciato il tuo reggimento?», gli urlano.

Ogni tanto arriva un bombardiere e mitraglia la folla dall'alto, la colonna di persone si disperde, poi si ricompone subito dopo e riparte, più veloce di prima.

Dopo una giornata di marcia sotto la pioggia, Joyce ed Emilio riescono a salire su un treno stracarico incontrato camminando lungo la ferrovia. È l'ultimo convoglio partito da Parigi, rimesso in moto da un gruppo di operai che ha aspettato invano l'organizzazione in armi per la difesa della città. Avanza lentissimamente, con lunghe soste, da Orléans arrivano notizie confuse. Si ferma fuori dalla città e tocca percorrere a piedi la strada che manca, al buio, in mezzo alle rotaie.

In stazione, nuove immagini di disperazione e oscurità. Joyce: «La stazione portava tracce di recenti bombardamenti e l'oscuramento era completo. Sotto la tettoia qualche lampadina bluastra illuminava, come attraverso un velo opaco, i visi incavati e le spalle curve di una folla di fuggiaschi. Militari e borghesi, donne con bimbi, vecchi e operai in tuta. Erano tanti, ma non facevano rumore: parevano fantasmi».

Quanto sgomento, quante immagini terribili. L'oppressione, la disperazione, Joyce ce le mostra così. Con il buio, la folla di visi, il silenzio. È un'oppressione che la accompagnerà a lungo. Anche quando, dopo altri fortunosi passaggi in treno – riesce a salire su un convoglio di truppe belghe portandosi dietro Emilio e poi anche una lunga fila di aspiranti viaggiatori che la seguono – e una lunga peregrinazione, la coppia si installa in un villaggio ai piedi dei Pirenei, nella contea di Foix.

Prima sono passati da Tolosa, dove la Librairie du Languedoc gestita da Silvio Trentin è già da anni centro culturale e politico molto attivo e costituisce una protezione notevole per gli intellettuali di tutta Europa in fuga dai nazisti. Scrive Emilio: «Durante la guerra in Spagna, sembrava un'ambasciata. [...] Amico personale di Maurice Sarraut, direttore della 'Dépêche de Toulouse' (il quotidiano radicale che aveva la massima tiratura in tutta la Francia), amico di Vincent Auriol, allora deputato della regione, Trentin costituiva per l'emigrazione una preziosa difesa».

Durante il breve soggiorno a casa Trentin, Emilio trova il modo di fare un salto a Bordeaux per accertarsi della situazione. Anche Bordeaux è piena di profughi in arrivo da Parigi e nel caos più totale, con centinaia di migliaia di persone ammassate attorno alla stazione. Scrive: «Nell'atrio, su un'alta tribuna improvvisata, un megafono urlava i nomi dei bambini dispersi. In tanta ressa, si perdevano continuamente genitori e figli. Per oltre un anno le pagine dei quotidiani saranno dedicate agli annunci pubblici per le famiglie disperse».

A Bordeaux è riparato il governo francese. Siede in assemblea permanente ma alcuni parlamentari sono già partiti verso l'Africa, sul *Massilia*, un piroscafo che Darlan, capo della Marina, ha messo a loro disposizione. A bordo ci sono Mandel, ministro dell'Interno di Reynaud, e Daladier. De Gaulle è partito in aereo con il generale Spears per l'Inghilterra.

È lo sbando.

«Bordeaux appariva la capitale provvisoria del disastro», scrive Emilio.

Sono i giorni di Compiègne. Il 20 giugno Pétain chiede l'armistizio. Destituito Reynaud, largo all'ottantaquattrenne maresciallo Pétain che guiderà il governo di Vichy.

I tedeschi ottengono la resa senza condizioni delle truppe francesi ancora in campo, tre quinti del territorio francese verso nord con accesso alla Manica per proseguire la guerra contro l'Inghilterra, copertura delle spese di occupazione tedesca in capo ai francesi e la consegna delle armi. I reazionari applaudono, i democratici schiantano.

Emilio: «L'anno mille! Il diluvio universale. In ogni città, cittadini francesi si davano la morte per non sopravvivere al crollo di tutto. Il crollo del mondo».

È riuscito a tornare a Tolosa, da dove Joyce non si è mossa, in attesa.

Joyce: «Tolosa, lontana dal fronte e dagli orrori dell'invasione, aveva ancora, salvo l'eccezionale affollamento delle vie, l'aspetto di una città normale. Non c'era ancora coscienza della catastrofe. Ventiquattr'ore prima dell'armistizio, si parlava ancora di difesa della Loira».

Ma quando dalla radio la voce del maresciallo Pétain invita a sottomettersi all'occupazione nazista, si produce il voltafaccia. Persino la «Dépêche» di Tolosa, scrive Joyce, da un giorno all'altro comincia a buttar fango contro l'Inghilterra e a inneggiare a Pétain che «ha salvato la Francia», come si grida per le strade.

Con grande amarezza Joyce constata il crollo della stampa, perché «Come crollava la stampa, crollava tutto, in Francia. La polizia soltanto rimaneva attiva e organizzata. La polizia, si sa, è sempre il più saldo organismo dello Stato».

E con Laval e Pétain al potere lì a sud, le cose per gli immigrati politici si mettono male.

È in quel frangente che Joyce ed Emilio vengono indirizzati in un villaggio in cui tutti sono socialisti «dal sindaco al becchino». Già paese natale del giacobino La Canal, questo piccolo villaggio del Midi-Pirenei non condivide l'euforia di Tolosa per la situazione. Di tradizione e cultura montagnarda, repubblicana e antibonapartista, i suoi abitanti sono consapevoli della catastrofe e condividono lo scoramento dei loro due ospiti. Joyce ed Emilio alloggiano dapprima a casa dell'oste del paese, un vecchio socialista che passa le giornate attaccato alla radio cercando notizie. Solo che, per quanto economico possa essere il suo alberghetto, le finanze rimaste dai fondi di GL con cui hanno affrontato la traversata della Francia sono davvero poche, e allora decidono di trasferirsi a casa di una contadina che cede l'usufrutto di una camera e cucina in cambio di lavori nell'orto. All'alba Emilio si alza per andare a zappare – «Non credo che la scienza possieda metodo più sicuro per distendere i nervi a dei disperati. Quando la sera accompagnavo Madame Maria che portava a spasso il maiale, io mi sentivo Eumeo e Ulisse assieme» –, Joyce lo aiuta e alleva conigli.

Disperazione è una parola che ricorre in entrambi i loro scritti. E non è un concetto ovvio, non è una parola che ti aspetti dai sempre ottimisti e intrepidi Lussu. Eppure è quello il sentimento che li prende a quel punto della storia, anche se la sera sono stanchissimi dopo aver lavorato a strappare erbacce, dissotterrare patate, trasportare fieno e crollano addormentati senza aver neanche il tempo di pensare.

Joyce ha anche un motivo in più, per essere così a terra. A Parigi, tempo prima, ha dovuto abortire. Nonostante il compagno le sia stato vicino e la decisione quasi obbligata, viste le circostanze – la precarietà, la povertà, la guerra, la clandestinità, gli spostamenti – e il momento particolare della sua vita, per Joyce è stato un dolore di cui non riesce a consolarsi. Non ce lo racconta in *Fronti e frontiere*, ma ne parla diffusamente negli altri suoi testi più intimi e autobiografici, scritti dopo, molti anni più tardi.

Ne ha parlato anche a me.

Così che una volta ero stata costretta a rivolgermi a un'orrenda megera, che i francesi chiamano cattolicamente *faiseuse d'anges*, fabbricatrice d'angeli. Il fatto di dover rinunciare a un figlio (anzi, a una figlia: mi ero fissata che sarebbe stata una femmina) per la violenza delle circostanze esterne, e di dovermi sottoporre alla brutalità e alla umiliazione dell'aborto clandestino, mi fece piombare in una disperazione mai conosciuta prima. Stavo immobile, al buio, nel sangue dell'orrenda ferita, rifiutando di muovermi, di parlare, di mangiare; volevo distruggermi, insieme alla mia figlia mai nata.

È in questo stato d'animo che ha assistito alla caduta di Parigi, vissuta come la caduta dell'Europa tutta. Durante la marcia verso sud, ha seriamente pensato di farla finita, tanto da meditare di prendere la pillola di cianuro che lei ed Emilio hanno appresso per ogni evenienza («nessuno sa quanto può resistere alla tortura, nessuno lo può dire, in anticipo»). Quando lo dice a Emilio, lui furibondo («per poco non mi dava due schiaffi») si fa consegnare la pillola di Joyce e la butta insieme alla sua, in un fosso, prima di riprendere la marcia che li ha condotti sin lì.

La tristezza per questo evento personale e la depressione per la situazione generale la fiaccano e distruggono. Ammette dolorosamente di non aver avuto voglia, in quei giorni, di svegliarsi, al mattino, «tanto il ritorno alla coscienza era insopportabile e penoso».

Però il mondo, fuori, non è solo quello del tracollo di un paese, non è solo guerra e fascisti.

Ma ora c'erano i conigli e le piantine dell'orto. Come non rasserenarsi vedendo quei germogli teneri ma incredibilmente robusti e decisi a vivere, che spaccavano il seme e aprivano la terra e stendevano subito le foglioline per respirare e godersi il sole? Il mondo continua, dicevano i ravanelli lustri rosei e rotondi tre settimane soltanto dopo essere usciti dal seme minuscolo; la lotta riprenderà.

È sempre attenta, Joyce, a quello che succede attorno a lei. Un'attenzione e una cura che non riguardano solo le persone, sempre ascoltate con partecipazione, ma anche gli esseri più piccoli e teneri. E non c'è che il contatto con la natura, con la terra, per ritrovare gusto alla vita. Riprendere il flusso della quotidianità, osservare l'universo che nonostante tutto esiste, continua, respira, palpita; immergersi nel ciclo delle rigenerazioni e della vita che si preserva e ci aiuta, anche nutrendoci.

Nella sensibilità di Joyce per gli aspetti che, in una guerra, potrebbero sembrare marginali – i fiori, gli animali, il paesaggio, il buon cibo, le case accoglienti, l'aspetto ordinato di capigliatura e vestiario – ritroviamo tutto ciò che di più umano, e dunque dignitoso, ci rende persone decenti e che non dovremmo mai perdere di vista. Il piacere, il conservare se possibile equilibrio anche nei momenti più duri, l'essere sereni e non lasciarsi abbrutire da sentimenti di odio e distruzione, passa anche dal mantenersi il più integri possibile sotto tutti gli aspetti, anche i più apparentemente laterali. Anche da un mazzolino di umili fiori di campo.

Stare insieme, mangiare bene, avere una casa se possibile confortevole (anche lì da Madame Noëlie, seppure il soggiorno sarà relativamente breve, Joyce cuce tendine e cuscini pescando pezze da un baule di stoffe), interessarsi agli altri e non pensare ossessivamente ai propri guai: tutto questo aiuta ad andare avanti e dà valore alla vita. La lotta è un rimedio alla disperazione, l'azione è un richiamo morale ma anche di sopravvivenza alle atrocità della guerra. E per farla bisogna mantenersi lucidi e forti.

Non c'è solo la natura con la sua potenza e bellezza a risollevare gli animi: una sera, dall'oste che ha la radio, arriva finalmente un annuncio di speranza. Una voce «ferma e sicura» tra gli sfrigolii della trasmissione chiama a raccolta gli uomini liberi che vogliono resistere all'invasione e si appella all'onore, al buon senso, all'interesse superiore della patria. È il generale de Gaulle che, dalla Bbc in Londra, il 18 giugno chiede di *continuer le combat*.

E allora sono abbracci e ritorno all'azione. Comincia finalmente la resistenza.

5

La tappa successiva, per Emilio e Joyce alla fine dell'estate, è la vicina Marsiglia. Lì è confluito, sospinto dall'avanzata dei tedeschi, il grosso dei profughi in arrivo dal Nord. Il porto di Marsiglia è la base di partenza per gli Stati Uniti e per l'Africa.

In centinaia di migliaia sperano di imbarcarsi, e non si tratta solo di francesi. Scandinavi, tedeschi, slavi e «ebrei, ebrei, ebrei» che sono riusciti ad arrivare sin lì sfuggendo alle persecuzioni naziste. E poi ci sono i compagni.

Non è più molto facile trovare un passaggio perché le compagnie di navigazione hanno cancellato le loro tratte e tutto è sottoposto al severo controllo della polizia di Vichy e delle commissioni italo-tedesche. Lussu deve occuparsi di gestire l'emigrazione politica di quelli che, per varie ragioni, non possono rimanere in Europa a fare la resistenza. Lavora con un emissario mandato dagli amici statunitensi (alcune organizzazioni sindacali italo-americane di operai), un signore americano che agli occhi della fauna del porto di Marsiglia appare subito un interessante boccone. Carico di soldi e di buone intenzioni, il dottor Bohn, questo il suo nome, finisce presto tra le grinfie delle bande di malavitosi che controllano i traffici marsigliesi. E tocca a Emilio cavarlo d'impaccio, non senza qualche incidente in cui incorre lui stesso, fregato da quegli spregiudicati truffatori. Bohn si muove con troppa leggerezza: tanto per cominciare non si accorge di essere sorvegliato dalla polizia. E questo è un grosso problema per Emilio, volto noto e ricercato, per cui a prendere contatti con l'amico americano viene mandata Joyce.

Il dottor Bohn è un sessantenne dai modi molto signorili, un americano ingenuo che si entusiasma con le avventure favolose che vive lì nel porto. È colto, distinto, lascia mance favolose ai facchini. Joyce lo ricorda così: «un gran bell'uomo con abiti di taglio perfetto, volto statuario e un largo torace da lottatore, veramente imponente quando spalancava la giacca e infilava i pollici nelle aperture del panciotto. Dovunque entrasse, prendeva subito possesso del luogo, con naturalezza cordiale da gran signore». Ma nota anche che sembra proprio lo zio d'America carico di quattrini, buono da spennare per la mala.

Emilio: «Il dottor Bohn si era installato nello stesso albergo della Commissione italiana d'armistizio, che era il migliore della città. Sicché era controllato dalla polizia fascista e non se ne accorgeva. Egli non aveva nulla dell'organizzatore sindacale: sembrava piuttosto un distinto diplomatico di carriera. In Francia, sembrava a casa sua. In pochi giorni capii che egli era nelle mani di una banda corso-marsigliese».

Quando si incontrano la prima volta, Bohn racconta che l'acquisto di una tartana che dovrebbe portare un bel po' di compagni in salvo in Portogallo è praticamente cosa fatta. Ha pagato una forte somma come anticipo e aspetta solo di vedere la barca in porto.

Scrive Emilio, con la sua consueta ironia: «Io volli vederla, ma non era nelle acque di Marsiglia. Breve: l'imbarcazione non esisteva, esisteva solo la banda, ed era vera, ancorata e calafatata».

Nel porto di Marsiglia agiscono, infatti, due grandi clan di traffichini e contrabbandieri. Come racconta Joyce, la malavita marsigliese aveva «una verniciatura politica». C'era una ganga più di destra, che faceva capo ai sabianesi (da Simon Sabiani, un ex socialista diventato fascista), e una ganga di sinistra, legata a ex membri della camera del lavoro. Nonostante questa diversa collocazione, i due clan si comportavano allo stesso modo, cioè lucravano su quell'enorme flusso di persone disperate in fuga. Anzi, la fregatura il dottor Bohn la sta prendendo proprio dal clan di sinistra. È Emilio a recuperare un po' del denaro già versato e ci mette due mesi, ma poi tocca a lui farsi truffare e vedersi evaporare un motoscafo, il *Bouline*, sotto il naso (con il capitano belga che ha ricevuto un'offerta migliore ed è partito seguendo i piani di Emilio ma con altri a bordo). Emilio in quei giorni si occupa prevalentemente di cercare vie di fuga per quanti più profughi possibile, il suo compito è questo. E avere a che fare con i trafficanti dell'emigrazione non è cosa semplice, soprattutto perché da clandestini si diventa fatalmente ricattabili. Se il dottor Bohn, facendo le valigie per tornarsene in America, è allegro e soddisfatto delle tante avventure vissute, per Emilio è tutto un lavorio da ricominciare quotidianamente: piani su piani di evasione per i compagni.

Scriverà Vera Modigliani rievocando i giorni di Marsiglia: «Durante i mesi a Marsiglia vengono fatti da Lussu numerosissimi progetti di evasione [...] Ciò rispondeva bene al fondo della sua natura romantica e quarantottesca: mi era facile inquadrarlo nell'epoca 'carbonara' avvolto misteriosamente in un ferraiolo. Si sentiva ch'era sempre assorto nell'unica idea dell'evasione ma non mai – tratto simpaticissimo del suo carattere – egoisticamente».

Bohn viene sostituito da Fry, delegato di un'altra organizzazione americana, che svolge azione più ampia ma continua a essere vittima del milieu portuale corso-marsigliese. «Credo che quell'anno furono truffati miliardi a decine di migliaia di profughi politici che davano tutto quanto possedevano per poter salvare la vita. Io spedii allora, su tutti i vani tentativi emigratori, una relazione agli amici di New York, che credo sia in possesso del prof. Lionello Venturi. Se un giorno verrà pubblicata, la letteratura portuaria marsigliese penso sarà arricchita da non poche avventure», scrive Emilio.

Lionello Venturi è uno dei referenti americani del gruppo Giustizia e Libertà. Storico dell'arte, fa parte del gruppo di dodici professori universitari che dissero no al fascismo e per questo persero la cattedra. Arrivato a Parigi nel '31, dopo aver rifiutato di sottoscrivere il giuramento di fedeltà al fascismo, nel '39 si è trasferito a New York, dove rimarrà fino al '44. A New York è tra i dirigenti della Mazzini Society fondata da Salvemini ed è con lui che Emilio tiene i contatti.

Nella loro azione di favoreggiamento dell'espatrio, non ci sono solo i passaggi marittimi da gestire. Attorno al gruppo marsigliese di GL, sorge una sorta di officina di falsari. Se Emilio è l'uomo dei motoscafi e delle bande del porto, Joyce è la donna delle carte false.

Il problema dei documenti è una questione centrale sia per chi deve espatriare sia per chi resta lì a far vita da clandestino, sempre a rischio spie e polizia.

Ma sentiamo Joyce: «Fu allora che un compagno di GL pittore-decoratore di mestiere, il quale stava per lasciare la Francia dopo essere evaso due volte dal carcere, m'insegnò un metodo che permetteva, con mezzi ridottissimi, d'imitare qualsiasi timbro o bollo di gomma o di metallo. Il materiale occorrente era così semplificato che entrava tutto in una vecchia scatola di biscotti, che io battezzai 'Archivio'. Ero la sola depositaria del segreto, e lavoravo da sola, in casa Cervia, in uno sgabuzzino dietro la cucina. Passavo lì tutte le mie giornate, e imitavo pazientemente bolli e timbri senza fine, oppressa dall'ansietà di non fare un lavoro perfetto e di causare così la catastrofe di un compagno».

Tante volte, leggendo queste righe, mi sono vista Joyce china per ore su quei documenti, in uno spazio angusto, concentrata e preoccupata mentre fuori fa buio. La sua scatola di biscotti con il materiale, gli inchiostri, le identità da inventare («Dovevo imitare la firma del commissario: una volta m'è capitato di trovarmi con una mia carta d'identità davanti allo stesso commissario di cui avevo falsificato la firma. Quella volta mi andò bene, i documenti li guardavano in fretta»). Le sue ore solitarie e l'ansia che mette la fretta quando il documento serve subito, per l'indomani, ché le partenze sono continue.

Per ovviare ai pericoli a cui ti espone l'illegalità è certo meglio la strada della contraffazione, ma poi quei documenti verranno esaminati dalle polizie di tutto il mondo e dovranno superare controlli di tutti i tipi. Joyce sente molto il peso di questa responsabilità e cerca di essere il più brava possibile.

Continua: «Spesso, dopo ore di attento e minuzioso lavoro, non ero soddisfatta e ricominciavo da capo, per ricominciare poi magari un'altra volta: finché la testa mi girava e la mano tremava su quelle terribili lettere a stampatello e quegli stemmi complicati e minuscoli: commissariato di... municipio di... polizia... polizia... e la figurina della Repubblica francese coronata di raggi e col fascio in mano, o le insegne del Panama o del Portogallo. E la cosa era urgentissima per l'indomani, si trattava di salvare uno, bisognava finire a tutti i costi in giornata; e se il documento non era perfetto e destava i sospetti della polizia, il compagno sarebbe stato arrestato, torturato, mandato in carcere o campo di concentramento o forse passato per le armi – e tutto per colpa mia! Ogni tanto Claudina Cervia, entrando piano piano per portarmi una tazza di surrogato bollente, mi trovava in lagrime».

Ansia, fatica, sfinimento, preoccupazione. Ma poi Joyce rievoca anche la soddisfazione per le carte sempre impeccabili che produceva e che risultarono sempre infallibili.

Grazie a questo lavoro faticoso e rischioso, Cianca, Garosci, Valiani, i fratelli Pierleoni, Chiaromonte, Pacciardi già comandante del battaglione Garibaldi nella guerra di Spagna, poterono partire su piroscafi regolari ma con documenti falsi e approdare a Casablanca, in salvo. Gli unici *papiers* che non funzionarono furono quelli non usati: quando Joyce prepara quattro carte d'identità alsaziane perfette e va ad Arles dai capi della socialdemocrazia tedesca Breitscheid e Hilferding, nell'hotel in cui alloggiano con le loro mogli, ad avvisarli che la polizia di Vichy sta per piombare lì, i due si dichiarano totalmente contrari all'uso di mezzi illegali e rifiutano la gentile offerta che avrebbe permesso loro di cambiare città e albergo dissimulandosi sotto nuove identità. Quindici giorni dopo sarebbero stati presi e consegnati alla Gestapo.

Per tutto questo lavoro – centinaia di documenti per compagni di tutte le nazionalità e per ebrei, e anche per francesi, tedeschi, polacchi – il gruppo di GL non chiede un soldo. Mentre gli speculatori vendono un passaporto a centinaia di migliaia di franchi, il lavoro di Ferrarin (il compagno carrarese che ha avviato Joyce all'arte della contraffazione) e di Joyce è svolto a titolo assolutamente gratuito. Anzi, GL non chiede neanche il rimborso delle marche da bollo a nessuno. Si aiuta chi c'è da aiutare e via. Sono compagni, clandestini, hanno avuto – e hanno – loro stessi i medesimi problemi, le stesse necessità. Lo sa bene Joyce, con la sua lunga storia di passaporti negati.

Non c'è solo il problema delle false identità, c'è anche quello delle case, a Marsiglia. I soldi sono pochi, sono quelli che mandano i gruppi americani: l'Italian-American Labor Council che fa capo ad Augusto Bellanca e l'International Ladies' Garment Workers' Union che risponde a Luigi Antonini, e poi c'è Max Ascoli, vecchio amico di Rosselli ma anche di Lussu stesso, con la sua Mazzini Society.

Si passa da un alloggio di fortuna all'altro, con il fiato della polizia sul collo.

Anche loro hanno documenti falsi e si spacciano per francesi: Joyce non è nota alla polizia fascista ma Emilio è molto più esposto e conosciuto. Tutto il gruppo di GL è sotto tiro e ogni tanto qualcuno viene scoperto e arrestato. Non possono registrarsi negli alberghi, controllati dalla polizia, quindi devono cercare case private. Ma anche quelle sono spesso sorvegliate. Loro due prendono l'abitudine di parlare in francese anche tra di loro, per timore di orecchie indiscrete, oltre ai mille occhi di vicini e portinai. Si guardano spesso alle spalle per controllare che nessuno li stia pedinando. Vagano di caffè in caffè, durante il giorno, evitando il centro e cambiando spesso luogo degli appuntamenti.

La questione delle case è particolarmente spinosa: Joyce racconta di una sera in cui sono costretti a scarpinare sulle alture di Marsiglia, al buio e sotto la pioggia, alla ricerca di una bicocca di cui hanno solo vaghe indicazioni, raggiungibile dopo due cambi di tram e una marcia di tre quarti d'ora tra orti e pozzanghere. Un'altra volta si ritrovano a occupare una stanza in un appartamento messo a loro disposizione all'ultimo momento ma di cui sanno che in una stanza dormono due cecoslovacchi che, forse, sono spie tedesche: non solo devono entrare tardi e partire l'indomani presto per non incrociarli ma, avendo incontrato altri due compagni in strada che vagano senza domicilio, entrano in quattro, in fila indiana, «Lussu in testa, e noi alzando e facendo ricadere il piede esattamente come lui, di modo che i quattro passi parevano uno solo».

E quando infine trovano una camera in centro e si fanno passare per una coppia di industriali di Lione, si accorgono che la polizia li ha individuati. Non vi fanno più rientro, rifugiandosi in un albergo in riva al mare fuori Marsiglia dove, dai loro documenti falsi, risulta che sono dei proprietari terrieri corsi in viaggio per turismo.

Si arriva alla fine di maggio del 1941. Il gruppo di giellisti che ha raggiunto il Marocco è bloccato a Casablanca e conduce una vita abbastanza tribolata, in clandestinità e senza nessuna prospettiva di proseguire il viaggio verso l'America, loro meta iniziale. Sono diciassette in tutto e bisogna tirarli via di lì. La capitale marocchina è a quell'epoca un centro di rifugiati da cui non è facile uscire in quanto sotto il controllo di Vichy (proprio come racconta il film cult *Casablanca*, con Rick/Humphrey Bogart che deve aiutare Victor Laszlo a raggiungere gli Stati Uniti, per il quale – episodio poco noto ricordato da Valdo Spini – il regista Michael Curtiz consultò Pacciardi).

Dopo varie esitazioni sul da farsi, Emilio decide di raggiungere Lisbona per cercare l'aiuto degli inglesi. Lì, inoltre, essendoci una rappresentanza diplomatica americana e le sedi delle compagnie di navigazione transatlantiche, ha più possibilità di sbloccare la situazione.

Per attraversare la Spagna, dove i controlli di polizia sono stati rinforzati, hanno una via già consolidata e conoscono anche i punti deboli del percorso: Emilio ha fatto passare di lì

Franco Venturi – figlio di Lionello – con la compagna che però a un certo punto, purtroppo, è stato intercettato. Comunque, per prima cosa, dai Pirenei devono passare a Barcellona, ed Emilio riconosce che Joyce gli è indispensabile: «Era necessario che Joyce mi accompagnasse. L'esperienza di quasi un anno di vita clandestina mi aveva dimostrato che, dove non passa un uomo, una donna passa. Se il controllo di polizia è rigido, un uomo solo non può muoversi, ma, accompagnato ad una donna, vive e si sposta come in tempi normali, osservando, naturalmente, un codice severo di prudenza. Una donna con un minimo di distinzione esteriore va dove vuole e passa dappertutto. Questo è vero per la polizia francese, per quella italiana e quella tedesca. La polizia di regime, educata a senso unico, è abituata a pensare che sovversivi sono i pezzenti e i vagabondi».

Partono nel primo pomeriggio in abiti da città e con le scarpe di ricambio in valigia, arrivano all'appuntamento con la guida alle dieci di sera. Si tratta di un capitano repubblicano spagnolo che già prima della guerra civile era stato anche a capo di contrabbandieri e che, dice Lussu, «era il padrone dei Pirenei».

Affrontano l'ascesa marciando tutta la notte tra filari di vite e una pioggia leggera che li accompagna per tutto il cammino, in un paesaggio di montagna irto e difficile.

Joyce si sofferma più di Emilio nel tratteggiare la figura di Francisco l'aragonese che li guida in silenzio. Scrive che, durante una sosta per riposarsi, «si era sdraiato nella parte opposta del praticello e andai a cercarlo per dividere con lui le nostre provviste. Ma non volle accettare. Teneva nella destra mezza pagnotta, e nella sinistra un opuscolo. Guardai il titolo: era un'opera di Lenin. Altri opuscoli spuntavano dal suo tascapane. Riprese a leggere tutto assorto; ogni tanto alzava gli occhi e guardava fisso davanti a sé, riflettendo sulla sua lettura».

Anche al paesaggio Joyce dedica belle descrizioni: una polla d'acqua piena di crescione, l'immensa piana catalana, il mare turchino sulla sinistra. «Sedemmo vicino al ruscello per uno spuntino; guardavamo, nella luce calante, quella fertile pianura spagnola, con pensieri vari e sentimenti profondi».

La marcia continua per tutto il giorno successivo, fino al tardo pomeriggio, quando la coppia viene presa in carico da un altro accompagnatore, tale Carmelo, che deve condurli fino a Barcellona.

I documenti con i nomi polacchi reggono ai controlli in città e loro due possono scendere in albergo. Ma Carmelo, che dovrebbe riprenderli in consegna e ricominciare il viaggio verso il Portogallo l'indomani, tarda. È probabilmente impegnato a organizzare altri traffici di contrabbando e la faccenda, in città, per i due finti coniugi polacchi si fa pesante, perché non risultano registrati in nessuno dei passaggi regolari di frontiera.

Convocati in caserma, si presenta solo Joyce – nome Anna Laskowska – accompagnata dal padrone dell'albergo, un franchista che dopo aver amabilmente conversato con loro, le ha fatto la cortesia di assisterla in questa incombenza e aiutarla con lo spagnolo che la signora polacca non padroneggia.

Joyce sostiene l'interrogatorio con abilità ma non senza qualche preoccupazione per quel passaporto, confezionato da lei stessa, che vede girare tra le mani del commissario. Rassicurato sul fatto che non intendono restare in Spagna e che lei e il signor Jean Laskowski, cattolici e ariani, ripartiranno presto, il commissario la lascia andare.

A sera, all'ultimo, si ripresenta in albergo il Carmelo che ormai era stato dato per perso e l'indomani i tre prendono il treno per Madrid. Passano anche questo secondo controllo di passaporto e ripartono per Badajoz. Da lì, è tutto un passaggio tra contrabbandieri, ora amichevoli (come la famiglia di Joaquina, la figlia dell'albergatore che medita vendetta contro i marocchini di Franco che hanno devastato la città), ora tremebondi (come l'ometto dalle espadrillas lacere che, terrorizzato, si butta a terra a ogni rumore e fa giri immensi per evitare i finanzieri), ora truffaldini (e qui è molto bello il racconto di Joyce su Aurelio, il garzone che li porta fino a una fermata di autobus e al quale Emilio manderà dei soldi che purtroppo finiranno in mano ai suoi sfruttatori).

Dopo due giorni di viaggio, tratte a piedi, passaggi del Tago in ferry-boat e tanti boschi di querce da sughero, cascine bianche e oliveti, arrivano finalmente a Lisbona sani e salvi.

L'indirizzo sicuro di Lisbona è presso una donna che si chiama Carolina.

È interessante notare come il lavoro di Joyce memorialista, scrittrice, si componga e disponga alla rievocazione di figure femminili che sembrano minori ma che, a ben vedere, sono la rete minuscola (invero manco troppo minuscola) di quella solidarietà che ha permesso l'organizzazione della resistenza. Sono donne che forniscono supporto logistico e non sarebbero tenute a farlo se non avessero una spinta naturale verso la giustizia e la cura. Carolina, per esempio, è un personaggio singolare: Joyce ci spiega che di professione fa «la mantenuta», una condizione normale e diffusa, a quanto pare, nel Portogallo dell'epoca. Carolina non ha una vera motivazione politica, è solo una donna che si adopera ad aiutare la povera gente e non chiede documenti. Joyce le dedica una pagina, poi passa a parlare della città, che per chi arriva dall'Europa in guerra è proprio la capitale di un paese neutrale. Quello che più colpisce chi, come loro due, arriva da stenti e fame sono i ricchi mercati, le vetrine delle pasticcerie cariche di ogni prelibatezza.

Aggirandosi per la bellissima capitale degli azulejos e delle piazze magnifiche e perfette, infatti, Joyce è attratta da un altro spettacolo: «Quei vassoi colmi di meringhe, di vol-au-vents, di fondants, di marzapane, quelle cataste di ananas di manghi di pesche grosse come poponcini, quei mazzi di pernici di fagiani di tordi, quelle pile di triglie di trote di aragoste di ostriche; e tutto a portata di mano, a prezzi modesti, senza file, senza bollini, bastava andare al banco e dire: 'Vorrei quello e quello', mi dava il capogiro. La sola vista di tanta abbondanza causava violente contrazioni al mio stomaco abituato alle privazioni».

Sono arrivati a Lisbona all'inizio dell'estate e Joyce non sa che sua madre, il 26 agosto, è stata prelevata dalla sua casa di San Tommaso a seguito di una delazione, ha fatto venticinque giorni di carcere ad Ascoli, e infine è stata condotta al confino a Montereale, in Abruzzo, da dove scrive lettere alla figlia indirizzate però ancora in Svizzera, presso il domicilio di un'amica, anche se in qualche modo è venuta a sapere che Joyce si trova in Portogallo. Giacinta ha sessantacinque anni ed è stata condannata a due anni come persona dai «sentimenti di accanito odio verso il regime». Le sue lettere raggiungeranno Joyce solo dopo la liberazione.

Il lavoro di Emilio a Lisbona corre su due direttrici: da una parte ci sono i compagni da far muovere dal Marocco, dall'altra un progetto che ha in mente da tempo e che riguarda la Sardegna che, secondo i suoi piani, dovrebbe diventare il primo fronte di un'insurrezione armata contro il fascismo (e potrebbe costituire la base per un'azione più vasta, nonché l'approdo per un futuro sbarco di liberatori diretti in Italia).

Mentre lui si divide tra l'ufficio di assistenza ai profughi che gli permette di riprendere i contatti con gli amici d'America e il lavoro insieme a un ufficiale inglese di servizio presso il War Office, Joyce riprende gli studi universitari. In Francia, a Parigi, ha frequentato la facoltà di Filosofia alla Sorbona prima, quella di Aix en Provence dopo, fin quando è rimasta a Marsiglia.

A Lisbona, Joyce può iscriversi col suo vero nome, confidando che la polizia fascista non vada a cercarla in un'aula universitaria, a quel punto. Ma è solo quando varca la soglia della facoltà, quando sostiene gli esami di letteratura e filologia portoghese, che torna Joyce Salvadori: tutto il resto del tempo, in città, sui mezzi per spostarsi, risulta cittadina francese. È quella la nazionalità che hanno scelto Joyce ed Emilio per il soggiorno in Portogallo, perché gli italiani sono malvisti e il paese più popolare lì è la Francia repubblicana.

Benché il popolo portoghese, come scrive Emilio, non conoscesse xenofobie, c'è il problema della polizia che è organizzata da un tedesco naturalizzato e, regolarmente, se individuati, i perseguitati politici vengono riconsegnati a Germania, Spagna, Francia. Però la polizia non ferma le persone in strada e, pur essendo il paese ufficialmente neutrale, in giro si percepisce un sentimento antitedesco. Scrive Emilio: «Il popolo era antitedesco e antinazista apertamente. Ed era anche antifascista e antitaliano».

Rievoca una visita con Joyce a un castello moresco, organizzata da universitari, in cui il professore di storia moderna che faceva da guida disse: «Bisogna far sparire un'altra volta l'Italia dalla carta politica d'Europa». Ricorda che al cinema, pur essendoci scritte all'inizio del film che invitavano il pubblico a non fare commenti per rispettare i doveri della neutralità, se sullo schermo appariva Hitler la platea rimaneva in un ostile e terrorizzato silenzio, ma se appariva Mussolini o il re o l'esercito italiano erano risate di disprezzo e scherno.

Guai allora a far capire che si arriva dall'Italia. È rischioso per via della polizia e in più susciterebbe ostilità tra i portoghesi. Le misure di prudenza della vita clandestina vanno quindi mantenute e osservate anche se ci si trova in un paese non nemico. Tanto più che Emilio deve portare a compimento il suo lavoro di diplomazia: dopo cinque mesi di intensa corrispondenza, il gruppo di GL fermo in Marocco riesce a raggiungere New York, grazie anche all'aiuto del suo uomo all'ambasciata britannica, Laurent Mortimore, che ha gestito le comunicazioni postali e per radio con Casablanca e New York. Si tratta di un ufficiale di complemento della prima guerra mondiale richiamato in servizio dopo essersi trasferito a Parigi e aver lavorato a lungo come commerciante tanto da apparire come un perfetto francese. «Questo ragionevole ufficiale diventò il centralino dei miei rapporti con l'estero e delle mie peregrinazioni successive», scrive Emilio. Dal libro *Target: Italy. I servizi segreti inglesi contro Mussolini, le operazioni in Italia 1940-1943* dello storico Roderick Bailey sappiamo oggi che il Soe (Special Operations Executive, agenzia segretissima nata per volere di Churchill), con l'aiuto di un colonnello greco a Rabat, ottenne dei visti per gli amici di Lussu pagando circa mille sterline.

Il libro di Bailey, commissionato dal Cabinet Office nel 2012 a questo ricercatore dell'università di Oxford specializzato in storia militare con particolare competenza sulle operazioni clandestine durante la resistenza, ricostruisce le attività del servizio segreto britannico nato per sostenere e fomentare le azioni della resistenza nei vari paesi occupati dai tedeschi e dagli italiani, da svolgersi in Italia dal 1940 al 1943. La cosa particolare su cui pone l'attenzione questo libro – così come fa *La resistenza segreta. Le missioni del SOE in Italia 1943-1945* di David Stafford, professore all'università di Edimburgo, in relazione alle operazioni durante la seconda parte del conflitto e al lavoro di collaborazione tra le squadre di élite mandate in Italia e le brigate dei partigiani – è che la collaborazione con gli italiani, a differenza che con gli altri paesi, era diretta verso un paese nemico, e non occupato o alleato: nella prima parte della storia un paese nemico in senso proprio, quindi con tutte le difficoltà a rapportarsi con una popolazione che solo in parte poteva seguire e partecipare all'azione di liberazione dal fascismo.

Bailey esamina il lavoro di preparazione, di faticosa ricerca di persone adatte alle missioni, di colloqui, scambi, tentativi. Scrive: «La guerra del SOE contro l'Italia di Mussolini era un affare disperato. Vennero commessi errori. Gli ostacoli erano immensi. Le difficoltà comprendevano ufficiali dell'intelligence abili ed esperti nelle misure antisovversive, unite a vari gradi di ignoranza e ingenuità da parte degli inglesi, il che rivela dei successi italiani e un'inferiorità britannica che potrebbero sembrare estremamente insoliti a un pubblico moderno».

Il libro di Bailey si apre e si chiude, di fatto, con la figura di Max Salvadori, centrale nelle operazioni alleate in Italia. Ma ci torneremo più avanti, quando Max ricomparirà inaspettatamente.

I mesi in Portogallo, dunque, sono l'inizio di un lungo lavoro di colloqui tra Londra e GL nella persona di Emilio Lussu. Scrive Bailey: «Lussu era un esiliato, un individuo energico e dotato di prestigio, contatti, esperienze e idee». A Londra sono alla ricerca di contatti con l'Italia e in Portogallo la loro censura filtra le comunicazioni con gli Stati Uniti: capita che leggano una delle missive di Emilio diretta agli amici americani.

Grazie a Bailey e ai documenti che ha visionato dopo l'apertura degli archivi militari inglesi, avvenuta solo nel 1997, sappiamo oggi che gli inglesi avevano individuato in Emilio Lussu, già da anni, le potenzialità per farne un valido interlocutore. Un avvicinamento infatti c'era già stato nel 1940, a Parigi, quando il cognato Max lo aveva presentato a qualcuno della Section D.

Nel loro periodo francese Joyce ed Emilio erano stati tenuti d'occhio dagli inglesi: sapevano per esempio che i due si trovavano a Marsiglia perché era stato riferito da Umberto Calosso, un antifascista italiano che curava la propaganda degli Alleati in Medio Oriente e che era stato il primo ad avere loro notizie dopo la partenza di Emilio e Joyce da Parigi. Già allora, George Martelli – il giornalista che parlava italiano e dirigeva la sezione italiana, spagnola e portoghese del dipartimento di intelligence politica del ministero degli Esteri inglese – aveva espresso il desiderio di portare Lussu nel Regno Unito («Lussu è uno degli antifascisti più celebri e capaci», aveva detto), ma stava ancora pianificando una possibile partenza dalla Francia di Vichy quando Emilio era appunto ricomparso a Lisbona, all'ambasciata, col nome di Simon.

I rapporti che arrivano dall'ufficio diplomatico inglese in Lisbona convergono: Mortimore (il prezioso collaboratore di Emilio per lo sblocco dei giellisti in Africa) scrive a Londra che Lussu è «un uomo di prima classe, e certamente un organizzatore audace» intenzionato a iniziare al più presto un'attività sovversiva per preparare la rivoluzione in Italia, Jack Beevor (altro uomo del Soe a Lisbona con cui Emilio ha pure iniziato a trattare) lo descrive come «una creatura orgogliosa e indipendente, un entusiasta, un idealista del genere più attivo», e anche «un buon giudice di se stesso».

A Londra valutano che Lussu con il suo progetto di rivolta in Sardegna è da prendere seriamente in considerazione, ma Emilio non è del tutto convinto di farsi coinvolgere in piani con gli inglesi. Ha in mente di arrivare in Corsica con Joyce e di lì passare in Sardegna, non di volare in Inghilterra. Ma i canali e i contatti con l'Italia in quel periodo per lui sono ridotti all'osso: può contare ancora su appoggi nella sua isola e in Corsica, ma per il resto il loro paese rimane *off limits* e non c'è modo di tornarvi. Nonostante questo, continua a lavorare al progetto di rientro, pensa che una volta a casa potrà cominciare con azioni di sabotaggio e organizzazione di gruppi di rivoltosi, volontari sardi addestrati e armati. Ha in mente sempre l'azione, che non può mancare accanto al lavoro politico. Scrive agli amici di GL a New York che è necessario tornare a battersi con tutte le forze e che gli antifascisti devono lavorare alla caduta di Mussolini in prima persona e senza dipendere da nessuno. Scrive a Tarchiani, ormai arrivato in America e che, con esponenti della Mazzini Society fondata da Salvemini, pensa a una sorta di 'Comitato nazionale italiano' e cioè un governo provvisorio da dirigere dall'estero: «significherebbe che dovremmo riuscire a rientrare in Italia solo con l'aiuto delle baionette inglesi [...] il fascismo sarebbe abbattuto, alla fine della guerra, dagli inglesi, e non da noi».

Gli italiani esiliati negli Stati Uniti gli danno il via libera per incontrare gli inglesi e sentire cos'hanno da proporre. Per Emilio, la cosa fondamentale è non vendersi agli inglesi ma lavorare insieme, mettendo bene in chiaro determinate condizioni. Ci sono sì da discutere i dettagli tecnico-militari, ma prima di ogni altra cosa Emilio deve avere dagli inglesi garanzie sugli aspetti politici di una loro eventuale concertazione.

Forse per corteggiarlo, forse per dimostrargli come possa nascere una collaborazione militare tra loro, in attesa di risposte da Londra sul suo piano sardo e sulle osservazioni politiche che ha mandato fissate su memorandum, Emilio viene invitato a visitare Gibilterra e Malta. Parte a bordo di un Wellington. Malta gli sembra ben organizzata per fronteggiare i numerosi attacchi aerei che subisce quotidianamente. Lì, conversando con gli ufficiali addetti al servizio sul Tirreno, viene a conoscenza di dati e notizie di carattere militare che riguardano la situazione in Sardegna. Discute con loro alcuni dettagli riguardanti il suo piano, ma ogni cosa, chiarisce, deve essere subordinata alla questione politica.

E la questione politica è chiara, Emilio ha posto condizioni precise.

In particolare, gli preme l'assicurazione sull'integrità territoriale, che implica anche la garanzia che non si appaia un domani come servi degli inglesi: «Il meno che possiamo chiedere è che all'Italia sia garantita l'integrità territoriale, metropolitana e coloniale. La questione delle colonie esiste. Faremmo bene a disfarcene (credo che sarebbe un grosso affare per l'Italia). Ma dovremo essere noi ad avviare questo processo. Mai potremo consentire che siano gli inglesi a togliercele. Il nostro dovere, pena l'ostilità degli italiani, di tutti e non solo dei fascisti, è di partire su un *piede nazionale*. A nessuno dovrà essere dato il pretesto di dire in Italia che l'antifascismo è venduto agli inglesi».

Ricevuti due passaporti inglesi regolari dal ministero della Guerra britannico, Emilio e Joyce partono in aereo, uno dopo l'altra. Non solo sono attesi a Londra, ma è arrivata la notizia che la polizia portoghese li ha individuati e l'Ovra è sulle loro tracce. Il 23 gennaio del '42 Emilio atterra a Barnstaple, due giorni dopo Joyce atterra a Southampton. I loro nomi non compaiono su alcun documento ed espletate le formalità di sicurezza vengono condotti nella capitale.

A Londra, dice Joyce, ritrovano la guerra. Le città sono state bombardate, interi quartieri della capitale sono rasi al suolo. Ma il sangue freddo britannico fa sì che le persone proseguano la loro vita con la maggior pacatezza e risoluzione possibile. *Keep calm and carry on*: niente panico, siamo inglesi, è il messaggio motivazionale che dal 1939 circola tra la popolazione per volere del ministero dell'Informazione britannico.

«Tra le rovine si muoveva un popolo affaccendato, sereno, sicuro di sé. La nebbia e il severo oscuramento, per cui non v'era luce né di giorno né di notte, non sembravano deprimere né civili né militari», annota Joyce.

Joyce parla di un albergo per signori dalle parti di St. James's park, che appare tetro e mal frequentato, dove vengono alloggiati al loro arrivo. Bailey menziona un appartamento del Soe vicino a Piccadilly. Non sembrano lo stesso luogo, dalla descrizione, ma non sappiamo se i due sono stati spostati in quei giorni da un alloggio all'altro o se, per consegna di segretezza, Joyce anche dopo molti anni fornisca indicazioni solo vaghe.

Mentre sulle trattative con gli inglesi Emilio è molto preciso e minuzioso (proprio il titolo *Diplomazia clandestina* pare alludere al tipo di lavoro, politico e strategico, che ha caratterizzato i suoi anni di resistenza), Joyce sembra sorvolare, andare veloce. In *Fronti e frontiere*, sul periodo londinese, ci sono appena un paio di pagine. Ci tornerà più a fondo in altri libri, in particolare ne *L'uomo che voleva nascere donna*, dove fornisce una testimonianza importante del tipo di addestramento ricevuto in Inghilterra.

Joyce, infatti, mentre Emilio è impegnato nei colloqui con i diversi esponenti della Special Force e in un viaggio in America di due mesi, viene istruita sull'uso dei codici e degli inchiostri segreti, di un apparecchio senza fili, nella stampa di pamphlet clandestini, nell'uso di armi da fuoco. Insomma, per lei è prevista una parte dell'addestramento riservato alle reclute del Soe, che seguirà per tre mesi.

In una villa di campagna fuori Londra, viene accorpata a un gruppo di giovani che indossano la divisa del proprio paese. Vi sono polacchi, norvegesi, francesi, belgi, olandesi, scandinavi, agli ordini di un colonnello inglese. Joyce è l'unica donna. E l'unica italiana, per cui viene subito presa in antipatia dal colonnello che la manda al quartiere delle ausiliarie britanniche. Le ausiliarie sono un corpo volontario che ha compiti di retrovia, fanno prevalentemente le dattilografe e le autiste e non portano armi. Vestono eleganti tailleur color cachi, sono inquadrate con i gradi, arruolate e stipendiate. Restano distanti da Joyce perché è straniera («per di più meridionale») e perché «io ero un soldato vero che si allenava alla guerra con i maschi, mentre loro erano dei soldati finti che facevano le stesse cose che facevano a casa, con un po' meno comodità e un po' più di noiosissima disciplina». Joyce non può non rilevare che provengono dalla borghesia medio-alta e, comunque, sono tutte «più o meno femministe». Oltre che dal colonnello comandante in campo, Joyce deve dipendere anche dal tenente delle forze ausiliarie, «una signora inglese di buona famiglia piuttosto esigente».

Il servizio militare di Joyce costituisce un problema per il colonnello: la esenta dagli esercizi più faticosi tipo la lotta o il lancio col paracadute, per via delle caviglie deboli, e la affida a un istruttore dedicato a lei. Non sappiamo in che mese del '42 Churchill decide di ammettere anche le donne nel Soe vero e proprio e non solo tra le ausiliarie: certo è che la decisione non è facile, perché quella degli agenti da paracadutare oltre le linee è una vita molto, molto rischiosa, e non è coperta dalle convenzioni di protezione che normalmente regolano le guerre. Il personale Soe infatti non ha un inquadramento ufficiale, si tratta a tutti gli effetti di agenti segreti che, se catturati, rischiano l'esecuzione (come infatti avverrà, ahimè, spesso), e la prospettiva di mandare donne verso morte sicura o trasformarle in assassine lascia più d'uno perplesso. Ma Churchill non pare avere molti scrupoli, a riguardo: non la pensa certo come Eisenhower che, invece, dichiarò di non volere donne sulla coscienza.

Di sicuro, Joyce è in una posizione particolare, non è un'agente Soe e non ha nessuna intenzione di diventarlo, è lì solo per impratichirsi con la guerriglia e non rientra in alcuna delle possibili missioni inglesi. Lei è destinata a diventare una partigiana italiana, è già convintamente formata sul piano politico, è la compagna di un capo dal valore militare già ampiamente riconosciuto.

Joyce nota che ci sono uomini molto più mingherlini che però, in quanto maschi, non vengono esentati da nulla. Comunque, il corso è molto utile perché sviluppa le competenze richieste per la lotta partigiana e la guerriglia urbana. Joyce si esercita con la radio, l'alfabeto Morse, le comunicazioni segrete, gli ordigni per il sabotaggio nascosti in oggetti d'uso comune, il pronto soccorso, il lancio di coltelli, le sparatorie con sagome mobili in finti quartieri di città. Si definisce una recluta diligente, dal rendimento medio. L'unica cosa in cui è veramente un po' scarsa è il tiro, anche per la ripugnanza che prova per le armi da fuoco: «Le esercitazioni avvenivano con veri proiettili; io ero una pessima tiratrice e più di un istruttore rischiò la vita durante i miei allenamenti».

Conosciamo oggi, grazie a Roderick Bailey che ha letto i rapporti sul suo addestramento, il giudizio che ne danno gli addestratori e osservatori inglesi: «Una lavoratrice straordinaria e instancabile», «È molto determinata ed è sostenuta da un odio fanatico per il fascismo» (piccola notazione: 'fanatico' o 'esaltato' sono termini spesso usati per tradurre l'inglese *fanatic*, ma personalmente ritengo più appropriati 'appassionato', 'radicale', 'intransigente', soprattutto pensando a due persone come Joyce ed Emilio, così accorti e dotati di sangue freddo nelle loro missioni).

In ogni modo, alla fine del suo servizio militare, viene deciso di contrabbandare presso indirizzo sicuro a Marsiglia una valigetta con apparecchio radio in modo che Joyce, una volta recuperato, possa farne un uso futuro. La conoscenza degli esplosivi che ha acquisito in Inghilterra, inoltre, si rivelerà preziosa quando tornerà a Roma.

Ripeto, non so quanto Joyce fosse al corrente del tipo di organizzazione di cui era dotato il Soe e quanto invece sia rimasta sul vago per comprensibili esigenze di segretezza, ma vero è che molte cose riguardanti addestramento e operazioni sono uscite solo negli ultimi anni. Nel Regno Unito, per esempio, è solo relativamente recente il boom editoriale che riguarda le storie di agenti segreti provenienti dalla società civile e trasformati in 'spie di Churchill', soprattutto di agenti – donne – operanti in territorio francese. C'è un alone di romanticismo, ha scritto qualcuno, di inevitabile romanzesco che attrae e coinvolge e che 'tira' anche sul versante delle pubblicazioni: sono stati prodotti best-seller, documentari, film e persino una sorta di reality storico per Netflix, *Gli agenti segreti di Churchill. Le nuove reclute*, con la collaborazione di Bailey, in cui quattordici concorrenti prendono parte al processo di selezione e addestramento uguale a quello dell'epoca (e in effetti molto impegnativo e complesso, perché richiede abilità su più piani). Sono state approfondite figure a lungo misconosciute, soprattutto femminili, come quella di Noor Inayat Khan, la principessa scrittrice diventata operatrice radio catturata in Francia e morta poi a Dachau, o la polacca Krystyna Skarbek agente in Polonia e in Francia, o la francese Violette Szabo, sabotatrice e creatrice di una rete francese di assistenza ai *maquisard* per il D-Day (catturata, verrà giustiziata a soli ventitré anni a Ravensbrück), o la rumena Vera Atkins, reclutatrice e coordinatrice delle agenti che poi avrebbe ispirato la figura della Miss Moneypenny di *007* (sì, il pensiero corre alla tradizione 'spionistica' inglese e all'immaginario costruito poi attorno agli agenti speciali: proprio Peter Fleming, fratello di Ian, fu uno dei più illustri esponenti dello Special Operations Executive).

Era stato addestrato dal Soe il commando cecoslovacco che il 27 maggio del '42, dopo esser stato paracadutato su Praga, sparò al gerarca Heydrich: Gabčík, Kubiš e Opálka si erano formati a Londra e l'operazione Antropoide era stata messa a punto con gli inglesi.

Insomma, molte informazioni sul Soe sono uscite in questi ultimi anni, per volere del ministero della Difesa inglese che ha commissionato le varie storie ufficiali delle operazioni speciali in Europa – «set Europe ablaze», aveva ordinato Churchill – e ha raccolto del materiale poi esposto nei vari musei bellici del Regno Unito. E si tratta di materiale all'avanguardia per l'epoca come cifrari, pistole microscopiche, radio portatili. E chissà che fine hanno fatto le valigie a doppio fondo che furono recapitate in albergo a Joyce ed Emilio, che scrive: «Il maggiore inglese del War Office era così certo che avrei finito con l'ottenere dagli uomini del governo quanto maggiormente mi sforzavo di mettere in luce, che aveva fatto costruire, da un laboratorio di specialisti, apposta per me e su mia indicazione, due valigie a doppio fondo, tecnicamente perfette».

Ma le trattative tra Emilio e gli inglesi non vanno a buon fine e quelle valigie (che per Lussu sono «fuori concorso», in confronto a quelle preparate da Nitti per Giustizia e Libertà pure di ottima fattura, talmente perfette che «bisognava farle a pezzi per scoprirne il segreto», e il segreto è che sono imbottite di strati e strati di banconote: «Non ne ricordo la cifra, ma era molto forte [...] E guardandole pensavo ai milioni di sterline che da Londra dovevano scorrere in quegli anni verso ogni parte del mondo, per affrettare la vittoria: Sarebbero state spese utilmente? Non ha importanza. Forse aveva ragione il tenente-segretario: 'L'argent c'est la guerre'») verranno presto restituite al mittente.

I giorni a Londra di Emilio sono caratterizzati da incontri e colloqui: appuntamenti e cene formali con le varie personalità e con uomini politici, dal vice-primo ministro Clement Attlee al ministro della Produzione aerea Sir Stafford Cripps, e anche con il leader dell'opposizione Arthur Greenwood. Cecil Roseberry responsabile della J Section, l'ufficio del Soe dedicato all'Italia, e Colin Gubbins capo di tutte le Soe sono persuasi che il «Lussu's plan» potrebbe funzionare, ma non altrettanto entusiasti sono Gladwyn Jebb, il diplomatico che era braccio destro del ministro dell'Economia bellica Hugh Dalton, e Dalton stesso.

Al di fuori della cerchia istituzionale inglese, Emilio incontra il suo amico giellista Dino Gentili, poi Paolo Treves, cugino di Carlo Levi, che collabora con la Bbc, l'ultimo presidente della Repubblica cecoslovacca Beneš e un paio di esponenti del governo jugoslavo e greco in esilio.

Ci sono vari aspetti delicati da gestire e la situazione è in evoluzione. Il viaggio a New York è durato dal 24 febbraio al 27 aprile. Imbarcatosi a Liverpool sulla *Jamaica*, una bananiera armata, con un passaporto falso a nome Myer Grienspan (un nome scelto a caso leggendo un giornale a Londra che gli procurerà qualche problema in albergo in quanto cognome ebreo), ufficialmente è uno scrittore francese nato a Tolosa che va in America a visitare case editrici. Da Baker Street hanno scritto agli uffici di New York di accoglierlo e assisterlo in tutti i modi: «Non parla inglese, solo francese e italiano. La persona che lo incontrerà dovrà dire 'Je viens de la part de Monsieur le Commandant à Londres' [...] Siete autorizzati a fornirgli mille dollari ripeto mille dollari».

A New York, Emilio ha incontrato i vecchi compagni – Sforza, Cianca, Tarchiani, Garosci, Max Ascoli, Salvemini, Zevi. Si è confrontato con i dirigenti delle organizzazioni sindacali Bellanca e Antonini, ha avuto scambi di opinioni con i componenti della Mazzini Society. È dell'idea che in quegli anni possono esistere solo due centri di antifascismo, uno facente capo a New York, l'altro a Londra. E a lui interessa il secondo. Dal viaggio americano torna con l'impressione che l'antifascismo italiano all'estero «era troppo staccato dall'Italia per poterne influenzare l'opinione pubblica all'interno, e troppo debole per agire dall'esterno. [...] Mi separai dagli amici con l'intesa che essi avrebbero agito secondo le loro possibilità in America, e io avrei avuto libertà di azione a Londra». Torna anche con qualche soldo, ma sono davvero molto pochi: negli anni precedenti gli amici americani hanno fatto molti sacrifici e raccolto somme per far partire i compagni ma è pur vero che in Francia avrebbero raccolto ancora meno denaro.

È doveroso ricordare, a questo punto, che l'emigrazione politica italiana è composta da intellettuali e, appunto, politici. Molti di loro sono avanti negli anni e il fascismo li ha scacciati da impieghi e ruoli che ricoprivano da una vita. Come reinventarsi all'improvviso, in paesi stranieri, ripartendo da zero, da immigrati e profughi? In Francia era stato difficilissimo.

Emilio ricorda che Claudio Treves, «uno dei nostri massimi giornalisti», in Francia riusciva a piazzare solo qualche articolo al mese pagato cinquanta franchi a pezzo, e Tarchiani, che era stato il caporedattore del «Corriere della Sera» di Albertini, in quindici anni all'estero pubblicò un solo articolo; Cianca, che era stato direttore di grandi quotidiani romani, pubblicava in giornali antifascisti per cifre ridicole e alla fine aveva fatto l'impiegato alla Sezione italiana della Lega francese per la difesa dei diritti dell'uomo non sempre pagato; Trentin, professore di Diritto alla Ca' Foscari di Venezia, aveva prima investito i suoi risparmi in un'azienda agricola in Guascogna, poi aveva fatto l'operaio in una tipografia di Auch e infine aveva aperto la libreria a Tolosa; l'ingegnere navale Rossetti (eroe della prima guerra mondiale che abbiamo già visto all'opera per i progetti di fuga da Lipari) si manteneva facendo il tipografo. E ancora, Sarti, corrispondente per trent'anni della «Tribuna» a Parigi, si era ammazzato quando era stato cacciato da una casa di cui non riusciva più a pagare l'affitto.

Lussu è riuscito a tirare avanti grazie ai libri scritti su invito di Salvemini, che poi glieli ha anche piazzati all'estero insieme ad altri articoli: «aveva trovato, per i miei libri, una perfetta traduttrice inglese, un'agiata sua amica londinese, Marion Rawson, che volle sempre rinunziare ai suoi diritti d'autore». Ma non bastano. E allora si fanno debiti, che pagherà più tardi in Italia.

Prima di ripartire in piroscafo da Halifax, si ferma a Boston dal suo amico sardo Dino Giacobbe, già comandante della batteria 'Carlo Rosselli' in Spagna e che, da ingegnere, lì in America è diventato stiratore di calzoni in una fabbrica di vestiti. Emilio ha in mente proprio Giacobbe come possibile comandante dei volontari sardi, ma Giacobbe è meno ottimista di lui (in una lettera dell'ottobre del 1941 gli aveva scritto cosa pensava che avrebbero fatto i sardi: «Ti dico subito cosa faranno; staranno a guardare»; inoltre pensava anche che i sardi avrebbero accolto gli inglesi con «sdegnose riserve»).

Prima che il falso Myer Grienspan si imbarchi sul mercantile di linea britannico che lo riporta a Liverpool, gli ufficiali del Soe a New York scrivono a Londra che Lussu sembra molto soddisfatto del tempo passato lì.

A Londra, nel frattempo, è stata discussa la richiesta di Lussu, in particolare l'aspetto dell'integrità territoriale. Il verdetto 'politico' del ministero degli Esteri inglese però è stato di diniego alle richieste di Lussu riguardo a un impegno formale sulla questione dei confini. «Una dichiarazione del genere andrebbe contro la linea che abbiamo assunto con i russi e con gli americani in fatto di frontiere dopo la guerra e presto riceveremmo richieste simili negli interessi dei governi dei paesi alleati, specialmente Cecoslovacchia, Jugoslavia e Grecia», dichiarano gli inglesi.

La chiusura delle trattative è, giunti sin lì, abbastanza brusca. Secondo Giuseppe Fiori, gli inglesi insistono per avere una collaborazione in qualche forma. Capito che Emilio non diventerà mai un loro agente, gli offrono la direzione alla Bbc dei programmi in lingua italiana. Secondo Joyce, «Lussu intanto aveva deciso di troncare con il War Office perché non era riuscito a far accettare le sue condizioni di rimanere a Londra a dirigervi tutti i servizi del settore italiano».

Emilio resterà sempre convinto del suo progetto: «Io soffrii molto di questo scacco che mi rendeva impossibile un'azione collettiva popolare con larghi mezzi, in una regione nella quale esistevano tante possibilità, come in Alta Italia nell'ultimo periodo della Resistenza».

Non è il solo a pensare che si tratti di un buon piano. Da una nota interna, ma anonima, del Soe, sappiamo che c'era qualcuno che riteneva che un'eventuale rivolta in Sardegna «avrebbe potuto accorciare la guerra di nove mesi». Anche Earl Brennan, capo del distaccamento italiano dell'Office of Strategic Services (Oss) di Washington, nel '43 scriveva al suo capo Bill Donovan: «Emilio Lussu è a volte denominato 'il re senza corona della Sardegna' ed è l'individuo che contribuirà maggiormente al successo delle operazioni in quell'isola. Sono infatti ottimista sul fatto che, con l'aiuto di Lussu, un piano sardo ben congegnato e ben eseguito non potrà fallire».

Insomma, ci avevano creduto in tanti nell'idea di Emilio, ma poi alla fine non se n'era fatto nulla.

Dunque, se per Emilio il piano sardo è stato a lungo centrale e ha comportato mesi, se non anni, di lavoro, per Joyce quella inglese è stata solo una parentesi. Istruttiva ma non fondamentale. Tanto più che non ha potuto neanche incontrare i suoi numerosi parenti inglesi di parte materna, visto che il suo soggiorno era coperto dalla più stretta segretezza.

Poiché sta avvicinandosi l'autunno – che con le sue tempeste potrebbe impedire lo sbarco in Corsica di Emilio (lui non ha rinunciato, per sé, all'idea di rientrare da lì) – i Lussu preparano i bagagli e si apprestano a tornare sul continente: a questo proposito va rilevato come Emilio, dopo aver restituito le due famose valigie imbottite di soldi, volle anche pagare il conto dell'albergo. 253 sterline, prese in prestito da Dino Gentili, che devono rendere chiaro agli inglesi che «in Inghilterra è venuto non con ristretta mentalità gregaria, ma cercando appoggio alla guerriglia di antifascisti italiani e garanzie politiche» (così scrive Fiori). Paga e in calce al conto scrive: «Pagato il 18 luglio 1942 con danari miei».

Ripartiti da Plymouth a bordo di un Sunderland, un grande idrovolante armato di mitragliatrice e bombe e con otto uomini di equipaggio, i Lussu atterrano a Gibilterra. Già Emilio, quando era stato portato a Malta, aveva fatto tappa a Gibilterra e non ne aveva ricavato una buona impressione. Le parole di Joyce sono una potente fotografia da scenario di guerra vista con occhi critici e inediti: quelli di una donna, in primo luogo, e poi quelli di una formidabile scrittrice. Dipinge dunque un quadro di grande forza evocativa:

> A Gibilterra l'afa era infernale; afa di sole africano e di uomini accaldati, formicolio di uniformi e di pelli lustre di sudore. Tutti maschi, tutte braccia e gambe pelose emergenti dai calzoncini di tela e dalle camicie rimboccate. S'incontravano gruppi di marinai barcollanti e vociferanti, nei penultimi stadi dell'ubriachezza. Gli ultimi li passavano in guardina, perché gli ufficiali erano severi.
>
> Quella roccia brulla, strozzata tra la Spagna ostile e il mare infido, dal ventre carico di cannoni e la costa seminata di mine, emanava una tetra depressione. Persino gli alberi e gli arbusti polverosi del parco, attorno al busto autoritario del Duca di Ferro, avevano un aspetto desertico e sconsolato. E il mare non era il solito mare, ma una perfida palestra di guerra, greve d'insidie e di agguati.

Da lì, dopo qualche giorno, vengono imbarcati su una piccola nave da guerra (grigia, trentacinque uomini d'equipaggio, cannoncino antiaereo, mitragliatrici). Che sorpresa, quando all'alba del giorno dopo, salendo sul ponte, Joyce scopre che la nave è diventata marrone («non ci si poteva appoggiare da nessuna parte senza imbrattarsi di vernice fresca»), il cannone sparito sotto un mucchio di sacchi, gli uomini dell'equipaggio non indossano più la divisa ma abiti da pescatori, la bandiera inglese sostituita da un anonimo straccio simil-portoghese. Dunque, non sono solo le persone ad assumere altre identità, in questa storia: succede anche ai mezzi! Da compatta nave da guerra che era, infatti, la barca stessa si è trasformata, in una notte, in innocua tartana.

E Joyce ed Emilio sono diventati i francesi signori Dupont. Insieme a loro viaggiano altri quattro passeggeri, di cui tre francesi e uno non meglio precisato in quanto molto silenzioso. Ah, perché non ci sono solo i nomi falsi, nel racconto di Joyce. Spesso ci sono anche i soprannomi: dopo quattro giorni di navigazione tre degli altri passeggeri vengono ribattezzati il Duca, il Clero e il Terzo Stato. La traversata non è semplice, ci sono le insidie del mare grosso e ci vogliono più giorni del previsto per arrivare in porto, e la barca che deve raccoglierli in mare, mancato il primo appuntamento per il loro ritardo, non riesce a trovarli in mezzo alla tempesta. Le comunicazioni radio che devono triangolare con Gibilterra non aiutano più di tanto, ma alla fine le due imbarcazioni riescono a trovarsi a vista e avviene un periglioso scambio di passeggeri: da una parte loro quattro, dall'altra quaranta polacchi sfuggiti dai nazisti che devono passare sulla nave inglese. Finite le lunghe operazioni di trasbordo davanti alla costa francese tra flutti e rollio, risuona un grido tra le onde: «Buona fortuna Dupont! In bocca al lupo Madame Dupont!».

Promettono di scambiarsi cartoline e inneggiano alla pace con trasporto non ovvio da parte di freddi inglesi. Joyce: «Era la prima volta che una donna aveva viaggiato con loro. E poi, tornavamo in terra nemica».

Lussu e consorte sono i primi fuoriusciti a tornare indietro dopo esser stati in paesi liberi.

6

Ora noi potremmo scrivere «In Francia si riprende la lotta» e cominciare a narrare gli eventi che porteranno Joyce ed Emilio verso la guerra partigiana. Ma non è così semplice passare fronti e frontiere. Da una parte sembra facilissimo: gli inglesi ti portano da qui a lì, una barca fa fatica a incrociare l'altra ma poi va tutto a buon fine, arriva un'altra barchetta a remi a prenderti dalla nave più grande e ti conduce in porto fino a una cala nascosta ecc. ecc. In una sequenza cronologica, sembra tutto liscio.

Dall'altra parte però, nella realtà mirabilmente descritta da Joyce, la notte invece è fitta, le rocce appuntite, piove e i sentieri non sono facili da imbroccare al primo colpo.

Per esempio, dove sarà la strada che da Cassis porta a Marsiglia? In che punto, esattamente, sono stati lasciati dal comandante polacco *passeur* del mare che sulla barca ha intimato: «Scendere nella stiva. Silenzio assoluto. Niente sigarette, niente lampadine elettriche»? E hanno degli attrezzi per orientarsi? Mappe? Bussole? Torce che non possono accendere visto che girano pattuglie di finanzieri? No, e non conoscono il territorio. Sanno che la barca polacca *Seawolf* li ha lasciati sulla spiaggia di Port-Miou, un porticciolo scosceso ricavato da una falesia che dista quindici minuti di marcia da Cassis? No, per niente. Devono cercare di capirlo da soli, al buio e sperando di non essere visti.

Si separano dai compagni sbarcati insieme a loro e cominciano a salire cercando dei sentieri, sotto la pioggia, imboscandosi nei cespugli al primo rumore, al primo cane che abbaia, al primo fruscio, anche se per fortuna quelli che incontrano nel fitto della notte sono di nuovo il Clero e il Duca, ugualmente intirizziti e affamati, che come loro aspettano l'alba per entrare in paese.

In mezzo a tante altre avventure e rischi terribili, questi passaggi – sempre fortunati – possono apparire secondari. Ma sono essi stessi a rischio incidenti. Anzi, più di una volta è successo che uno dei passaggi 'sfumati' per loro e compagni poi non sia andato a buon fine (è successo per il motoscafo soffiato a Emilio dal comandante belga a Marsiglia, poi catturato con tutti i passeggeri, e all'aereo gemello di quello con a bordo Emilio che vola verso Malta con la sua valigia, abbattuto a Biserta).

E la stanchezza può giocare brutti scherzi: a Emilio scappa un «thank you» di ringraziamento a degli uomini a cui hanno chiesto indicazioni. Per fortuna non succede niente, il ricorso alla lingua inglese è stato preso come uno scherzo oppure, semplicemente, quelli incontrati sul sentiero non sono dei collaborazionisti.

Certo, 'switchare' (potremmo dire oggi, parlando di profili multipli ma rigorosamente virtuali e non di persone con una storia, nomi e indirizzi da mandare a mente, esposti a pericoli mortali) da un'identità falsa all'altra, da una lingua all'altra, non è così semplice. Eppure Joyce ed Emilio lo fanno continuamente, con grande nonchalance, consci però che una piccola svista può costare il fallimento di tutto e avere conseguenze terrificanti.

La questione delle lingue è fondamentale, nella storia di Joyce. In generale per la storia sua e della famiglia, ma soprattutto per quello che riguarda il periodo della resistenza. E nella fase che comincia adesso, dalla Francia, alla Svizzera, all'Italia, diverrà ancora più centrale. Ricordiamo che Emilio parla solo italiano e francese. Joyce, invece, parla italiano, francese, inglese e tedesco: da questo momento in poi, la vita di molti dipenderà dall'uso accorto del suo poliglottismo.

Comunque, proprio perché la stanchezza può rivelarsi fatale, bisogna prendersi cura di sé anche sul piano fisico. E allora

Joyce sogna il piatto del giorno proposto al bar della stazione in attesa del treno per Marsiglia (bouillabaisse con lo zafferano e le aragoste) che è ben più desiderabile delle pasticche iperproteiche che gli inglesi le hanno consegnato a Gibilterra per non morire di fame durante il viaggio.

Più di una volta, leggendo le gesta di questa coppia straordinaria, mi sono ritrovata a rifare i calcoli sulla loro età. Nel '42, Joyce è giovane, forte e in salute. Si sottopone a tremende fatiche senza battere ciglio ma, certamente, ha appetito e bisogno di tenersi su. Accanto a lei Emilio, che a quel punto ha cinquantadue anni e un polmone fuori uso, non si risparmia: viaggia continuamente, affronta ogni marcia, ogni viaggio, ogni sforzo, con tempra militaresca. Patisce spesso la fame, dorme all'addiaccio, si guarda alle spalle, pronto a lanciarsi come quando, quasi trentenne, combatteva nelle trincee dell'altipiano.

Sarà banale dirlo, ma di uomini e donne di questo tipo non ne nascono molti in un secolo. Vale per i poeti (e loro due sono poeti e scrittori), ma vale anche per i rivoluzionari, le grandi personalità che fanno la differenza, nella storia di un paese.

A Marsiglia, Joyce si rimette al lavoro con il suo 'Archivio' e riprende la contraffazione dei documenti. La casa degli anarchici carraresi Enzo e Claudina Cervia, dove lei aveva operato nella sua mini-officina da falsaria, è ancora attiva e lei riprende possesso del suo sgabuzzino con i suoi timbri e gli inchiostri.

Ogni tanto qualcuno cerca di capire se è possibile riuscire a rientrare in Italia da terra. In caso contrario, si lavora al piano del rimpatrio via Corsica.

Hanno risolto il problema dell'alloggio trovando ospitalità in casa di un salumaio antifascista, che la mattina dell'8 novembre porta l'annuncio, tutto emozionato, che gli americani sono sbarcati in Marocco. È l'ora dell'operazione Anton: in risposta all'operazione Torch, che ha visto l'occupazione dei protettorati francesi di Algeria e Marocco da parte degli americani, e per evitare lo sbarco del nemico sulla costa meridionale della

Francia, Germania e Italia occupano il territorio che fin lì è rimasto sotto il governo di Vichy. Dunque, per la seconda volta, Joyce assiste all'entrata dei tedeschi in una città francese.

La differenza è che sono passati due anni e i nazi non sono baldanzosi come a Parigi. Inoltre, i francesi non sono impreparati come all'inizio: adesso c'è una rete di resistenza, invisibile ma organizzata.

In quegli anni Marsiglia ha accolto profughi da tutta Europa, e quelli di loro che non si sono imbarcati verso lidi sicuri sono rimasti a lottare clandestinamente. È per questo che nel gennaio del '43 tedeschi e polizia di Vichy organizzano un'enorme retata al Vieux-Port: evacuate e controllate ben quarantamila persone, di cui più di quattromila arrestate e più di settecento ebrei poi mandati nei campi di concentramento, vengono poi abbattute a suon di dinamite e ruspe migliaia di case del porto vecchio e del quartiere Le Panier. È un'azione spaventosa, condotta con l'appoggio di poliziotti francesi arrivati da Parigi. Comincia anche un serrato censimento della popolazione e Joyce ed Emilio sanno che i loro documenti falsi rischiano di esser scoperti da un momento all'altro. Provano a sondare, per l'ennesima volta, la possibilità di un passaggio in Italia a fil di costa, attendono invano compagni che nel frattempo sono stati arrestati dalla Gestapo.

Niente, i passaggi sono tutti bloccati.

Riparano allora a Lione, da dove, sono convinti, potranno almeno riprendere la via per la Svizzera.

Dunque Lione. E la Svizzera, dove Emilio punta a incontrare di persona compagni giellisti residenti là. A far da base sicura per i passaggi c'è Maria Biasini, una valorosa repubblicana di origine romagnola che sin dall'età di nove anni (quando al suo paese aveva salvato i suoi familiari da una perquisizione fascista nascondendo delle armi sotto il suo letto) lotta e si adopera per aiutare compagni e fuggiaschi. È lei il contatto di Joyce ad Annemasse, piccola cittadina al confine franco-svizzero; lei che durante la guerra di Spagna ha introdotto dalla Svizzera in

Francia rivoltelle e bombe a mano nascondendole nel passeggino della figlia; lei che favorisce i transiti clandestini di ebrei.

Sapendo che i treni sono controllati, si procurano allora una macchina dotata dei permessi necessari per far arrivare Lussu da Annecy ad Annemasse. Fino a lì tutto bene.

Ma la notte che provano a infilarsi in territorio svizzero da un buco nella rete di confine, vengono catturati dai finanzieri svizzeri. Rispediti di là, vengono fermati dai tedeschi. Bella non è. Minacciati con il mitra, vengono condotti al comando, una scuola che è stata requisita e trasformata in posto di polizia, e interrogati separatamente. Per primo tocca a Emilio.

Quando è il suo turno, Joyce aguzza sguardo e orecchie: tra il tenente e il capitano ci sono scambi in tedesco e lei può capirli. Fornisce la sua versione di signora francese dalla gran parlantina, indignata per il trattamento che sta subendo, ma nei passaggi tra l'interprete e il capitano coglie le discrepanze tra le sue dichiarazioni e quelle che ha fatto Emilio prima. Aggiusta allora le informazioni da fornire su domicilio, bagaglio, nomi, movimenti adattandole alle obiezioni che coglie via via durante l'interrogatorio, e grazie a questo escamotage (e a una recitazione solo parzialmente convincente) riesce a ottenere, inaspettatamente, di potersene andare («Dalle loro espressioni, vidi che non ci credevano. Infatti, non ci credevo nemmeno io»).

Scende di sotto, apre la porta dell'aula in cui si trova Emilio e insieme tornano, liberi, a casa di Maria Biasini.

L'inverno tra il '42 e il '43 si trovano dunque a Lione, a casa di un toscano in esilio, Mostaccino, che di giorno fa le pulizie negli uffici, lavando vetri e pavimenti, e la sera la passa a discutere di politica. Attorno a quella casa ospitale e calda di affetti e amicizie – con Mostaccino vivono la moglie Libera, la madre Rosina, e il figlioletto Carlo – gravitano un gruppo di GL e vari esponenti della resistenza francese. Ma, ricorda Joyce, il regime di occupazione si indurisce e l'Ovra cerca Emilio Lussu. Viene arrestato Stefano Dellamore, un falegname valoroso, che non parla, non svela il nascondiglio di Lussu anche se lo conosce bene. Di lui non si saprà più nulla: sparirà senza che alla famiglia venga data nessuna spiegazione.

Con l'appoggio della polizia di Vichy e dei tedeschi, gli italiani si stanno avvicinando sempre più al ricercato numero uno a Lione: pensano che si nasconda sotto il nome di 'Fabbri', Fabbri però è solo un intermediario.

Ma in Francia non c'è solo Emilio sotto tiro. Joyce fa l'elenco: «Silvio Trentin era ricercatissimo; Saragat, che continuava a tenere contatti con noi, viaggiava con false carte d'identità francesi; Fausto Nitti era in carcere a Montpellier; il genero di Nenni era stato fucilato dai tedeschi, e la figlia deportata a Auschwitz. Il vecchio Modigliani, che era anche ebreo, correva gravi pericoli».

Emilio ripete che bisogna provare a salvare lui e la signora Vera. Già una volta avevano proposto a Modigliani i passaporti falsi prodotti da Joyce e già una volta – come Hilferding e come Breitscheid – quello aveva declinato l'offerta, avendo orrore per i mezzi illegali. Decidono di riprovarci, forse le riserve dei «legalitari» (così vengono chiamati di rimando, da Lussu e Pacciardi, quelli che li hanno definiti affettuosamente «i cospiratori», ai tempi di Marsiglia) sono, a quel punto, venute meno.

Il piano prevede che sia Joyce ad andare a prendere i due anziani coniugi nel villaggio della Garonna in cui sono rifugiati, ospiti di socialisti francesi, e condurli in Svizzera: «Trovai lui e la signora Vera, nonostante il pericolo imminente e le molte penose peregrinazioni, in buone disposizioni di spirito e pronti a buttarsi allo sbaraglio. Il passaggio in Svizzera non era più una diserzione; era una battaglia che si poteva vincere o perdere, ma che bisognava affrontare».

E Vera Modigliani, nel suo libro di memorie *Esilio*: «Poi un giorno, mercoledì 16 marzo, Joyce è giunta nella casa ospitale. [...] Ed io divento 'Monique' e mio marito 'Denis'; ed io sono nata ad Arles, e mio marito a Marsiglia e – con quella barba, quella pelliccia e con quegli occhiali – è, naturalmente, un professore pensionato. E gli han regalato ben dieci centimetri in altezza; e siamo persino proprietari (almeno una volta in vita nostra!) nientedimeno che di uno chalet in Savoia, poiché, per entrare nella regione, bisogna dimostrare di averci il domicilio abituale; ed abbiamo anche acquistato, in Joyce, una cara nipote che ci accompagna... Mi ripeto mentalmente la lezione: ti chiami... e sei nata a... il... (ti han fatto più giovane di quello che sei)».

Joyce è diventata Marie-Thérèse Chevalley, maestra elementare originaria del cantone francese della Svizzera, e Modigliani e la signora Vera sono i suoi zii. Per lui Joyce ha immaginato un ruolo di professore di belle arti al Collegio di Parigi: i finti zii risultano risiedere a casa della nipote maestra, in un villaggio dell'Alta Savoia che si chiama Sallanches (e non è lontano da Annemasse).

L'impresa è rischiosa, ci sono da attraversare due zone, una controllata dai tedeschi, una dagli italiani, ma la fiducia in Joyce è totale e ogni riserva sui documenti falsi è caduta in un baleno. «La signora Vera mi pigliava in giro e mi chiamava l'Agenzia Cook Tutto È Previsto».

Scrive Vera: «Dal momento in cui ci è venuta a prendere, ci ha assistiti in ogni modo: prevedendo i bisogni, eliminando gl'impacci d'indole pratica prima anche di farceli sentire; risparmiandoci discussioni ed incertezze; dimostrando una calma comunicativa che molte volte doveva essere ben lontana dal suo spirito; portando in tutto quello che faceva un entusiasmo contenuto, un romanticismo pudicamente celato, una passione mistica per la Causa, che han fatto della nostra fuga (forse più facile e sicura se affidata a dei francesi) un atto squisitamente politico, squisitamente italiano antifascista».

Preparato un piccolo bagaglio per i due anziani, zii e nipote si accomodano su un treno, in una confortevole seconda classe, e passano i primi controlli francesi conversando amabilmente. Joyce: «Modigliani sfoderò le tessere con disinvoltura: pareva che in vita sua non avesse fatto altro che girare con carte false» (e la signora Vera, osservando di rimando Joyce: «Le sorprendo un certo stupore compiaciuto, quando vede mio marito tirar fuori, a richiesta dei gendarmi, le proprie carte francesi, con una disinvoltura degna di un... delinquente consumato!»).

Superato il primo controllo francese, si sistemano ad Annemasse. Il piano prevede che tentino per la Svizzera la sera dopo con la complicità di un doganiere francese, ma vengono avvisati che i carabinieri italiani hanno cambiato turni e tutto viene rimandato. I giorni trascorrono e su quel versante la situazione non si sblocca. Si passa allora al piano B. C'è un convento, vicino ad Annemasse, il cui giardino entra in territorio elvetico. Grazie a giovani preti compiacenti, di lì sono passati già in diversi, ma le guardie di finanza se ne sono accorte e da quel giorno presidiano il giardino. Chiusa anche quella via.

Qualcuno li avvisa che due chilometri più giù è stato aperto un varco nella rete: partono a piedi ma, pur non avendo scorto il buco, pattuglie di italiani da una parte e francesi dall'altra sorvegliano la strada.

Stanno tornando a Annemasse decisi a riprovare con la prima opzione l'indomani, quando vengono raggiunti dalle guardie francesi. È il disastro.

Il racconto della fuga dei Modigliani è 'sceneggiato', movimentato come deve esserlo stato nella realtà, sia nelle pagine di Joyce che in quelle della signora Vera. Quando vengono fermati, il vecchio avvocato non si trattiene: non può tollerare che Joyce venga coinvolta fino a quel punto, che il pericolo per lei sia così immane, e si autodenuncia: «Non posso permettere che questa signora si sacrifichi per noi. Lei non c'entra nulla», protesta lui con le guardie. «Ecco le mie vere generalità: avvocato Emanuele Modigliani, deputato al parlamento italiano per nove legislature».

Ma Joyce ha dato indicazioni precise: «lasciate fare a me, parlate il meno possibile, me la vedo io». Sotto gli occhi stupiti di Vera, a un certo punto Joyce alias Marie-Thérèse diventa Jacqueline, una donna che ha per marito un uomo della resistenza francese...

Vengono rilasciati, ma l'impresa è da portare a compimento.

Ci riprovano l'indomani. Ricognizione della strada, passeggiata sul sentiero in gruppo di famiglia, vedette di appoggio che però non si presentano perché sono state fermate (un compagno arrestato, Maria Biasini in ritardo per guasto all'autobus su cui viaggia). Vedono due soldati italiani vicino all'imbocco del sentiero che devono prendere, proseguono tranquilli e determinati. A trenta metri dal confine, Joyce prende gli 'zii' sottobraccio, uno a destra e una a sinistra, e si butta verso il campo aperto. I soldati accorrono urlando, Joyce lascia correre i Modigliani avanti, gli zii sbagliano direzione ma al grido di Joyce «à gauche» correggono la traiettoria. Lei fronteggia i soldati che le piombano addosso, in particolare quello più vicino che ha tagliato per il campo: «mi buttai addosso a lui, afferrando a due mani la cartucciera che portava a tracolla. 'Porca madonna! Dio boia!' urlava l'aggredito nel miglior toscano, scuotendomi i polsi con la sinistra e agitando con la destra il moschetto. 'Questa donna è pazza!'».

Ma i due Modigliani sono in territorio svizzero e Joyce è felice. In arresto, ma felice: «I cari zii trottavano attraverso il prato, tenendosi per mano, come due bambini saggi».

Seduta nella biblioteca dell'Unione femminile nazionale di Milano, fotografo le pagine del libro di Vera Modigliani. Sul sito dell'Opac ho letto che era disponibile una copia per il prestito ma, arrivata in questo bellissimo posto, convengo con Eleonora Cirant (che conosco per altre questioni, altri incontri femministi, altre relazioni che si sono sviluppate negli anni su argomenti 'di donne') che è meglio non smanacciare troppo questa preziosa copia risalente al 1946. Dunque, procedo a fotografare col telefono, perché anche fotocopiare potrebbe essere deleterio per un libro d'epoca.

Mi incanto a leggere le pagine di questa donna, una moglie (in realtà preferiva essere chiamata compagna di Menè Modigliani) ma prima ancora una socialista che ha scelto di cambiare il suo nome da Nella a Vera in omaggio alla rivoluzionaria russa Vera Zasulič impiccata dallo zar.

Guardo la sua foto riprodotta all'inizio del volume: un filo di perle, il bel viso che emana distinzione e dolcezza. Mi diverto quando scrive soddisfatta della performance in treno con in pugno i documenti falsi: «Sono fiera della faccia angelica di mio marito e di quella di Joyce. Chi potrebbe sospettare negli occhi grandi e chiari di questa un pensiero recondito, sotto quell'aspetto nobile, elegante, signorile, un'agitatrice politica? Anch'io credo di avere una faccia sufficientemente onesta e rassicurante... per poco non dico: 'Guardate quanto siamo belli!'».

Facce angeliche, dolcezza, determinazione.

Doveva essere buono, almeno così scrive lei, il suo compagno di una vita, l'avvocato Modigliani (fratello maggiore del pittore) attorno alla cui imponente barba si sono espressi in molti. Buono e coraggioso, viste le tante aggressioni fisiche che ha subito dai fascisti quando ha rappresentato la parte civile nel processo Matteotti.

Mi piace scorrere questo libro di Vera in questo luogo di donne, contornata da scaffali pieni di libri di donne. I libri delle donne non li trovi dappertutto. I libri delle donne li raccolgono le donne, nei luoghi delle donne. E li consultano soprattutto le donne: lasciando i miei riferimenti sul registro dei visitatori della biblioteca, ho scorto la sfilza di nomi di chi mi ha preceduto. Ragazze, nate nel 2000, che immagino impegnate in tesi: studiose, lettrici, letterate, specialiste che (come me alla loro età e ancora oggi, con immutata stima e riconoscenza) sono giunte fin qui alla ricerca delle storie di altre donne.

Faccio due calcoli: Vera Funaro Modigliani è nata ad Alessandria d'Egitto nel 1888. Il posto in cui mi trovo adesso è stato acquistato nel 1910 da socialiste milanesi, dopo essersi costituite in Unione con duecentocinquanta donne a titolo individuale e diverse migliaia di lavoratrici. La generazione è quella. Il periodo è quello in cui le donne cominciano a laurearsi (Vera Modigliani si laureò in Giurisprudenza e fu ammessa al registro dei praticanti ma non poté mai esercitare a causa della legislazione dell'epoca) e a lottare per i propri diritti di cittadine e per conquiste sociali che riguardano lavoro e maternità, contro lo sfruttamento (nel 1902 le donne dell'Unione femminile nazionale sostennero lo sciopero delle 'piscinine', le piccole sarte dai 9 ai 13 anni che lavoravano per pochi spicci, e fornirono loro istruzione e spazi ricreativi), per i servizi sociali, per l'assistenza ai bambini.

Leggo che gli ultimi anni della signora Vera sono stati dedicati a ricerche documentarie, bibliografiche e parlamentari per raccogliere fonti sul socialismo di cui suo marito era stato esponente politico di punta. Mi piace molto questa figura di intellettuale che resta fedele alla sua militanza, ai valori di laicità e pacifismo, di giustizia sociale, continuando a lavorare fino alla fine su libri e che purtroppo morirà sola e in ristrettezze economiche ventisette anni dopo il marito. Mi piace come scrive, il suo *Esilio* è un diario vivido e partecipe, e le cose su Joyce sono autentiche e piene di tenerezza, rispetto e ammirazione.

La gratitudine che la signora Vera prova per la generosità di Joyce sono una testimonianza importante della solidarietà tra donne che Vera non scorda di omaggiare (scrive anche di Maria Biasini e della signora francese che insieme ad altri alimenta le *Complicità affettuose ed eroiche* che danno il titolo al capitolo a loro dedicato). Scrive:

> Brava coraggiosa, ci hai voluto accompagnare fino all'estremo limite della terra di Francia: proprio con le tue mani, ci hai voluto affidare a questa terra di rifugio. Non ti sarebbe stato difficile consegnarci ad un 'passeur' di professione; avresti potuto lasciar fare ad amici francesi, che disponevano di un'organizzazione, forse più completa e meno avventurosa. Non hai voluto: in omaggio alla tua idea; in omaggio ad una tradizione: quella di Giustizia e Libertà, da Turati in poi, da Rosselli in poi; in omaggio, anche, ad un mandato di affetto dato dai nostri compagni di America, e raccolto con scrupolosa devozione: «salvate Modigliani» avevano detto a Lussu quando, eroico pellegrino, si era recato oltre Oceano per ritornare poi nella bolgia. In omaggio anche ad un'affettuosa simpatia per questo Modigliani, fermo fino all'intransigenza nelle sue idee di partito, ma così fedele, così dolce e buono; in omaggio finalmente ad una delega

ricevuta dalla persona più vicina al tuo cuore, che era – lui – nella impossibilità di agire: la delega del *tuo* 'capitano'!... E tale compito hai voluto assolvere fino al sacrificio di te stessa: offerto, spero, non consumato: sarebbe troppo terribile anche per noi!

Vera è angosciata al pensiero di Joyce, ha visto che è stata fermata dai soldati e condotta via. La prima sera, al campo dove sono stati portati in Svizzera, annota: «È un volto che non mi abbandona, che mi sta dinnanzi con una fissità angosciosa: il tuo volto, Joyce! Ti avranno arrestata?! Ti avranno rilasciata?! Dove sei ora?! Hai potuto raggiungere il tuo compagno o deve egli ancora torturarsi per te, per noi? L'ansia sulla tua sorte m'impedisce di dormire, qui dal campo, non è lecito scrivere in Francia: quando potrò sapere?!».

Perché, i Modigliani in salvo, Joyce è stata portata al comando italiano, insediato in un albergo di Annemasse, il Terminus. È sempre ufficialmente francese ma naturalmente capisce quello che viene detto in italiano attorno a lei. Si è deciso che lei pagherà per tutti, il suo caso è stato trasmesso a Grenoble ed è solo questione di ore prima che scoprano che a Sallanches non esiste nessuna maestra Chevalley. Poiché ad Annemasse non dispongono di una prigione femminile, viene condotta in una caserma degli alpini. Lì si ritrova chiusa con una signora ebrea, Minna, distrutta dal dolore di essere stata separata dal suo bambino. Passano le ore e Joyce chiede del cibo. Le forniscono pane bianco, lardo, cioccolato. Minna non mangia ma Joyce cerca di confortarla; lei è felice per il lavoro ben fatto con i Modigliani e cerca di dormire, mangiare e consolare Minna, povera ebrea polacca che piange continuamente con una camicina del figlioletto stretta in mano, tormentandosi sul destino del bimbo.

Il terzo giorno di prigionia, arriva una giovane signora francese, Marcella, arrestata per aver fatto passare due patrioti francesi nello stesso punto da cui sono passati i Modigliani. Il quarto giorno, fa il suo ingresso suor Bertha, tedesca sessantenne di origine ebraica appartenente a un ordine religioso protestante, vestita con un grembiulone da crocerossina. La tedesca ha già subito le persecuzioni naziste: è stata in un campo, si è ammalata di scorbuto per le privazioni, sua madre novantenne è morta di fame davanti a lei. È per questo che, appena vede qualcosa da mangiare, ci si butta con avidità, senza riuscire a controllarsi. Stranamente, nonostante tutto quello che ha passato (compreso l'arresto mentre tentava di proseguire una sua difficilissima fuga) è nazionalista filonazista. Misteri dell'animo umano.

Dopo qualche giorno, le quattro donne vengono trasferite a Grenoble. Lì Joyce viene interrogata varie volte e prova la tentazione di confessare di essere italiana ma resta fedele al principio illegale di «difendere la propria falsa identità fino all'estremo possibile».

Dai carabinieri viene consegnata ai gendarmi francesi, sa che adesso è davvero dura reggere ancora il gioco dell'identità dell'Alta Savoia ma, miracolosamente, all'improvviso viene rilasciata insieme alle altre due (non Minna, però, senza mai più rivedere il suo bambino verrà mandata al campo di concentramento di Lublino dove, scrive l'autrice di *Scarpette rosse*, «fu bruciata»).

Dopo dieci giorni di carcere, grazie alla liberalità del prefetto di Grenoble che aveva creduto alla sua storia di giovane patriota francese salvatrice degli zii ebrei senza star troppo a controllare, Joyce esce dal carcere (nel frattempo, Emilio non era stato con le mani in mano: aveva comunque organizzato con i pochi compagni di Lione e Grenoble un piano di evasione per lei che poi non è servito). È in quel momento che hanno le prove di come fosse ben organizzata l'Ovra, al corrente del fatto che i due francesi arrestati alla frontiera erano Lussu e la moglie, così come sanno che la francese arrestata per i Modigliani è Joyce. Per Emilio l'Ovra non è in nulla inferiore alla Gestapo nazista. Adesso i ricercati sono due: oltre a Lussu ora sanno che è attiva anche sua moglie.

A proposito dell'Ovra, Emilio fa cenno a un rifugio che avevano, segretissimo, lui e Joyce in montagna, in cui riparavano quando la situazione in città si faceva troppo pericolosa. Una casa ad alta quota che distava un po' dal villaggio più vicino, a un chilometro da un campo di partigiani di cui lui è, nelle brevi permanenze, un po' il consigliere tecnico (tanto che viene chiamato «mon capitaine») e ai quali porta documenti falsi e false tessere alimentari utili quando scendono in città.

Per il resto del tempo, sono a Lione da Mostaccino, in una stanza dell'appartamento sito al settimo piano d'un vecchio palazzo in una via popolare di un quartiere equivoco lungo la Saona. Ricorda ironico come sempre (ma forse anche orgoglioso, se si ribaltano i termini): «Questo era il quartier generale di un esercito che aveva la forza di una squadra».

Come racconta Giuseppe Fiori, è in quella casa che salgono, nel marzo del '43, Amendola e Dozza per il Pcd'I e Saragat per il Psi, a incontrare Lussu che rappresenta GL. Si vedono per mettere a punto un piano di unità d'azione in cui, dopo vivaci discussioni (Lussu si dimostra interlocutore più difficile di Trentin, scrive Amendola) e varie riunioni di appartamento in appartamento organizzate da Emilio che si fanno via via più partecipate («la riunione clandestina divenne così un piccolo congresso»), Lussu strappa l'inserzione nel documento finale della formula «distruzione del fascismo nelle cause economiche e sociali che l'hanno reso possibile» in cambio, chiedono i comunisti, di non rendere esplicita la pregiudiziale repubblicana così da poter coinvolgere masse più vaste che comprendono anche correnti moderate a tendenza monarchica.

Il giudizio di Amendola su quel documento è che «Politicamente i testi approvati a Lione resistono ad una rilettura critica e contengono in germe tutti gli sviluppi della futura politica unitaria, che sarà poi realizzata in Italia dal Cln».

L'appello, scrive Lussu, finiva con l'invocazione «alla pace, all'indipendenza, alla libertà».

Colpisce trovare sempre e solo uomini nelle riunioni, nei colloqui, nelle riviste, nei ruoli che danno la linea politica. Va bene, è quello il tempo della politica tutta maschile, non esistono dirigenti o portavoce donne in nessun partito politico (d'altronde le donne non hanno il diritto di voto). Però, sia in Giustizia e Libertà sia nell'antifascismo – e più tardi nella resistenza – le donne ci sono: eccome se ci sono! Se ne comincerà a parlare, però, solo a partire dagli anni Settanta. La storiografia, fino a quel momento, si è occupata delle eroiche storie degli uomini 'in armi' tacendo però delle donne, relegate a ruoli di supporto nelle retrovie. Bisogna aspettare la rivoluzione femminista per avere ricerche e analisi sul contributo delle donne, spesso a cura di storiche, ma non solo. Per il gruppo di GL non solo Joyce, non solo Marion Cave moglie di Carlo Rosselli: a Torino operano Barbara Allason (che anima un 'salotto' al centro degli incontri del gruppo), Bianca Ceva, Ada Gobetti, Anita Rho, e più tardi anche Tina Pizzardo che però ha una formazione comunista e si avvicina solo in un secondo momento.

Estate del '43: si torna in Italia per fare la lotta partigiana. Il 25 luglio il duce viene esautorato: non è quello che si aspettavano gli esuli, che confidavano in un'insurrezione popolare, e che, così come la stessa Joyce, temono che la fine di Mussolini non sia la fine del fascismo.

Dopo un iniziale giubilo generalizzato, gli arresti di quelli che Mussolini chiamava 'fuoriusciti' riprendono, quindi è tempo di rientrare in Italia. Joyce passa la frontiera legalmente in luglio, dopo aver fatto regolare richiesta di passaporto al consolato e averlo ottenuto in poche ore; in borsa ha un opuscolo scritto da Emilio e stampato clandestinamente a Marsiglia dal titolo *La ricostruzione dello Stato*. Si tratta di una «presa di posizione socialista che potesse servire da guida ai nostri compagni d'Italia, con cui avevamo perso i contatti da quasi tre anni», scrive Lussu. Verrà diffuso e ristampato più volte, sia a Roma sia in Alta Italia, durante la resistenza.

Emilio, invece, non si fida del governo Badoglio, prova varie volte a rientrare clandestinamente ma fallisce: riesce ad arrivare in Italia solo il 13 agosto, dopo aver ottenuto rassicurazioni che non verrà arrestato. Quando è rientrata Joyce, infatti, è stata perquisita e trattenuta in un albergo a Mentone senza spiegazioni. Con lei, centinaia di altre persone che rientravano con passaporto regolare ma venivano comunque fermate. In quel posto Joyce incontra dei bambini rimasti soli perché i genitori sono stati arrestati appena varcata la frontiera, il figlioletto di Zannerini, la figlia di Sereni: «Il regime di Badoglio aveva poco da invidiare a quello di Mussolini. Mi rallegrai che Lussu avesse deciso di rientrare in Italia illegalmente. Il trattamento che ci dedicava l'albergo-prigione era assai scadente. Noi donne andammo a protestare da tutti gli impiegati, ispettori e commissari che ci capitavano a tiro. Ci andammo in gruppi sempre più imponenti. Finì che nessun funzionario o agente poteva entrare senza essere immediatamente accerchiato e sopraffatto da turbe di donne vociferanti».

Sia Joyce che Emilio, al rientro, gioiscono per il fatto di poter tornare a parlare italiano. Joyce: «Mi pareva straordinario, fenomenale che tutti, anche i bambini, parlassero correttamente l'italiano. E che sollievo poter parlare italiano senza preoccupazioni, non essere più costretta a esprimermi in una lingua non mia. Tutto mi meravigliava, tutto era fresco e nuovo e sorprendente: i nomi italiani sulle botteghe, i ragazzini che vendevano le caramelle, i capistazione dalle uniformi scalcinate e le greche sui berrettoni, i carrettini dei gelati, le macchine per i surrogati espressi, le scritte 'È vietato sputare sui pavimenti'. [...] Mi pareva di nascere una seconda volta».

Emilio, un mese dopo: «Quando scesi a Ventimiglia, mi volli fermare, farci un giro e visitare il mercato dei fiori. Tutti parlavano italiano! Mi sembrava una meraviglia, un sogno! Ne ebbi tanta emozione che stentai a tenermi in piedi, e dovetti appoggiarmi a una colonna per non cadere. L'Italia!».

Emilio non torna in Italia da quattordici anni, Joyce da nove.

A Imperia trova Joyce ad attenderlo sul marciapiede della stazione. Non si sono dati un appuntamento, non hanno scambiato comunicazioni: semplicemente, Joyce è arrivata da

Roma per andargli incontro dopo averlo aspettato per giorni nella capitale. È uno di quei casi di 'telepatia familiare', come la chiama scherzosamente Joyce.

In realtà, Joyce in *Fronti e frontiere* per fatti come questi ha una spiegazione: «Quando eravamo separati, il che accadeva abbastanza spesso, avevamo sempre un'idea abbastanza esatta di ciò che l'altro stesse pensando o facendo. Non credo che fosse telepatia, ma piuttosto una profonda conoscenza reciproca, e un rigoroso calcolo delle probabilità».

È amore, più tanto altro.

Joyce ed Emilio sono due compagni accordati e sintonizzati su frequenze multiple: sentimentali, di intelligenza, di risoluzione pratica di problemi, di tensione morale e politica.

Pensano insieme anche quando sono separati. E insieme riprendono la lotta, in Italia.

7

A Roma conservano ancora una falsa identità, per prudenza. Sono i coniugi Raimondi e abitano in un appartamento a piazza Randaccio. Sotto il letto hanno fissato una corda lunga diciotto metri che può servire a scappare calandosi da una finestra sul retro. Passata l'euforia del rientro, dunque, la vita in Italia riprende negli stessi modi di quella dell'esilio.

A settembre, partecipano insieme al primo congresso del Partito d'azione, clandestino, a Firenze. Già in Francia, negli ultimi mesi, Lussu aveva deciso per una confluenza di GL nel Partito d'azione.

L'8 settembre Joyce si trova a Sanremo, da dove deve riprendere contatti coi compagni rimasti in Francia, quando la avvisano dell'armistizio.

Di nuovo, mentre tutti festeggiano, Joyce ha non poche perplessità. Chiusa in camera, è preoccupata perché non capisce come possa un armistizio ottenuto in quel modo portare alla fine della guerra: ci sono in Italia diciotto divisioni tedesche. Che succederà, adesso? Riparte mollando la missione al confine per timore di restare tagliata fuori da Roma e da Lussu. Nel viaggio incontra tanti soldati che cercano di procurarsi abiti in borghese e prendere la via della fuga. Da Mentone arrivano treni carichi di ufficiali e militari che hanno fatto parte delle truppe di occupazione in Francia: là, subito dopo l'armistizio, i tedeschi hanno disarmato i soldati italiani e li hanno avviati ai campi di concentramento. Solo mogli e figli sono stati fatti rientrare in Italia e arrivavano, a bordo di questi treni, angosciati e smarriti. Mano a mano che il treno con a bordo Joyce avanza, stipatissimo, il panico dilaga. Continuano a sopraggiungere soldati italiani in fuga, a ogni stazione aumentano e inzeppano i vagoni.

A Roma le notizie non sono buone. Lussu le racconta del tradimento dei capi dell'esercito e del rifiuto di dare le armi al popolo per difendersi. Lui è stato a porta San Paolo, dove, insieme a Longo, Vassalli, Buozzi, Amendola e Pertini, si è tentato di opporsi ai tedeschi radunando civili arrivati spontaneamente e armati alla buona e un manipolo di soldati rimasti allo sbando dopo la fuga del re, del governo e dei capi militari. Sono state fatte barricate con tram rovesciati, si è combattuto ma alla fine i tedeschi, superiori per forze e numeri, hanno avuto la meglio: sono morti molti civili (si conteranno quattrocento caduti tra i civili, di cui quarantatré donne), tra loro Raffaele Persichetti, un professore di storia dell'arte al liceo Visconti, che sarà medaglia d'oro al valor militare per la resistenza. La battaglia di porta San Paolo è considerata il primo atto della resistenza italiana ed è emblematica del momento, con la viltà del re e di Badoglio, le divisioni all'interno dell'esercito, l'eroismo della popolazione che sceglie di battersi contro il nemico, i capi dell'antifascismo politico che si uniscono per costituire un fronte comune di lotta e resistenza.

Sulla mancata difesa di Roma da parte dell'esercito e del governo, Emilio scriverà il suo ultimo libro, poi uscito postumo.

I tedeschi non sono più i baldanzosi occupanti che si sono visti marciare a Parigi: sono banditi che rapinano i passanti e razziano i negozi, ridendo e insultando. Le persone assistono inebetite.

Joyce è frustrata e furiosa, lei che conosce il tedesco capisce cosa dicono delle donne italiane quei rozzi crucchi e non lo sopporta. Ripensa al coltello a serramanico che ha imparato a usare nel suo addestramento inglese per la guerriglia cittadina. «Un'arma terribile: dove prendevi prendevi, ammazzavi di sicuro». Gira dunque ore per la città con il coltello in tasca cercando l'occasione giusta per ammazzare un tedesco. È un pensiero che da quando le si è formato in testa non l'abbandona.

A differenza di Parigi, dove tutti erano stati presi alla sprovvista ed erano quasi in stato di shock, ora si arrivava da anni di guerra e si cominciava a sapere qualcosa sulle torture e sui campi di sterminio. Joyce è decisissima ad agire, «mi trovavo in uno stato di psicosi». Si vuole proprio «togliere il gusto» di ammazzare uno di quei banditi. Ma quando ne becca uno da solo, a vicolo Scanderberg, magrolino, malridotto, nonostante l'occasione favorevole, al sentirlo starnutire improvvisamente ha un ripensamento. «Quel gesto così umano mi ha fatto dileguare la rabbia», mi ha spiegato quando me lo ha raccontato (precedentemente, in un suo testo, aveva detto che era stato l'arrivo di una pattuglia a sventare il suo attacco). Fatto sta che, tornata a casa, si confronta con Emilio su questa sua pulsione terribile, ed Emilio si arrabbia e le fa delle gran prediche che però non la acquietano del tutto. L'indomani mattina ci proverà ancora una volta (qui forse, nel fatto che i momenti sono diversi, sta la spiegazione delle due versioni).

Comunque, poiché Joyce arde di fare qualcosa e visto che c'è bisogno di mandare qualcuno al Sud, qualcuno che passi le linee per prendere contatto con gli americani, con Emilio decidono che sarà lei a provare.

Una donna, pensa Joyce, può farcela là dove tre uomini hanno già fallito.

Joyce parte il 20 settembre del 1943, in missione per conto del Cln, nome in codice Simonetta. Deve andare incontro agli americani che stanno avanzando da sud e prendere contatti per un lancio di armi da paracadutare nei pressi di Bracciano. Non sa se le conviene scendere dalla linea tirrenica o da quella adriatica: deciderà strada facendo, a seconda della situazione che si troverà davanti. Di certo sa che gli inglesi non sono ancora arrivati a Foggia e gli americani sono fermi sotto Salerno.

La prima tratta che affronta è quella abruzzese, riesce ad arrivare a Sulmona con un treno regolare. Da lì, con un altro piccolo treno stipatissimo, arriva a Vinchiaturo, dove passa la notte all'aperto. Dopo altri due giorni di viaggio, arriva a Benevento. Ci siamo: a quel punto i binari finiscono, distrutti dalle bombe, e vicini si sentono tuonare i cannoni.

Entra in una Benevento deserta, è l'ora dei bombardamenti delle squadriglie alleate e non c'è in giro nessuno. Solo macerie e la puzza dei cadaveri. Addossato al muro di una casa distrutta, vede il corpo di un uomo carbonizzato. È un aviatore americano, caduto in combattimento. Prova per lui pena e orrore, anni dopo ne scriverà nel suo pamphlet sulla guerra, è da lui che arriva il titolo *L'uomo che voleva nascere donna*:

> Dove sono le tue donne? Pensavo, guardandolo. Dov'è tua madre che fin da piccolo ti metteva in mano il fucilino e la piccola Colt perfettamente riprodotta dicendo che non dovevi giocare con le bambole? Dov'è tua sorella, che la notte sogna un eroe con molte medaglie? Dov'è la tua ragazza, che ti veniva a prendere la sera all'accademia militare, per esibire alle amiche la tua bella uniforme di pilota? Dove sono le tue donne, che ti hanno mandato solo in questo scannatoio così lontano dalla tua terra, che ti hanno spinto fuori di casa affinché tu facessi il tuo dovere di uomo e di soldato?

C'è pena nelle parole di Joyce ma anche rabbia nell'interrogarsi sulle dinamiche della guerra e la complicità di tutti e tutte in un sistema culturale che punta sulla guerra e invoca sacrifici e morte. Dove sono le donne?

Una di sicuro lo sappiamo dov'è. È lì: è lei, che riprende il cammino.

L'unica persona che Joyce incontra è un uomo che si aggira con un grosso sacco sulle spalle, pieno di oggetti arraffati dalle case sventrate. Le consiglia di evitare il centro della città e prendere la strada per Avellino attraversando la galleria della ferrovia, buia. Là sotto, scene da girone infernale: bambini che si muovono nell'oscurità, spersi, un fuocherello di persone che sono rifugiate in quel luogo riparato dalle bombe da giorni e stanno morendo di fame. Una volta arrivata all'aperto, fa appena in tempo a dissetarsi a una fontanella che arrivano i bombardieri e con un fracasso tremendo mollano le bombe: la fontanella salta, tra Joyce e la galleria ora c'è una cortina di fumo e un tappeto di profonde buche.

Marcia per il resto del giorno e di notte trova ricovero in un fienile, in aperta campagna. Dalle poche persone che incontra riesce ad avere solo informazioni frammentarie e imprecise, nessuno sa esattamente dove si trovano i liberatori e dove invece ci sono ancora i tedeschi.

I tedeschi la fermano due volte, sta rischiando molto. Per evitarli passa in cresta, dall'alto vede la pianura sotto i bombardamenti: nuvole di polvere, fumo, boati. E di nuovo tedeschi, Joyce continua ad arrivare in paesi deserti dove degli americani non c'è traccia: «Gli americani erano per me una specie di miraggio irraggiungibile. Nella mia mente annebbiata dalla stanchezza e dalla fame, mi vedevo correre per tutta l'eternità di villaggio in villaggio, cercando gli americani e trovando i tedeschi».

La linea del fuoco è sempre più vicina: «I cannoni della marina inglese tuonavano dal mare. A ovest, verso Acerno, tuonavano i cannoni americani. Ai piedi del colle, i mortai tedeschi. In alto, sopra di me, le artiglierie leggere spostate sulle alture».

Joyce continua, non sempre segue i sentieri e le capita di doversi arrampicare, mani e piedi sulle pietre di fiumiciattoli in secca, sotto al sole e con una sete terribile, in mezzo ai rovi, riarsa tra la cenere degli incendi causati dalle bombe e la polvere gialla che arriva dai crolli.

Si sta avvicinando a Giffoni, quando in una radura vede tracce di pattuglie: prima un pacchetto di Chesterfield, bene. Poi però anche una scatoletta di wurstel con scritta tedesca. Esce dal bosco e chiede a un pastorello che accudisce delle mucche in mezzo a un campo. Sì, lì vicino ci sono gli americani.

Quando si consegna agli americani, però, Joyce, dopo le prime gentilezze dei soldati (caramelle, sigarette, acqua e una saponetta per lavarsi, bende per i piedi massacrati dalla marcia) viene accolta con diffidenza dai comandi. Non sanno esattamente chi possa essere questa donna che arriva all'improvviso e si dichiara «partigiana, repubblicana e socialista». Viene interrogata da vari ufficiali americani e poi trasferita a Paestum, dove viene tenuta prigioniera. Lei è arrabbiatissima al pensiero che stanno perdendo tempo, con i compagni che aspettano i messaggi per attivarsi, e perché «l'insipienza di coloro che m'interrogavano riguardo alla situazione italiana era stupefacente». Comincia lo sciopero della fame. Viene portata allora ad Agropoli, al comando inglese, dove potrà parlare con non meglio precisate «personalità inglesi».

Il primo ufficiale che incontra è uno scozzese che conosce perfettamente il napoletano e la interroga come se stesse chiacchierando a un tè delle cinque, vanta amicizie con duchi e principi e con Badoglio. Joyce gli dice che Badoglio andrebbe fucilato.

Sarà anche per queste risposte che si diffonde la voce, tra gli inglesi, che ad Agropoli c'è «una signora italiana di idee molto estremiste che aveva passato le linee» e ora è trattenuta alla sede dell'Allied Military Government (Amg), una villa occupata dagli ufficiali da cui lei però ha dichiarato di volersene andare dopo due giorni. Questa informazione giunge anche alle orecchie di un certo capitano Sylvester che, la mattina del terzo giorno, riesce a raggiungerla: lui, ufficiale che veste l'uniforme inglese, crede di sapere chi è quella signora e cosa è andata a fare.

Max Salvadori, nome in codice Sylvester, riabbraccia la sorella Joyce, nome in codice Simonetta, nella stanza della bella villa di Agropoli. Sono sei anni che non si vedono.

Lei immaginava che lui stesse combattendo da qualche parte, ma non sapeva che, fornito di doppia nazionalità (suo fratello è nato a Londra, ricordiamo, quattro anni prima di lei), avesse deciso di entrare nel Soe.

Dopo un veloce scambio col comando, Max prende in carico Joyce e insieme, dal jeeppone fornito di radiotrasmittente con cui è arrivato sin lì, mandano l'atteso messaggio in codice ai compagni in ansia nell'Italia ancora occupata: «Tevere uno, Tevere due, Tevere tre...».

Ora a Roma sanno finalmente che Joyce ha raggiunto l'obiettivo ed è salva di là dalle linee. Insieme, i fratelli Salvadori vanno a Torchiara a incontrare il generale Giuseppe Pavone che, su indicazione personale di Benedetto Croce al generale Donovan capo dell'Office of Strategic Service, sta cercando di organizzare i 'Gruppi combattenti Italia'. Da lì, passano a Salerno per un incontro con i membri del Cln Napoli e i colleghi di Max del Soe.

Oltre a prendere contatto con gli Alleati, Joyce ha anche il mandato, da parte del Cln, di discutere la questione istituzionale. In particolare, bisogna confrontarsi con Croce sul destino della monarchia nel paese, quindi raggiunge villa Albertini, a Capri, dove rimarrà tre giorni.

A Capri, Joyce è fortemente impressionata dalla distanza tra quel luogo elegante e lussuoso e la tragedia della guerra che si sta consumando a pochi chilometri. Signore con magnifici cappelli, ai tavolini dei bei caffè all'aperto coppe di gelati, gigolò, discorsi fatui. Lei ne dà un giudizio tranchant, radicale: «Avevo dimenticato che quel tipo di mondo non era ancora stato spazzato via. Se avessi visto un anarchico dinamitardo mettere sotto i tavoli qualche bomba a orologeria, non lo avrei certo denunziato». È comprensibile che, dopo aver assistito a orrore e sofferenze, lo spettacolo di tanta incoscienza e vacuità possa apparire osceno.

Passo indietro per capire come Croce è arrivato a Capri. E passo indietro anche per capire cosa ne è stato di Max in quegli anni in cui è rimasto lontano dall'Italia, e conoscere Axel Munthe.

L'ultima volta che abbiamo saputo qualcosa di Max in relazione a Joyce risale ai tempi di Parigi: il primissimo contatto tra i servizi inglesi ed Emilio, sappiamo ora, è stato nel 1940, fugace e improduttivo, quasi inavvertito, proprio a Parigi, quando Max e Willie Berington dell'ufficio parigino della Section D si presentano a Lussu, Cianca e Garosci prima di incontrare, nel pomeriggio dello stesso giorno, Nitti e Tarchiani: discutono della distribuzione di undicimila volantini di propaganda su Torino. Poi silenzio. Cosa ha fatto Max in quegli anni?

Insoddisfatto del lavoro per gli inglesi fin lì, un compito limitato a mera propaganda e tentativi vari ordinati da Londra di infiltrarsi tra i fascisti (travisati, circa un decennio fa, da uno storico «sedotto dalle carte degli archivi fascisti e ignaro di quanto sui medesimi episodi contengono gli archivi britannici e le carte Salvadori», scriverà Franzinelli, a proposito di una cantonata presa in Italia dallo storico Mauro Canali rovistando tra le carte di polizia in modo sbadato e malaccorto senza le opportune verifiche e con la volontà di guardare da una parte sola), se ne è andato da Londra, diretto negli Stati Uniti. Ha una famiglia da mantenere e non può più perdere tempo con collaborazioni occasionali in attesa che succeda qualcosa: a New York resterà due anni e mezzo, insegnando alla St. Lawrence University. Nel frattempo, riprende contatto con i compagni italiani di GL negli Stati Uniti e compie qualche missione per gli inglesi.

Già sulla nave partita da Southampton, infatti, era stato avvicinato da William Stephenson, un finanziere canadese che stava andando a New York per conto dell'MI6. Dunque, Max, nel suo periodo americano, dietro la facciata di tranquillo professore universitario ogni tanto fa dei lavori per gli inglesi. Si reca, per esempio, in Messico per tastare il terreno, dice (ma pare che stesse provando un sabotaggio di una stazione radio a Città del Messico usata dai nazisti per comunicare con i sottomarini tedeschi nel golfo): una missione complicata, solitaria e fallimentare, durante la quale incappa in incidenti vari, tra cui un attraversamento a nuoto del Rio Grande infestato di alligatori e l'assalto di cani randagi, cose che capitano a chi tenta di passare le frontiere per vie traverse.

Il Messico diventerà comunque la sua residenza dalla primavera del 1942 all'inizio del '43: è lì che si è trasferito con la sua famiglia, dopo un bel po' di lavoro antifascista nell'America del Nord. A Città del Messico risulta ufficialmente essere l'emissario del produttore cinematografico Alexander Korda, un vero produttore, di origini ungheresi, che oltre a finanziare numerosi e importanti film è anche il basista del Soe a Los Angeles. Dietro la copertura di osservatore del mercato cinematografico in Messico per future produzioni, Salvadori ha il compito di prendere contatti con gli italiani antifascisti rifugiati nel paese per imbastire eventuali collaborazioni con gli inglesi. Lì riprende i contatti con Leo Valiani (altro grande personaggio dell'antifascismo, che compare in almeno due romanzi: *La schiuma della terra* di Koestler, suo amico in campo di prigionia, e *L'Orologio* di Carlo Levi) e lo aiuterà a rientrare in Italia via Cuba, Miami, New York, Halifax, Londra, Algeri, chiamandolo, più tardi, a far parte della sua squadra Soe.

Max si trova dunque in Messico quando viene raggiunto dalla chiamata da Londra. Adesso che si comincia a lavorare sull'Italia, Roseberry ha bisogno di quel madrelingua che ritiene prezioso per il lavoro sul territorio.

Dopo il solito trimestre di addestramento nelle scuole Soe (quelle già in parte frequentate da Joyce), Max viene inquadrato nell'esercito britannico con il grado di capitano: prima missione, volare in Nordafrica alla guida di una squadra che deve seguire quella di Malcolm Munthe nello sbarco in Sicilia.

Da Tunisi a Palermo atterrare è molto difficile, c'è un primo tentativo in una pista minata dai nazisti, poi infine salta dall'aereo rimanendo incolume nonostante le mitragliate che arrivano da tutte le parti. Il giorno dopo Salvadori è a Siracusa, si accorge che il sentimento antibritannico degli italiani è ancora molto forte. Gira su strade disastrate alla ricerca di persone da reclutare ma c'è molta diffidenza verso gli inglesi. In quelle stesse ore, Munthe è a Lentini dove fa base alla ricerca del professor Canepa, un professore universitario antifascista che dovrebbe avere una sua rete. Ricerca infruttuosa. Le missioni di quelle prime ore in Italia appaiono molto difficili.

Malcolm Munthe è il figlio del famoso medico-scrittore Axel, autore del best seller dell'epoca *La storia di San Michele*, dedicato ai suoi anni trascorsi a Capri nell'ex monastero divenuto villa. Munthe figlio, che in Italia è cresciuto (sebbene nato a Londra e per metà svedese), parla italiano e a Capri se lo ricordano come il signorino della villa restaurata e resa celebre nel mondo dal padre medico. Ora che è diventato un trentatreenne maggiore dell'esercito britannico a capo dei primi liberatori, torna sull'isola con un compito preciso: portare in salvo Benedetto Croce, il più grande filosofo italiano, che, si dice, i tedeschi stanno per rapire perché divenuto simbolo di libertà.

In quei giorni, Croce, che ha settantasette anni, da Napoli è sfollato a Sorrento con moglie e figlie e risiede a villa Tritone. È lì che si presenta, la sera del 15 settembre, il tenente Adrian Gallegos accompagnato da Giuseppe Brindisi, l'avvocato di Croce. Devoto del filosofo, gode della sua fiducia e deve convincere don Benedetto dell'opportunità del suo trasferimento in un luogo sicuro a Capri. Croce esita, non vuole che si pensi che sta scappando, non ha paura dei tedeschi. Alla fine si convince e parte a bordo di un mas con tre delle figlie, lasciando la moglie e un'altra figlia a preparare i bagagli: a tarda notte arriveranno anche loro, scortate da Munthe e Brindisi, all'hotel Morgano.

Dopo due giorni la famiglia Croce si trasferisce a villa Albertini, che per qualche tempo diventa la base antifascista più importante in quel primo pezzo di Italia liberata. Arriva Raimondo Craveri, genero di Croce, tra i fondatori del Partito d'azione, ci sono Tarchiani e Max Salvadori che scriverà nella sua *Breve storia della resistenza italiana*: «Il Croce era di gran lunga l'esponente più autorevole delle zone liberate quando l'Italia era tagliata in due. Croce occupò, in quegli anni critici, quella posizione di massimo prestigio nella politica italiana che ormai per mezzo secolo aveva occupato nel campo della cultura».

Da Croce si presentano l'ammiraglio Morse e poi, nei giorni successivi, tutta l'intellettualità che in quelle ore sta lavorando freneticamente per la riorganizzazione di un qualche assetto politico, alla ricerca di una luogotenenza di governo in quel momento convulso che segue l'armistizio.

Il 5 ottobre, Croce scrive nel suo diario: «Nel pomeriggio, inaspettata, ho trovato ad attendermi nella mia stanza di studio la Signora Joyce Salvadori, ora signora Lussu, che animosamente è venuta da Roma, attraversando le linee tedesche». Come tanti anni prima, Joyce è di nuovo al cospetto del maestro, del mentore di cui però non ha seguito i consigli sulla poesia: «Io portavo la polvere e il fumo della guerra, e avevo i piedi piagati dalle marce; ero piuttosto cenciosa e famelica, come quando mi ero presentata da lui la prima volta; e non mi ero dedicata alla letteratura». Si rivedono con curiosità e rispetto, in amicizia.

Il 6 ottobre: «La sera altro lungo colloquio con la Salvadori, perché essa, in nome di suo marito e dei suoi amici, chiede che la nostra azione per la guerra contro i tedeschi si faccia non solo ignorando il governo del re e del Badoglio, ma contro di questi. Ho cercato di dimostrarle che ciò è impossibile; che gli anglo-americani hanno fatto l'armistizio col governo del Badoglio e con questo sono in relazione riconoscendolo come governo legale d'Italia; che noi dobbiamo formare schiere di volontari che... pensino unicamente a cacciare i tedeschi e farsi onore».

Joyce e il suo amico don Benedetto sono abituati a discussioni anche accese, non è una novità. Vi è affetto tra loro e il grande filosofo è stato così generoso, in passato, con lei, pubblicando e recensendo le sue poesie; andando a trovarla, una volta, in Svizzera insieme al senatore Casati e trascorrendo un'intera giornata insieme lungo il lago Lemano; scrivendole belle lettere andate purtroppo perse nelle vicissitudini della guerra; continuando a informarsi su di lei attraverso Guglielmo e Giacinta. È possibile che, oltre che affascinato dalla bella e colta Joyce, Croce ne fosse un po' invaghito (in un modo molto sorridente e marchigiano, l'editore di Il lavoro editoriale Giorgio Mangani mi ha detto poco tempo fa che «don Benedetto era cotto di Joyce», e Mimmo Franzinelli testimonia che la stessa Joyce gli aveva confidato di aver percepito una simpatia speciale da parte del filosofo). Ma tutto questo non impedisce che vi fossero tra loro confronti schietti appassionati, se non vere e proprie litigate. Scrive Joyce: «Croce era per me come un parente e il nostro rapporto era tutto personale. La sua filosofia non m'interessava; dei suoi libri ho letto attentamente soltanto l'*Estetica* e la *Storia del regno di Napoli*. Avevo invece scoperto in lui una gentilezza d'animo inattesa, piena di modestia e brio; non mi metteva mai a disagio e, con tutti i suoi ottantamila volumi alle spalle, discuteva senza fretta, senza tirar fuori i suoi impegni, ascoltava le mie confidenze, scherzava e si arrabbiava come uno studente. Lo facevo arrabbiare spesso: io volevo fare la rivoluzione e lui no».

I punti di attrito con il grande filosofo riguardano le donne («Quando Croce diceva che la donna ha un intelletto inferiore a quello dell'uomo, con capacità di analisi ma non di sintesi, di immaginazione ma non di fantasia, io esplodevo rivendicando con voce acutissima la parità intellettiva delle donne e prendendomela con tutti i filosofi, da Platone a Hegel al mio interlocutore, che non erano serviti granché a capire i problemi della vita»), i suoi braccianti (una volta che, davanti a lei, Croce, uno dei più grandi proprietari terrieri del regno, nega al fattore il permesso di fare delle riparazioni alle catapecchie dei suoi contadini, Joyce si mette a urlare così forte che accorre anche la signora Adelina), il fatto che Croce abbia donato l'oro alla patria («non appena potei rivederlo, gli dissi affannata per prima cosa che certo era una calunnia» e invece era vero, avevano donato lui la medaglia d'oro di senatore, la moglie la fede).

Gli scontri più 'urlati' avevano riguardato, in passato, il marxismo, perché secondo Joyce al solo sentir parlare di soviet e di comunismo, non diversamente dal suo nonno agrario, «affiorava in lui il semplicistico panico del proprietario terriero». Su certi temi si urtano a vicenda ma Joyce ammira la sua capacità di essere un gran maestro che stimola i giovani alla riflessione e alla precisione d'espressione: «gli volevo molto bene e quando non era arrabbiato la sua conversazione, che alternava il napoletano schietto a un italiano limpido e cristallino, era la più spiritosa e intelligente che si potesse sentire». Joyce in quegli anni non ha pensato molto alla poesia, la sua raccolta di liriche è rimasta sullo sfondo della sua vita (anche se ha colpito molto gli ammiratori di Croce: Vittorio Foa ricorderà, in un'intervista a Francesca Consigli contenuta in *Joyce Lussu. Il più rigoroso amore*, che, mentre era in prigione, era riuscito a leggere nella rivista di Benedetto Croce una recensione delle sue liriche firmata proprio da lui: «Penso fosse il 1939 ed io allora rimasi molto colpito, colpito dal fatto che il grande filosofo si occupasse della giovane poetessa, colpito dai versi che Croce ricordava di Joyce e che a me fin da allora colpirono molto».

Croce non è stato vicino solo a Joyce: sostiene ed è amico di Ada Gobetti, di Barbara Allason, di Bianca Ceva. È un lettore di scrittrici, anche di epoche precedenti. Come ricorda Noemi Crain Merz: «Le donne hanno un posto importante nella sua opera: Franca Pieroni Bortolotti gli ha riconosciuto di essere stato uno dei pochi autori italiani a non ignorare la presenza delle donne nella storia del XIX secolo». Legge Eleonora Fonseca Pimentel, Sibilla Aleramo, Neera. Rispetta le singole donne ma non è interessato all'emancipazione femminile, che considera parte dell'emancipazione universale. Ma ora non ci sono da fare discussioni sulle poesie o sul femminismo, c'è da confrontarsi sul momento politico e storico che riguarda il difficile passaggio del cambio istituzionale e gli equilibri tra le forze in campo nell'Italia liberata (gli Alleati, il governo Badoglio, il Cln).

Joyce, in *Portrait*: «Litigammo subito sulla questione della monarchia e sulla politica del Partito d'azione, che a Croce era più antipatico dello stesso partito comunista, per la sua intransigenza repubblicana e anticoncordato. Le posizioni di Lussu erano quanto mai ostiche all'agrario-filosofo, il quale però, subito dopo la liberazione, scrisse sulla prima pagina del 'Corriere della Sera' una bellissima e commossa recensione del libro di Emilio *Marcia su Roma e dintorni*».

Lei è lì come portavoce della posizione del Cln, che riunisce trasversalmente sei partiti: «Comunisti, socialisti e Partito d'azione chiedevano che il re e il suo governo si dichiarassero immediatamente decaduti, dopo la vergognosa fuga da Roma».

Trascorre a Capri tre giorni incontrando esponenti dei vari partiti politici in «quella bella casa tranquilla, piena di poltrone e bibite rinfrescanti», e di vassoi d'argento carichi di cibi che, scrive, provvede a vuotare «con la meticolosa voracità di uno sciame di cavallette». Le figlie di don Benedetto le hanno regalato un vestito visto che nel suo ci ha dormito dentro nei giorni di marcia e non lo ha mai cambiato. Al suo arrivo a villa Albertini, le ha aperto Elena, la più grande, che quando ha saputo da dove arrivava Joyce ha commentato: «Ah, sei sempre stata un tipo sportivo».

In quella bellissima dimora dai bagni favolosi e dalle comode poltrone (e che però le fa l'effetto «di un ospedale», «di una clinica di lusso»), Croce è circondato dall'alta borghesia antifascista e lei, seppur sazia come non le accadeva da tempo, si sente «irritabile e polemica», fuori posto. Don Benedetto non è affatto cambiato da quando si sono incontrati l'ultima volta mentre lei invece, in quegli anni, in quei giorni, ha «visitato i gironi dell'inferno».

Su Badoglio e sulla monarchia le loro posizioni sono lontanissime e Joyce è, come sappiamo, intransigente. Scrive Max (che in linea di massima la pensa come lei): «Mia sorella usa dei termini piuttosto pesanti; personalmente io non credo che tutti i ministri, alti ufficiali e generali fossero dei fascisti e dei traditori».

Dal diario di Benedetto Croce, 8 ottobre: «La signora Salvadori, che in questi giorni è stata sempre con noi, è ripartita oggi con Raimondo ed altri per Napoli, donde tornerà a Roma, ripassando le linee tedesche».

A Napoli, Joyce partecipa a riunioni con esponenti del Partito d'azione e di altri partiti. Ci lascia una testimonianza importante della città di quei giorni: «Napoli brulicava di militari alleati e di traffici di ogni genere, e di un numero infinito di ragazzini vispi e cenciosi che sbucavano da vicoli fetidi e dalle macerie per chiedere sigarette e caramelle. Gli alleati, ben vestiti bene armati e ben nutriti, sembravano occupanti colonialisti; mi sentivo a disagio girando al loro fianco. Quegli straccioni d'italiani si erano battuti generosamente durante le

Quattro Giornate; non era giusto che la miseria li costringesse di nuovo al servilismo».

È ora di rientrare a Roma, la sua missione nell'Italia liberata è terminata. È in questi giorni, probabilmente, che Joyce si accorge di essere incinta.

Dal diario di Filippo Caracciolo, 9 ottobre 1943: «Nel pomeriggio vengono a trovarmi Joyce Lussu e suo fratello Max Salvadori. Egli è ufficiale di un reparto e porta con bellissima prestanza la sua uniforme. Raggiungiamo una villetta al Vomero, dove Max è acquartierato e dove m'informano di come si è andata sviluppando la situazione per quella parte che ci interessa, durante gli ultimi giorni. Benedetto Croce ha ricevuto Donovan a Capri. Ha chiesto ed ottenuto l'assenso alleato per la costituzione di un corpo volontario. Questa legione indipendente consentirebbe il recupero di molti giovani ansiosi d'azione ma che rifiutano di combattere nel R. Esercito, trasporterebbe sul piano militare il vigore politico dell'antifascismo italiano, costituirebbe in breve tempo un faro di speranza nuova. [...] Joyce Lussu ritorna domani a Roma. Ha attraversato a piedi le linee tedesche per raggiungere il mezzogiorno, si propone di rifare la stessa strada. Cerco di sconsigliarla mettendo avanti i pericoli e le fatiche cui va incontro, tanto più gravi dato il suo stato di gravidanza. Mi risponde scherzando. Non oso insistere. Il coraggio, il sangue freddo, la volontà portata fino a questo punto di sorridente determinazione dalla intensità della passione politica non sono più materia di discussione ma di incondizionata ammirazione».

Prima di partire, Joyce si accorda con Munthe per il primo lancio di armi alle formazioni partigiane da effettuarsi sul lago di Martignano, vicino a quello di Bracciano. Scrive Max nel suo diario: «Mia sorella e Munthe hanno messo a punto un piano per ricevere nei pressi di Roma una consegna paracadutata di armi ed esplosivi per la Resistenza. Hanno bisogno di radio ricetrasmittenti per mantenere i contatti con gli Alleati, armi per i partigiani, ed esplosivi per i gruppi clandestini in città. E hanno anche bisogno di soldi». E Leo Valiani: «Con la signora Lussu e con gli altri compagni, che per il momento rimangono giù, combiniamo un cifrario, per ogni eventuale radiocomunicazione. La chiave è la frase finale dell'*Apologia di Socrate*: 'Io vado a morire, voi a vivere, ma chi di voi vada a miglior sorte, lo sa solo Dio'».

Munthe propone a Joyce di entrare nel Soe, potrebbe essere una buona fonte di intelligence e un trait d'union coi capi della resistenza a Roma. Lei, naturalmente, rifiuta.

Vestito con l'uniforme da ufficiale americano per non farsi notare, vuole accompagnare di persona Joyce verso nord e insieme dunque, a bordo di una jeep, cominciano un viaggio che durerà un giorno e mezzo. Man mano che si avvicinano alla linea del fronte, Munthe si informa presso gli Stati Maggiori su quale sia il punto più sicuro per attraversare. Come spiega Joyce, «Gli americani facevano la guerra da signori. Bombardavano le località fino a che i tedeschi non si decidevano ad andarsene; e quando i tedeschi se ne erano andati dopo qualche ora arrivavano in autocarro, fra l'esultanza della popolazione liberata dai nazifascisti e dai bombardamenti».

A loro succede di arrivare in un paese che è stato abbandonato dai tedeschi ma dove gli americani non sono ancora entrati: vengono scambiati per i liberatori e tutti escono dalle case per festeggiarli, persino il podestà accenna parole di benvenuto.

Stessa situazione, il giorno dopo, a Guardia, un altro paese evacuato dai tedeschi tre ore prima ma che però è ancora sotto il fuoco intenso dei mortai. Lasciano la jeep in mezzo a un campo e il colonnello americano che comanda l'azione mostra su una mappa il percorso che deve fare; le consiglia di camminare in cresta per tenersi lontana dai tedeschi e la affida a una guida che conosce il territorio, un ufficiale italiano che lei ribattezza subito 'Torquato Tasso' per l'aria malinconica (ricordate? Questa è anche una storia di soprannomi).

Vuotate le tasche da ogni segno che potrebbe far capire che sono stati a contatto con gli Alleati – sigarette, zucchero, caramelle, che Joyce molla a malincuore – e salutato Munthe, lei e Torquato partono per l'altipiano del Matese. Marciano, di notte, sotto la pioggia, al freddo. Trovano ricovero in una capanna di pastori. Alle tre, dopo un breve riposo, ripartono. Uno dei pastori li precede per un sentiero: «Avvolto in un ampio mantello, egli svolazzava giù per la china davanti a noi come un enorme pipistrello. Gli occhi si abituavano all'oscurità, andavamo spediti».

Arrivati a una casa di contadini, vengono accolti da donne molto spaventate: i tedeschi sono ancora lì. E arrivano. Torquato si nasconde in un armadio, Joyce resta seduta con la tazza di latte con cui sta rifocillandosi. I tedeschi, ubriachi e prepotenti, chiedono vino, terrorizzano le donne. Insultano Joyce, la quale replica nella loro lingua. Risponde per le rime alle offese di quei bruti: «'È indispensabile entrare nelle case come briganti? Lei, lei per esempio...' Cercavo un epiteto per il caporale, che mi guardava con lo scudiscio in mano; ma non parlavo tedesco da molto tempo e mi venne sulla lingua soltanto un aggettivo che si usa coi bambini quando stanno male a tavola: 'lei è un maleducato'».

Poi, per tirarli via di lì (e salvare il Torquato nascosto nell'armadio) chiede loro un passaggio, visto che ha detto che sta andando dalla zia a Firenze ed è a piedi. Arrivati all'autocarro, in attesa che venga completato il carico dei soldati sparsi per la campagna a far razzia, Joyce si dilegua. Incrocia di nuovo il caporale, inventa qualcosa, si congeda senza intoppi, incappa in contadini con «le cioce, il feltro a punta come nei romanzi dell'Ottocento e la barba di otto giorni». Sono prigionieri inglesi fuggiti da un campo, stanno provando ad attraversare le linee pure loro. A sera approda a una casa di elegantissimi contadini, oltre a Joyce ospitano anche un gruppo di zingari che arrivano da Isernia. Un'apparizione vociante e colorata, una banda che parla un po' in abruzzese, un po' in italiano, un po' in una lingua incomprensibile: nella notte, uno di loro la accompagnerà verso Capriati, in mezzo alla tramontana.

Da sola, all'alba, attraversa una Venafro deserta, svuotata dagli abitanti che si sono rifugiati nei boschi per paura dei tedeschi. «Ogni tanto, grandi buche quadrate in mezzo alla strada, pronte ad accogliere la dinamite. Tratti di fil di ferro lungo i ciglioni indicavano che lì i tedeschi avevano già caricato le mine. Su una di quelle saltò tre giorni più tardi Giaime Pintor, che avevo conosciuto a Capri e seguiva il mio stesso itinerario».

Da lì infatti transiteranno, poco tempo dopo, Valiani e Pierleoni, poi un altro italiano aiutato da Dick Cooper, ma più passano i giorni più i tedeschi restringono i valichi. Il 30 novembre cinque italiani tentano di raggiungere Roma per la stessa strada, li guida l'antifascista ventiquattrenne Giaime Pintor, giornalista, scrittore, bravissimo traduttore dal tedesco (soprattutto di Rilke e Trakl), collaboratore della Einaudi, di fresco arruolamento nel Soe per patriottismo, che aveva partecipato alla difesa di Roma e solo da poco si era unito al gruppo di volontari di Craveri. Quattro della squadra tornano indietro perché attaccati dai tedeschi, Pintor non ce la fa. Salvadori lo trova, il giorno dopo, disteso a faccia in giù in un campo, e tenta di recuperare il corpo per seppellirlo ma salta su una mina. Ferito di striscio, si accorge che ci sono mine antiuomo ovunque e riesce solo a recuperare dei documenti dalle tasche di Pintor. La lettera scritta da Pintor al fratello Luigi pochi giorni prima resta uno dei documenti più importanti della resistenza, dall'alto senso morale. Vi si legge: «Musicisti e scrittori dobbiamo rinunciare ai nostri privilegi per contribuire alla liberazione di tutti. Contrariamente a quanto afferma una frase celebre, le rivoluzioni riescono quando le preparano i poeti e i pittori, purché i poeti e i pittori sappiano quale deve essere la loro parte».

Fronti e frontiere si chiude con il ricongiungimento con Emilio in una casa sicura, dove lui la aspetta, sereno per via della 'telepatia familiare', insieme ad altri compagni del Partito d'azione. A quanto racconta Joyce quel giorno Emilio si era svegliato tutto allegro dopo aver sognato il suo ritorno e aveva convocato tutti preannunciando il suo arrivo: quando alla fine di un'altra pazzesca giornata di passaggi per mezzi vari arriva a casa di Ines Berlinguer, la aspettano per cena.

La lotta prosegue a Roma.

Prima di passare a raccontare del '44 (anno importantissimo nella vita di Joyce), corre l'obbligo di aprire una parentesi. In una delle nostre conversazioni, poi riportata nel mio libro-intervista con lei, all'improvviso Joyce mi sorprese con una sorta di scoop sorridente: «Va be', dovrò decidermi, un giorno, a scrivere il racconto del mio mancato adulterio».

All'inizio avevo pensato volesse raccontare qualcosa a proposito di Nazim Hikmet, di cui si dirà più avanti, perché, inutile negarlo, in molti ci chiedevamo se tra Joyce e Nazim ci fosse stato qualcosa. Se tra la poetessa italiana e il poeta turco fosse nata anche una storia d'amore era il grande non detto: io non osavo chiedere e Joyce non si era mai sbottonata (ma su questo torneremo davvero più avanti perché, tra l'altro, è una delle ultime cose di cui ho parlato con lei l'ultima volta che ci siamo viste).

Dunque ero quasi pronta a una qualche rivelazione 'turca', e invece Joyce mi sorprese con un inedito assoluto. Stava infatti parlando del periodo della guerra e di come, con Emilio, la questione 'tensione amorosa' fosse sistemata in modo da non intralciare, non interferire con altre urgenze, con altro da farsi. Certo, mi disse, gli uomini bellissimi, affascinanti, attraenti, li vedeva anche lei, ce n'erano persino tra gli ufficiali tedeschi! Ma certe cose andavano assolutamente tenute a bada, scansate, sublimate. «Semplicemente non ti veniva voglia», disse. «Io tutto questo lo lasciavo perdere, perché se cominci a saltabeccare su queste cose, è finita, vien meno la padronanza che per forza di cose devi avere sulla situazione».

Mi spiegò che una storia con qualcuno avrebbe potuto indebolire la tensione principale, che era sicuramente riferita al rapporto con Emilio ma, in tempo di guerra, anche alla lotta.

«Quel che è chiaro», mi disse, «quel che vorrei farti capire, qui, è che, contrariamente a tutte le storielle che si raccontano sulla Resistenza e sulle occasioni piene di amori, è tutto finto. In situazioni come quelle vissute dai partigiani, si rimuove, si sublima, e questo è *necessario*, poiché devi essere talmente concentrato sulla situazione di tutto quel che succede – il minimo rumore, il paesaggio – che devi sempre mantenerti in stato di attenta e lucida osservazione. Ne va della tua vita e di quella degli altri, è escluso che uno si abbandoni a certi momenti in cui si è ciechi, sordi, e non si sta attenti. È l'istinto che ti detta, in situazioni di grande pericolo, di sublimare queste cose».

Comunque, il mancato adulterio di Joyce riguardava Malcolm Munthe, l'ufficiale inglese che l'aveva accompagnata nel pericoloso riattraversamento a ritroso della linea del fronte.

Malcolm Munthe è uomo carismatico, David Stafford riporta alcuni giudizi e ricordi su di lui lasciati dai suoi compagni, i suoi uomini: «Era un uomo affascinante, con uno stupendo senso dell'umorismo e con l'innata capacità di improvvisare nelle emergenze», «Mi piacevano i suoi modi franchi e aperti, oltre alla sua implacabile efficienza», «Malcolm era un uomo che evidentemente non conosceva il significato della parola paura». Ha trentatré anni, indossa il kilt dei Gordon Highlanders, è alto oltre un metro e ottanta, magro, occhi azzurri, parla diverse lingue. Cresciuto tra Svezia, Italia e Inghilterra, ha lavorato per il Soe in Scandinavia prima di diventare maggiore a capo della missione in Sicilia. Anche in Italia riscuote ammirazione e consenso, qui una testimonianza di Filippo Caracciolo: «È molto giovane per il grado; bellissimo del portamento e della persona: porta con assoluta eleganza il gonnellino scozzese. A tavola racconta con molto brio e molto umorismo le vicende del trasporto di casa Croce da Sorrento a Capri, avvenuto durante una notte del mese scorso».

Tra Munthe e Joyce c'è reciproca stima. Joyce: «Malcolm era un uomo bellissimo, coltissimo, che conosceva a fondo tutta la letteratura italiana, parlava bene italiano e conosceva la storia del nostro paese molto meglio di noi. Era un uomo gentile e consapevole, e le sue maniere erano perfette». C'è anche interesse, attrazione: «Così, io ogni tanto lo guardavo, ma con assoluto e totale distacco, e anche lui guardava me, nello stesso identico modo distaccato». Malcolm, da parte sua, scriverà di Joyce: «Non ricordo di aver mai conosciuto qualcuno che potesse unire tali doti di coraggio alle squisite qualità del gentil sesso».

Non è un incontro qualsiasi, è un incontro in circostanze tragiche la cui intensità lascia tracce. E infatti il mancato adulterio riguarda una telefonata fatta, cinque anni dopo la liberazione, da parte di Munthe di passaggio a Roma che invita Joyce a cena per rivedersi. E Joyce, lusingata e anche un po' tentata dalla bella voce («mi piaceva tanto sentire la sua voce, era una bella cosa»), prima lo invita a casa loro, poi, quando capisce che si tratta di altro, si consulta con Emilio. «Be', Emilio deve aver visto – non so se avevo l'occhio più brillante o qualche rossore sulle guance – fatto sta che capisce subito tutto, la telefonata, come sarebbe andata a finire e tutto quanto... Ha visto con chiarezza. 'Mah', dice lui. Ci pensa, mi guarda, poi dice: 'Forse non è il caso'. Era la sola risposta che m'aspettavo».

Questo racconto di qualcosa che, alla fine, non succede, l'ho sempre trovato un altro esempio di come ci si debba comportare quando si è dentro una relazione importante e a cui si tiene molto. Un racconto di serietà da parte di Joyce ed Emilio, di amicizia, e di considerazione di tutte le implicazioni, di disagio nel trovarsi eventualmente a mentire alle persone vicine.

Io: «Certo che per telefonarti dopo cinque anni, ci aveva pensato parecchio...».

Joyce: «Eh sì, ma che facevo? Mi divorziavo da Emilio e andavo a vivere con lui? Sai che bello! Le cose sono serie e uno deve valutarle in tempo. Certo è stata una cosa intensa che suscita una serie di emozioni di tutti i tipi. Alle volte, nella vita, ti basta vedere una persona per due ore e dopo dieci anni è ancora lì presente, e se ritorna è come avesse telefonato il giorno prima».

Ed è importante anche perché su Joyce, donna bella e libera, donna scomoda che a qualche frustrato/a ha creato evidentemente problemi, ogni tanto escono fuori accenni a chissà quali tresche e storie clandestine. Nell'Italia degli anni Cinquanta (ma non solo, possiamo arrivare tranquillamente ai Settanta, soprattutto in province asfittiche e bigotte), una Joyce che viaggia per il mondo, tratta alla pari con gli uomini, non si cura delle convenzioni, non abbassa mai la testa e anzi si fa valere senza nessuna paura e senza nessun problema, è una donna pericolosa. Pericolosa in quanto sovversiva, anche, della condizione a lei assegnata in quanto donna. E la prima accusa che una società patriarcale e sessuofoba come quella italiana può farle riguarda appunto i suoi comportamenti. Fantasie, malignità, attacchi, proiezioni, invidie, mormorii. Ricorda Joyce che nel primo dopoguerra sia lei che Emilio venivano continuamente attaccati, Emilio veniva ritratto sui giornali postfascisti in vignette col fiasco in mano, pur essendo del tutto astemio: provocazioni volgari da parte del potere, imbecillità a cui loro due non hanno mai risposto. «Poi non ti dico che lettere anonime arrivavano a Emilio sulla mia moralità! E figurati se stavamo a controbattere... Le gettavamo subito nel cestino».

La risposta di Joyce a questi fenomeni, a destra e a sinistra, uomini o donne, è chiara: «Il fatto è che non si deve perder tempo con chi è peggio di te, ma andare a cercare quelli che sono migliori di te. Gli altri, le persone che ti tirano sotto, verso la volgarità, vanno ignorati: per loro è la peggiore punizione. Pensa come potevano dire di una donna come me, che girava il mondo e faceva quel che le pareva! Intanto, io stavo bene e loro stavano male, io trovavo esseri umani di grande qualità e i pettegoli stavano tra di loro».

Sulla storia del mancato adulterio, come lo chiama lei, ci tengo ad aggiungere due cose, che si trovano nelle sue poesie e che mi sembrano molto significative, costituendo quell'alterità di sguardo così importante in Joyce. Un passaggio contiene l'altro, in due poesie diverse. Il primo è sul problema dell'attrazione verso altre persone quando si è in coppia:

La terza soluzione è senza dubbio la più pratica
Si prendono i turbamenti e i sentimenti
le emozioni e le tentazioni
si mescola bene si amalgama l'immagine

con un brodo di fantasia
e ci si fa su una poesia
che si mastica e si sublima
fino a una corretta stesura sulla macchina da scrivere
e infine si manda giù
si digerisce con un po' d'amaro
d'erbe naturali
e poi non ci si pensa più

Ci si fa una poesia. Si sublima. Si cerca di non ferire l'altro, di non combinare casini nelle coppie o fuori. E poi non ci si pensa più.

Sarà forse per Munthe, nascosta nell'*Inventario delle cose certe*, la poesia scritta con l'amaro delle erbe naturali?

Vorrei una sorgente che si sdraia in un ruscello
tra il crescione e i ranuncoli
vorrei il mirtillo del bosco
vorrei il riparo dell'ombra
l'ombra di te
di te tra il collo e la spalla
per appoggiare la testa
l'ombra della tua mano
sulla mia guancia
l'ombra del tuo braccio sulla mia spalla
l'ombra pacata e tenue
di un bene
che non sia vanità né dramma.

Forse, non lo sappiamo (Federica Trenti, che la mette nel suo passaggio su Munthe, pare dirci di sì, e, più la rileggo, più me ne convinco anche io).

Per mia formazione sempre attratta dall'asciuttezza, dall'ironia e dalla scrittura moderna e d'azione dei suoi scritti in prosa, oltre che dalla verve dei suoi pamphlet, solo oggi mi soffermo sulle poesie di Joyce, trovandoci il riflesso più segreto della sua vita così luminosa e intensa.

8

Durante la sua missione nel Sud liberato, si è dunque accorta di essere incinta. Lo scrive Caracciolo nel suo diario e quindi Joyce doveva averne parlato con i compagni incontrati laggiù.

Questa volta non vuole rinunciare a un figlio come le era toccato fare a Parigi anni prima. È nel suo paese, si preparano tempi nuovi, a un figlio Joyce ha pensato per anni dopo lo shock dell'aborto. Lei è convinta di poter affrontare i mesi a Roma continuando a fare quello che ha sempre fatto e cioè la lotta partigiana. E così è. Deve, per esempio, accertarsi che i lanci di armi concordati vadano a buon fine.

Quando il materiale lanciato sul lago di Bracciano, recuperato dal professor Volterra e portato in bicicletta a Roma, spunta in casa di Ines Berlinguer in piazza Mazzini, nessuno sa di cosa si tratti. Il pacco è stato aperto in camera da letto e la dirigenza del Partito d'azione (La Malfa, Visentini, Reale) contempla perplessa dei pezzi di carbone nero, delle pigne verdi, dei sassi di fiume stranamente leggeri e dei pezzi oblunghi confusi in mezzo a dei fili che fanno supporre si tratti di un apparecchio radio da montare. Ma quando Joyce, che è esperta di esplosivi grazie al corso Soe fatto in Inghilterra, arriva dalla cucina, intima a tutti di non toccare niente, di stare attentissimi e di smetterla di gingillarsi con quei pezzi poiché si tratta di ordigni buoni a far saltare un treno o una nave da guerra e quindi anche la casa con tutti gli azionisti. La resistenza è anche questo: civili che non hanno una vera conoscenza militare, né una preparazione su armi e munizioni, e che a volte rischiano la vita per inesperienza, per accidenti o per sfortuna.

In quei mesi Joyce ed Emilio vivono ancora sotto il falso nome di coniugi Raimondi (e presumibilmente Joyce si fa ancora chiamare Simonetta). A Roma sono mesi difficili, l'arrivo degli Alleati che sembrava imminente è rallentato dalla inaspettata difesa dei tedeschi sulla linea Gustav. Dal Tirreno all'Adriatico, seguendo l'asse dei fiumi Garigliano e Sangro, gli Alleati in inverno sono bloccati dalla pioggia e dalle postazioni tedesche particolarmente determinate a resistere. Per cinque mesi si svolge una guerra lenta, di posizione, attorno a Montecassino. Nel gennaio del '44, lo sbarco ad Anzio degli angloamericani non sortisce l'effetto desiderato di sfondare sopra la linea perché le truppe di Kesserling li bloccano in una situazione di stallo.

In città, il Cln non sarà in grado di coinvolgere vaste parti della popolazione nonostante i tanti piani insurrezionali. Scrive Santo Peli in *Storia della Resistenza in Italia*: «Il fatto che la maggior efficacia militare venga raggiunta da isolate azioni di Gap comunisti, composti in gran parte di studenti universitari e intellettuali, segnala anche una non risolta difficoltà di proselitismo e di direzione unitaria: nella Roma ministeriale, vaticana, impiegatizia, sottoproletaria, i dirigenti dei partiti antifascisti, Lussu, Ginzburg, La Malfa, Nenni, Gronchi, Saragat 'restano generali senza esercito'. Audaci e terribili operazioni dei Gap comunisti, come quella di via Rasella del 23 marzo '44, tentano di scuotere, di testimoniare una presenza della Resistenza destinata però a restare fino all'ultimo fortemente minoritaria e frammentaria, oltre che densa di drammi e di eroismi».

Mentre a Roma i generali senza esercito (la definizione è di Giorgio Bocca) faticano a mettere insieme i resistenti, altrove si organizzano le bande partigiane, le più forti delle quali fanno capo ai comunisti e al Partito d'azione. L'Italia, in quei mesi, è percorsa da forze diverse, governi rivali, Alleati che devono trovare un equilibrio anche tra loro, tedeschi inferociti, migliaia di soldati prigionieri all'estero e masse di civili che non hanno un addestramento militare ma sono pronti a combattere. È una guerra su tutti i fronti, totale. Con l'Italia tagliata in due, come recita il titolo del famoso libro di Croce.

Non è ancora l'alba del 4 giugno quando qualcuno bussa al portone di piazza Randaccio. I Raimondi si mettono in allarme, potrebbe essere la Gestapo. Emilio pensa di usare la corda che tiene legata sotto al letto per la fuga dalla finestra, ma per Joyce potrebbe essere complicato visto che è arrivata quasi al termine della gravidanza. Per le scale qualcuno sta pronunciando il suo nome, quindi deve trattarsi di amici. È infatti Max, in divisa della Special Force, che è appena entrato a Roma a capo di una d'avanguardia. Viene ad annunciare l'arrivo degli Alleati che, di lì a poche ore, riempiranno Roma con camionette, jeep, carri, festeggiati dalla popolazione che vede l'incubo finire.

Il 5 giugno Roma è libera. Il 6 giugno Emilio e Joyce, ripreso il loro vero nome, si sposano. Emilio desidera fortemente riconoscere il bambino: «Dato che il nascituro aveva così saggiamente atteso la liberazione della capitale per fare la sua entrata nel mondo, e che noi avevamo riacquistato la nostra identità, Emilio mi fece presente che, secondo le leggi italiane, nostro figlio non poteva essere dichiarato all'anagrafe come il figlio suo e mio, ma solo di uno di noi due, con padre o madre ignoti. [...] Decidemmo dunque di sposarci, ma rifiutai di andare in Campidoglio. Fu il Campidoglio che venne da me, nell'appartamentino di piazza Randaccio, nella persona di un assessore, come si fa nel caso di malattie molto gravi».

Il matrimonio celebrato a Parigi nel 1940 in forma simbolica (ricordiamo che allora era probabilmente ancora valido il matrimonio con Belluigi, poi annullato a San Marino), raccontato sia da Emilio sia da Joyce, era stato diverso, ma sempre non tradizionale. E comunque non aveva alcun valore legale.

Lasciamo la parola a Emilio su quella sorta di matrimonio socialista, politico, avvenuto a Parigi molti anni prima: «Per Joyce i testimoni erano Modigliani, amico del padre, e la signora Vera, e per me Trentin e la signora Beppa. Modigliani, con la grande e ampia barba, sembrava il gran Rabbino della Sinagoga. Ma, da buon livornese, ruppe la solennità della sua imponenza sacerdotale trovando un'espressione scherzosa che fece ridere tutti, quando io misi l'anello al dito di Joyce. Mentre Trentin, con un sorriso finemente trattenuto, disse due parole quasi sottovoce, con la dignità del sindaco ufficiale di stato civile che cinga la sciarpa e abbia il codice in mano. Io rividi in lui il gran signore di campagna e gli dissi: 'Grazie, milord'. Le due signore che testimoniavano, naturalmente, portarono il fazzoletto agli occhi».

Sul matrimonio romano quattro anni dopo, abbiamo le parole di Joyce. Con la sua consueta ironia, racconta in *Portrait* questo matrimonio celebrato alla presenza della portinaia, con l'assessore, perplesso davanti alla pancia grossa e alla faccia abbronzata della sposa, che recita formule mentre fuori esplode la confusione e la festa di una città liberata: «cominciò a leggere, in tono poco convinto, una serie di aforismi in base ai quali avrei dovuto seguire mio marito ovunque andasse, e lui, in cambio di questa persecuzione, avrebbe dovuto mantenermi a sue spese vita natural durante».

Neanche stavolta è presente la madre della sposa (a Parigi sono state poste accanto agli sposi le foto di Giacinta e della madre di Emilio, Lucia, come raccontato da Langiu e Traini che hanno potuto leggere un appunto di Gladys a riguardo) ma presumiamo che la notizia le sia giunta quasi subito perché Max, dopo qualche giorno trascorso a Roma, decide di far visita ai genitori nelle Marche.

È bene ricordare, giunti a questo punto, lo stato delle comunicazioni all'epoca. Le lettere viaggiavano in maniera fortunosa, gli indirizzi di Joyce erano segreti e precari, la posta fino a quel momento era stata sottoposta a censura. Dal libro *Lettere fermane* di Giacinta Salvadori, curato da Joyce, apprendiamo in più momenti come fosse travagliata e difficoltosa la questione corrispondenza e posta, tanto più vitale, poi, quando si è costretti a stare separati per anni. Se, infatti, Joyce e Max hanno finalmente avuto occasione di incontrarsi, prima di rivedere la mamma passa ancora del tempo.

Scrive Joyce: «Per noi figli era l'epoca della vita, tra i venti e i trenta anni, in cui le madri, anche molto amate, rimangono nello sfondo, perché si è troppo occupati a costruirsi un'esistenza, a conoscere il mondo, a innamorarsi, a cercarsi un lavoro. Nostra madre era uno sfondo solido». Ammette, Joyce, di aver pensato spesso alla mamma chiedendosi, «come quando avevo sei anni», cosa ne pensasse di quello che lei stava facendo. Dal '41 al '44 è stato quasi impossibile avere notizie gli uni degli altri.

A San Tommaso, Giacinta e Guglielmo, ormai sessantenni, hanno passato anni di studio ma anche, sempre, di lotta. La bella casa piena di libri, con il viale di pini che porta al fiume (è alla fine di quel viale che si trova un luogo particolarissimo, molto british e poco marchigiano, noto come il 'cimitero degli animali', dove sono stati sepolti gli amati animali di compagnia – cani, gatti, cavalli –, cari *pets* delle signore inglesi), il giardino ben curato, l'Adriatico sullo sfondo da una parte e la Sibilla innevata dall'altra, la veranda che dà sulla macchia di bambù, è diventato in quegli anni un centro di resistenza antifascista e di lotta partigiana. Vi si legge e scrive – Guglielmo è sempre impegnato nella stesura di qualche saggio –, durante la liberazione si nascondono prigionieri scappati dai campi di concentramento della Romagna, compresi otto alti ufficiali alleati che alloggiano nella loro soffitta mentre in giardino sono accampati dei tedeschi.

Non sono i soli a farlo, i Salvadori: tanti contadini nei dintorni aprono volentieri casa a chi scappa dai tedeschi. Le campagne italiane costituiscono in quei mesi un porto sicuro per gli sfollati che fuggono dai bombardamenti dei paesi e delle città ma non solo. Molti abitanti delle campagne, dopo l'8 settembre, offrono ricovero a renitenti, partigiani, stranieri, andando a comporre quel ricco quadro di 'resistenza civile' troppo spesso rimasto sullo sfondo della storia ma magistralmente rappresentato dalle donne (e tratteggiato da due storiche donne: Anna Bravo e Anna Maria Bruzzone nell'imprescindibile

In guerra senza armi del 1995) e da soggetti periferici, anonimi, isolati, ma vitali nella guerra di resistenza nel fornire logistica, viveri, vestiti, nascondigli, passaggi, che non esitano a esporsi al rischio di rappresaglie. Lo fanno perché stanchi della guerra, per solidarietà verso chi si trova nella situazione in cui potrebbero trovarsi i loro stessi figli prigionieri all'estero, per convinzione, per contribuire come si può alla liberazione quando – anziani, donne, lavoratori – non si è nelle condizioni fisiche di salire in montagna e imbracciare un'arma, impossibilitati per circostanze varie.

Da una testimonianza uscita sul «Times» di Londra, a firma del generale di brigata Todhunter: «Bussai alla porta di San Tommaso in una nera piovosa notte del marzo 1944. La signora aprì lei stessa come faceva sempre, per essere la prima della famiglia ad affrontare i rischi e, quando seppe chi ero, disse molto semplicemente 'Entri: avrà fame!'. In quei giorni aveva in casa altri tre ufficiali ingombranti e disordinati, e li trattava come ospiti attesi che fossero arrivati con un po' di ritardo». È un tributo alla generosità, al coraggio, alla tempra di Giacinta.

Tempo prima, proprio lei è stata individuata come il bersaglio da colpire nella famiglia. Il 28 agosto del 1941, su delazione di un cuoco e di un giardiniere a servizio dei parenti Salvadori di Porto San Giorgio (denuncia corroborata dai padroni), Giacinta viene arrestata: condotta con le manette ai polsi per il paese, viene rinchiusa nel carcere di Ascoli. Il prefetto per la vigilanza alla condotta morale aveva ravvisato nel ritratto di Max che teneva in casa – dipinto «dalla figlia Yoige» (*sic*), «con sovrapposte delle inferriate come fosse in prigione e sotto applicata l'ordinanza di comparizione innanzi la commissione provinciale, notificatagli perché denunziato fu assegnato al confino di polizia» – un terribile comportamento pericoloso per gli ordinamenti politico-sociali dello Stato. Ecco cos'era, anche, il fascismo: finire, su segnalazione di delatori vicini, per due anni al confino perché si ha in casa un ritratto del figlio.

Ma credere che Giacinta sia l'anello debole della famiglia è un errore grossolano. Dopo tre settimane nel medievale carcere Malatesta di Ascoli durante cui non aveva perso il suo aplomb, facendo sapere al marito che stava benissimo in compagnia di amabili prostitute e ladre, Giacinta era stata trasferita a Montereale, in provincia dell'Aquila. Anche lì aveva sempre mantenuto il buon umore e si era fatta forza, scrivendo a Joyce lettere (alcune mai arrivate a destinazione ma recuperate dopo la guerra) in cui decantava le bellezze del paesaggio, descriveva gli animali (lupi, maiali, cavalli), tranquillizzava tutti sulla sua salute e il suo stato d'animo («non sono stata tanto bene da anni»), raccontava storie sul luogo e i suoi abitanti, si rallegrava delle tante passeggiate fatte sulle montagne aquilane («ci ha guadagnato il mio personale: vado meno curva e sono più snella. Sì, assolutamente, mi hanno descritta come 'snella' nel mio libretto di permanenza!»). Si era procurata dei colori e dipingeva.

È ammirevole il coraggio di questa donna e straordinario leggere le sue parole. Merita soffermarsi su questa signora – alla voce professione, sulla scheda di polizia a suo nome, definita «contessa».

Perché, da dove arriva una Joyce Lussu? Ma da una Giacinta, naturalmente!, viene da esclamare. E un Max Salvadori? Idem!

Non ritrovo il passo preciso in cui Joyce dice che la sua mamma è stata una bellissima persona, una di quelle che avresti voluto conoscere nella vita, e se l'hai conosciuta sei contenta di aver avuto questa possibilità. Ecco, in questa storia di immensi personaggi che sembrano uscire da un romanzo ma sono stati persone in carne e ossa, Giacinta ha sicuramente un posto fondamentale. Un po' appartato, ma fondamentale. E sì, avrei voluto conoscerla anche io, ascoltarla, ammirarla, seguirla mentre, anziana, girava ancora a cavallo per le campagne tra Fermo e Porto San Giorgio, accudiva il nipotino Giovanni, continuava a scrivere e confrontarsi con i figli in giro per il mondo.

E comunque, non solo lei. Guglielmo, da parte sua, è ammonito e da anni deve andare tutti i giorni a mettere la firma dai carabinieri, o farsi trovare dai carabinieri che vanno da lui (c'è questa citazione del «Times Literary Supplement» riportata nelle note biografiche di Joyce che recita: «L'autrice è una dei Salvadori, la ben nota famiglia antifascista... Le sue gesta sono state semplicemente incredibili», che testimonia dell'importanza e della notorietà in Inghilterra delle azioni della famiglia di Joyce, accanto a quelle eccezionali di Joyce stessa).

Dopo la coppia Lussu, ora c'è la famiglia Lussu, col piccolo Giovanni – chiamato anche Giuannicu, come il nonno di Emilio – che nasce il 15 giugno a Roma.

Il momento del parto è narrato in maniera molto interessante da Joyce, anzi è uno dei pochi racconti di parto scritti da una donna che troviamo nella letteratura italiana almeno fino a una certa data (eh sì, per le scrittrici italiane il parto è rimasto a lungo un tabù, un argomento scandaloso, indicibile, temendo, forse, che si trattasse di un tema troppo 'femminile'?). Intanto, è uno dei primi racconti di parto 'ospedalizzato', come si dice oggi, in quanto avviene in città (quando ancora, invece, nella maggior parte del paese si nasceva in casa), con un medico al posto della levatrice, e senza il contorno affettuoso e partecipe di madri, sorelle, amiche, vicine.

Di questa cronaca, colpisce l'umiliazione a cui è sottoposta la partoriente, già in difficoltà per le doglie e per la solitudine. In quei giorni in cui Emilio è preso dagli eventi della liberazione, Joyce pensa di potercela fare da sola come sempre: non è forse la coraggiosa partigiana che ha affrontato di tutto negli ultimi anni? Non sarà certo uno degli eventi più naturali del mondo a spaventarla! Quanto deve essere sorprendente, allora, trovarsi nel mezzo di una situazione su cui lei non ha nessun potere, con il corpo che va per conto suo stringendola in atroci dolori e, attorno, solo fastidio e volgarità. Non esita a raccontarlo: «Alle quattro del pomeriggio andai a piedi alla vicina clinica di via Oslavia. Oramai i dolori erano forti e frequenti. Delle megere vestite da monache mi misero a sedere su una panca di legno e mi dissero di aspettare. Io gridavo e mi lamentavo, e tornarono a dirmi di stare zitta, che era una vergogna fare tanto chiasso, perché tutti si sarebbero accorti che stavo per partorire, e mi sentivano fino al reparto uomini. Finalmente mi trovarono un letto. Mi misi a urlare a pieni polmoni, finché venne un medico che mi lanciò improperi e oscenità: 'Queste donne che vogliono sempre essere scopate! Mettete dentro, mettete dentro! Poi strillano, quando esce fuori un figlio!'».

È importante, e rara in quegli anni, anche la narrazione dei primi giorni in cui si trova alle prese con l'esistenza sconvolta dalla nuova creatura che in tutto e per tutto dipende dalla mamma. Dapprima la felicità travolgente, lo stupore per quell'esserino misterioso e la dolcezza mista a timore: «Mio figlio nacque alle otto. Ma non lo vidi subito, perché ero tutta stracciata e intontita, e mi misero non so quanti punti. Quando me lo portarono, mi parve che tutte le primavere del mondo rifiorissero insieme. Com'era bello! Aveva la pelle bianca e distesa e morbidi capelli neri; era tutto rifinito, con ciglia e sopracciglia e le unghie rosa sui piedini; mi guardava con i suoi occhi intensi – immaginavo che mi guardasse – con espressione grave e amichevole». Lei immagina i pensieri del bebè, pensa che non gliene voglia per averlo portato in un mondo di macerie e crudeltà, passa la notte a sincerarsi che sia vivo, nella culla vicino al suo letto. È debole e stanca. All'alba, con la luce e l'arrivo di Emilio, molte delle sue paure svaniscono, ma una volta arrivati a casa soffre, forse, per qualche giorno di quello che oggi chiameremmo *baby blues*.

Il crollo venne quando tornai a casa, troppo presto e ancora debolissima, col mio fagottino in braccio. Ero svuotata e non riuscivo quasi ad alzarmi dal letto, perdevo molto sangue e mi scioglievo in lacrime come una fontana, ma soprattutto avevo un angoscioso senso d'incapacità e inadeguatezza nei confronti di quell'esserino così fragile e impotente ma animato da una così selvaggia voglia di campare, che mi succhiava col latte quel po' di vita che mi restava. Scoprii che non ne sapevo nulla, che tutto l'appassionato amore che suscitava in me non mi aiutava a capire chi era, cosa sentiva, qual era la dimensione delle sue esigenze e dei suoi desideri, dei suoi dolori e delle sue gioie.

Taglio la bellissima – e dolce, profonda – pagina di Joyce perché mi sembra giusto andare a leggerla in originale, per chi vorrà farlo. Aggiungo solo la chiosa: «Non avevo mai riflettuto su queste cose: avevo creduto che fare un figlio fosse una cosa semplice, 'naturale', che cammina da sé. E mi trovavo di fronte a una realtà imprevista e sconvolgente, che buttava all'aria tutte le mie sicurezze faticosamente costruite».

L'arrivo del piccolo è una rivoluzione nella sua vita e lei si sente forse inadeguata. La donna che fin lì ha attraversato senza paura la storia del secolo più sanguinoso e turbolento, di fronte al suo fagottino è quasi inerme, frastornata. E piena di pensieri. «Passai il primo mese col mio bambino in solitudine, e capii perché, nelle famiglie normali, c'è sempre un esagitato affollamento di parenti e amici attorno ai neo-genitori: è per distrarli dall'enormità del loro compito di fronte alla vita che hanno chiamato in essere, dalla coscienza che, comunque vadano le cose, faranno sempre degli sbagli tremendi».

Parenti e amici servono anche come aiuto pratico, quando si è alle prese con un bebè che ha mille bisogni e quando una mamma allatta. Ci vorrebbe vicina una madre, una sorella, un'amica. Ma i tempi della guerra e del dopoguerra tengono ancora lontani i propri cari, le famiglie.

Sua madre, per esempio, che le scrive un paio di settimane dopo da Porto San Giorgio, dove è arrivato Max: «Carissima Joyce, Max mi ha portato delle bellissime notizie di te, che mi hanno fatto un immenso piacere; ti felicito anzitutto per la nascita del tuo Giovanni, che ora avrà la rispettabile età di nove giorni, e tu penserai tra poco ad alzarti, o forse tra poco ti vedrò».

Max, infatti, dopo la liberazione di Roma ha deciso di fare un salto nelle Marche a riabbracciare i genitori, che non vede da anni, e controllare la situazione Alleati sul versante Adriatico, dove Ancona è ancora in mano tedesca mentre zone a sud delle Marche sono già state liberate, dai partigiani e dai polacchi. Max deve valutare le frizioni che si sono create tra partigiani e funzionari del governo militare alleato. In particolare, lo preoccupa l'eccessiva clemenza dell'Amg verso i fascisti. La questione degli equilibri tra le diverse forze che partecipano alla liberazione è molto delicata e lui ne sa qualcosa. Tornando a casa dopo undici anni, infatti, nella sua divisa di ufficiale dell'esercito britannico, ha trovato un'accoglienza inaspettata. Scrive nel suo *Resistenza ed azione. Ricordi di un liberale* che era arrivato a San Tommaso pieno di emozioni, cresciute man mano che si avvicinava attraversando i borghi che conosceva palmo a palmo – Torre di Palme, Porto San Giorgio, il Rio, Capodarco sulla collina, il Vallato, il viale di pini di San Tommaso... –, pensando alle tante avventure vissute in quegli anni, agli amici caduti, agli anni trascorsi in Svizzera, in Africa (non tornava da allora), in America, in Inghilterra mentre la luce cedeva il passo al tramonto. Scrive: «Ho aperto la porta e sono salito per le scale buie. Ho sentito una voce che borbottava tra i denti, senza rivolgersi specialmente nella mia direzione: 'Agente straniero'. Coperto dalla solita pellegrina, chi parlava scompariva nella notte che scendeva. Questo il benvenuto dopo undici anni di assenza. Amarezza: sentivo il sapore terribilmente amaro nella bocca. Altri non si sarebbero espressi così francamente; ma avrebbero pensato la stessa cosa, senza dirla. Undici anni sono molti. Dopo undici anni si diventa stranieri. E dire che per undici anni avevo sognato il momento del ritorno...». Questa l'accoglienza di suo padre.

È lo scotto che paga per aver scelto di operare come Max Sylvester, è quello stesso problema che Lussu aveva previsto quando aveva segnalato agli inglesi che l'insurrezione contro i fascisti doveva partire *in primis* dal popolo italiano. Scrive Bailey, parlando del caso Picchi (uno dei primi agenti Soe paracadutati in Italia, ex cameriere del Savoy di Londra, catturato e fucilato e sulla cui lealtà ci si era interrogati in Italia: era ormai inglese o ancora italiano, per chi stava lavorando?): «Era esattamente il marchio che Emilio Lussu e altri avevano previsto per coloro che si fossero dedicati incondizionatamente alla guerra di stranieri contro la loro patria. Questa rimane una lezione istruttiva per chiunque fosse tentato di promuovere una rivoluzione nel paese di qualcun altro».

Bisogna ricordare infatti che i rapporti tra italiani e inglesi non sono idilliaci, in quegli anni. Churchill, dopo un'iniziale sbandata per Mussolini (da lui ammirato anche per aver saputo tenere a bada il bolscevismo), disprezza gli italiani, li considera opportunisti e inaffidabili. L'autrice inglese Caroline Moorehead nel suo *La casa in montagna. Storia di quattro partigiane* scrive: «Churchill non nutriva grande considerazione neanche per i capi dei movimenti liberali che stavano facendo ritorno dopo anni di esilio, da lui liquidati come 'storpi politici', e metteva in guardia contro qualunque accordo avesse costretto i britannici a reggere sulle proprie spalle chi invece avrebbe dovuto reggersi da solo: gli italiani avrebbero dovuto lavorare sodo prima di poter sedere al banco delle nazioni con potere decisionale. Quello che i britannici volevano davvero era il controllo indiscusso del Mediterraneo e, alla fine, un trattato che privasse l'Italia delle sue colonie. A questo proposito venne anche coniato un acronimo: KID, ossia *Keep the Italians Down* ('teniamo a bada gli italiani')».

Ricorda il disprezzo di Churchill verso gli italiani anche lo storico inglese Paul Ginsborg, autore della *Storia d'Italia dal dopoguerra a oggi*: «Churchill dava poca importanza all'antifascismo italiano. Di Croce aveva detto che era 'un professore nano' e nel febbraio 1944 fece un discorso famoso e offensivo, schierandosi a favore della monarchia e contro il Cln». Diverso è l'atteggiamento degli alleati americani, che, al contrario, tengono in una certa considerazione il Cln e sono meno prevenuti e preoccupati degli inglesi rispetto alla rapida crescita dei comunisti italiani. Ancora Ginsborg: «In questo momento la differenza tra i due alleati può forse venire espressa confrontando i differenti slogan politici da essi coniati per l'Italia. Gli inglesi proclamavano la loro intenzione di 'prevenire epidemie e disordini', gli americani di 'creare stabilità e prosperità'. Non vi è dubbio su chi fosse più lungimirante».

I rapporti sono complicati, dunque.

Dei giorni romani subito dopo l'arrivo del piccolo Giovanni, Joyce non scrive molto (in generale non scriverà molto di Roma, pur avendoci vissuto a lungo, e cioè dal '43 al '75, anno della morte di Emilio). Possiamo avere un'idea della città dal racconto che ne fa, anni dopo, lo scrittore partigiano ed ex giellista Carlo Levi nel romanzo *L'Orologio*, scritto dopo il famoso *Cristo si è fermato a Eboli*. La capitale è descritta come un insieme di squallide stanze di case in affitto, trattorie in cui orchestrine suonano per i soldati polacchi e le piccole prostitute rimediano un pasto in cambio di un po' di compagnia, vaste zone di periferia sono in preda a miseria e povertà nerissime con baracche e topi tra le macerie dei bombardamenti, jeepponi guidati da neri statunitensi a tutta velocità spadroneggiano per la città, banchi di cibi 'proibiti' alimentano ancora la borsa nera, ci sono penuria di carta nei giornali e avarizie varie. Su tutto, il cielo di Roma «ricco, denso, popoloso, gremito di nubi barocche, pieno di curve mutevoli, appoggiato sulle case, sulle chiese e sui palazzi come una cupola fantastica». Nella città ministeriale in cui i funzionari stanno imboscati e quasi mimetizzati con gli arredi, burocrati grigi e meschini perduti al mondo ma sopravvissuti al regime che li ha creati e impermeabili ai cambiamenti della storia, qualcosa sembra palpitare, almeno per qualche tempo, dell'atmosfera «vivificante della Resistenza». Scrive Levi che «quella libertà attiva e creativa durò, come tutti i miracoli, assai poco, ma allora era reale, e si poteva toccarla con la mano e vederla scritta sui visi degli uomini».

Non sappiamo, dunque, com'è la vita quotidiana di Joyce in città nel primo mese di vita del bimbo. Due settimane dopo la nascita di Giovanni, Emilio torna in Sardegna per la prima volta. È pieno di cose da fare e riprende i contatti con il Partito sardo d'azione del quale sostiene le posizioni federaliste in contrasto con chi, anche al suo interno, spinge per il separatismo.

In luglio, a bordo di un gippone guidato da Max sulle strade dell'Italia distrutta dalla guerra, Joyce arriva nelle Marche per far conoscere il 'Lussettino' (come lo chiameranno affettuosamente i nonni) ai Salvadori. Ha comperato un porte-enfant pieno di pizzi a un mercatino dell'usato e ha percorso col fratello la Salaria con quel mezzo quasi cingolato andando su e giù per fossi e fiumiciattoli visto che molti ponti sono distrutti, fermandosi ogni tanto per allattare.

La famiglia si riunisce dopo tanti anni, grande è la felicità a San Tommaso nell'accogliere mamma e bimbo.

È in quel periodo che Joyce comincia a lavorare alla prima stesura di *Fronti e frontiere*. Scrive, collabora con la rivista «La donna», rivista femminile del Partito d'azione fatta da donne e destinata alle donne, nata nel maggio del '44 (nel cui frontespizio si legge: «Operaie e professioniste, massaie e intellettuali, contadine ed impiegate, giovani e madri di famiglia, questa è la vostra rivista. Leggetela, diffondetela e collaborate con noi»).

In settembre, per Joyce e il piccolo Giaunnicu, primo viaggio in Sardegna. A bordo della nave *Mocenigo*, dopo una traversata da Civitavecchia di quasi ventiquattro ore, approdano con Emilio su quell'isola di cui lei ha tanto sentito parlare.

Negli anni, Emilio le ha raccontato molte storie della sua infanzia, della sua gente, del territorio. Nelle case che hanno abitato a Parigi, nei viaggi fatti tra Londra e la Svizzera, nelle notti passate sui sentieri dei frontalieri, le ha parlato dei contadini e dei pastori della brigata Sassari, dei suoi antenati che partivano da Armungia per predare il grano della pianura o andare a caccia del cinghiale, delle lotte dei contadini e dei pastori contro il potere, del nonno che usciva di casa solo a cavallo, di suo padre che quando era morto aveva detto laicamente a sua moglie «grazie, sorella» prima di chiudere gli occhi per sempre. Lei ha ascoltato le parole di Emilio «come si ascolta una canzone di gesta», affascinata dall'epica ma senza avere idea di cosa fosse la povertà e la durezza di cui lui, pure, le aveva parlato. Vederla di persona è un'emozione e una sorta di risveglio. Risveglio dalle sue certezze di europea positivista e cosmopolita, cresciuta a pane e *Divina commedia*: «inconsciamente ero una piccola ateniese disposta a considerare barbari tutti i diversi». Immersa in una cultura eurocentrica «sottilmente colonialista», quello con la regione del marito è un incontro sorprendente e doloroso. Sente che la sua cultura classica non ha nulla da insegnare a nessuno, anzi, è lei che deve imparare dal contatto con «gli sterpi e le rocce di villaggi desolati dallo sfruttamento e dall'incuria di poteri estranei e sprezzanti».

Cagliari è una città distrutta dai bombardamenti, con la via centrale piena di macerie, ma ancora una città, non diversa da altre città distrutte che Joyce ha attraversato o dove ha vissuto. Oltre Cagliari, però, andando verso il Gerrei per arrivare al villaggio di Emilio, si apre un territorio selvaggio, inaspettato, irto di rocce e arsura, all'apparenza ostile, o comunque indifferente, agli uomini che lo abitano e che si sono dovuti adattare a esso.

Al termine di un avventuroso viaggio tra strade che sono in realtà sentieri tra le pietre, a malapena carrozzabili, arriva finalmente a casa Lussu, col suo bambino in braccio e il compagno al fianco. Quella di Armungia è una casa in cui si entra oltrepassando un muro di cinta che dà su un cortile in pendenza e si viene accolti in una grande cucina con al centro il focolare rettangolare senza camino. Fuori, dunque, una regione misteriosa. Dentro, una casa popolata di donne vestite di nero per i tanti lutti e familiari che hanno storie e vissuti da antica civiltà tutta da scoprire.

Scrive Joyce nell'introduzione a *L'olivastro e l'innesto*, bellissima raccolta di suoi racconti sulla Sardegna:

> Fu lì, in quella cucina piena di gente, seduta sulla sediola impagliata di legno e oleandro, guardando il ramo di quercia che ardeva nel focolare e i cannicci del soffitto sopra i grandi travi di ginepro non sgrossati, guardando Emilio che in mezzo a quella folla di contadini e di pastori bruciati da una dura sopravvivenza era uno di loro, indistinguibile, eppure era l'identico Emilio che si muoveva con sciolta e sicura urbanità per le strade e i cenacoli di una grande capitale, che mi innamorai anche della Sardegna: senza dolcezza, ma con un po' di rabbia e molta determinazione. E così la raffia si strinse intorno all'innesto, e cominciai a nutrirmi da radici non mie.

L'immagine dell'innesto è molto forte. Non radici, che sono impegnative e possono far nascere idee strane, ma innesti, incroci, movimenti. «Oggi si parla molto di radici. Si scavano le radici della comunità e degli individui per rinsanguare le identità e ricercare i perché. Ma non ci sono solo le radici, ci sono anche gli innesti», scriverà a quasi quarant'anni da quel primo incontro con la Sardegna. «Mi sono innestata sulla Sardegna, e da allora siamo cresciute insieme».

Di quella terra Joyce vuol sapere tutto e vuole conoscerla per esperienza diretta, non solo attraverso la mediazione di Emilio. Se, infatti, c'è stata prima l'introduzione alla Sardegna fatta da lui che racconta, spiega, analizza, ripercorre la politica fatta sin lì in prima persona, arriva poi il momento dei piedi posati sul terreno. E Joyce, naturalmente, non si sottrae. Anzi.

Dalla casa di Armungia si parte per spedizioni a cavallo, nei paesi vicini e in campagna: le prime di molte che seguiranno, all'inizio dei Lussu insieme e poi di Joyce da sola. Emilio la porta in montagna col bambino, le mostra come trovare una sorgente d'acqua, come si tiene acceso un fuoco anche sotto la pioggia, preparano giacigli nelle capanne dei pastori, «col suo coltello da pastore tagliava e puliva le erbe commestibili, i cardi, il crescione, i funghi», litigano sulla caccia perché Joyce è contraria a questo «residuo barbarico» ma Emilio, che non le dà né ragione né torto, continua a fare quello che avevano fatto i suoi antenati, lì, cioè uscire da casa a cavallo col fucile in spalla.

Joyce comincia a leggere tutto quello che trova sulla Sardegna, poeti dei secoli scorsi ma anche inchieste dei partiti. Viaggia per fare attività politica di paese in paese parlando con le persone e interessandosi, in particolar modo, alla condizione delle donne e dei bambini. Gira soprattutto per il Gerrei, l'Ogliastra e la Barbagia, a cavallo e in pantaloni (allora, in Sardegna, nessuna donna portava i pantaloni). Non solo paesi, poi, ma anche stazzi. «Mi piaceva anche viaggiare da sola, partivo da Armungia con le bisacce legate alla sella, una per le mie cose e un'altra per la biada, e andavo da un ovile all'altro fino ai villaggi più isolati e desolati. Mi presentavo ai pastori nelle loro capanne di pietra e di fronde, dove bollivano la ricotta e preparavano il formaggio, e mi accoglievano impassibili e cortesi, senza segni di sorpresa, come se veder arrivare donne sconosciute a cavallo fosse abitudine quotidiana».

Scherza Joyce, ma non sempre dice di essere la moglie di Emilio, che comunque tutti conoscono o di cui trova sempre, tra i pastori, qualcuno che è stato suo attendente nella brigata Sassari. Che lo dica o no – Joyce viene identificata come «sa mulleri de su capitano» o «la bobidda d'Emilieddu» – è accolta con uguale ospitalità e signorilità. In queste occasioni, osserva gli uomini: «Parlavano poco, anche se ponevo molte domande; ma con espressioni tempestive e intelligenti, e sempre una punta d'ironia, e mai nulla di banale e di superfluo. Mi sentivo sicura, e il contrasto tra la selvatichezza intonsa dell'ambiente e la controllata civiltà degli uomini mi colpiva in modo singolare».

E poi ci sono le donne. E le donne sarde sono un'altra grande sorpresa. Joyce ne scriverà a lungo, scoprendo a ogni viaggio nuovi aspetti.

Per cominciare, ad Armungia c'è Nennetta, una cugina di Emilio che tempo dopo seguirà la famiglia Lussu a Roma per occuparsi del bambino e resterà con loro per venticinque anni. Antonietta Casu, detta Nennetta o Nenneta, è importantissima nella vita dei Lussu, una vera e propria «vice madre» per Giovanni. Joyce ne parla come di una «madre barbaricina che ha fatto molto bene al bambino e ha bilanciato le cose con grande buonsenso [...] Noi si viveva già nel postindustriale e l'ancoraggio a una vita così legata alla natura e a semplici ma estremamente solide visioni del mondo e della società, è stato per Giovanni un fatto molto importante». Sostegno, aiuto, dolcezza, solidità, presenza discreta e affettuosa: Nennetta è una certezza, soprattutto negli anni in cui Joyce comincerà a viaggiare per lavoro politico di base e ci sarà bisogno che qualcuno rimanga a casa col bambino o lo accompagni nei soggiorni dai nonni nelle Marche.

Io Nennetta l'ho conosciuta, qualche anno dopo la morte di Joyce, un paio mi sembra, in occasione di un mio viaggio in Sardegna (prima volta per me), fatto su invito dell'allora sindaca di Armungia Linetta Serri. La ricordo come una donna gentile e attenta, di poche e misurate parole. Sorridente, vestita di scuro, vividi occhi neri, la figura minuta che spiccava accanto a un'ortensia azzurrissima nel cortile della casa di Emilio. Mi fu presentata da Linetta con grande affetto, deferenza.

Quel pomeriggio di giugno, preso congedo da tre giovani visitatori con cui stava discorrendo al nostro arrivo, volentieri ci aprì e mostrò l'antica casa di pietra di cui all'epoca era l'unica residente stanziale. Viveva lì da quando era tornata da Roma, subito dopo la morte di Emilio. All'inizio vi aveva abitato con Giovanna, un'altra parente di Emilio che si era presa cura della proprietà negli anni, badando a manutenzione e lavori vari, poi, da quando Giovanna si era costruita una casa nuova in paese tutta per sé, vi era rimasta praticamente da sola. Joyce, dopo dei lunghi periodi che risalivano soprattutto agli anni Settanta in cui aveva abitato tra la Sardegna e le Marche, soggiornava lì solo di passaggio o per brevi periodi. La famiglia di Giovanni, con Paola e i figli Pietro e Tommaso, andava soprattutto d'estate. Il resto dell'anno, Nennetta era l'unica custode dell'antica casa.

Della casa dalle finestre riquadrate in bianco mi colpì il fatto di essere raccolta in un circolo quasi fortificato che mi parve, in qualche modo per cui non trovo una parola alternativa, 'magico'. Magnetico, con un'energia molto terrestre che sembrava addensarsi nella corte di terra battuta. Ovunque piante in fiore – buganvillee, nasturzi, rose, oleandri, gerani – e poi il verde dell'erba in terra e negli interstizi dei gradini, dell'edera sulle pareti di pietra che forma anche un pergolato, degli alberi di arancio.

Ricordo che assieme a Linetta Serri, calata la sera e finito l'incontro al quale mi aveva invitato, tornando verso Cagliari percorremmo una valle completamente al buio, fermandoci a una decina di metri da un posto di blocco: Linetta scese con le mani alzate gridando «Sono il sindaco! Sono io!» perché, di notte, bisognava stare molto, molto attenti. Era l'inizio degli anni Duemila e vai a sapere chi cercavano e perché: nel dubbio, mi spiegò lei, qualificarsi per tempo. Mi era sembrata una scena un po' western, in quel paesaggio desertico e con uomini al buio armati e pronti forse a fronteggiare dei banditi.

Per tutto il giorno Linetta mi aveva parlato di Emilio, dell'unica volta che lo aveva incontrato, da piccola, in un viaggio come quello che stavamo facendo, verso o da Cagliari. Dopo la nostra conferenza, lei aveva discusso con alcuni armungesi dell'*Oratio pro ponte*, un testo breve degli anni Cinquanta scritto da Emilio sulla costruzione di una passerella sul Flumendosa di cui, sospettavo, Linetta e i suoi cittadini discutevano da anni (e avrebbero probabilmente continuato a discutere ancora per anni). Mi aveva riferito questa frase di Emilio sul villaggio: «Armungia la difendi con due nidi di mitragliatrice sistemati in due punti precisi lungo la strada, uno all'entrata e uno all'uscita del paese». Mi aveva donato una copia de *Il cinghiale del diavolo. Caccia e magia*.

Casa Lussu è stata mantenuta intatta, senza stravolgimenti di volumi o materiali, per volere di Emilio prima, di Giovanni poi. E ha un fascino austero e potente, anche grazie ai colori particolari: molto rosa, più o meno intenso (che spesso nei paesi si trova anche come tinta esterna delle costruzioni più nuove), e decorazioni antiche in alcuni dettagli molto raffinate e allegre. Sono di un rosa vivace le pareti della cucina, la prima stanza dopo il portone amaranto, che ti accoglie con il focolare in un angolo, le grosse travi scure a vista sul soffitto, varie seggioline da mungitura che aveva anche Joyce a casa sua nelle Marche. A far da dispensa, i vani senza finestre chiamati 'domus de crai', case con la chiave (casa del formaggio, casa del vino, casa del lardo). Superato qualche scalino ripido e stretto, si arriva alle stanze di Emilio, gialle e azzurre, decorate: uno studio con scrivania e libreria, la camera da letto, un salottino con le selle e i finimenti appesi al muro. Inquadrato da una finestra, tra il verde alternato a macchie più secche, il villaggio di fronte arroccato su un cocuzzolo (la Villasalto da cui provengono le famiglie dei genitori, Lussu e Mereu).

Noi si era, quella volta, in un giorno di inizio estate, ed erano passati davvero molti anni da quando Joyce era arrivata lì la prima volta. Ma Nennetta ricordava perfettamente quei giorni in cui era arrivata la moglie di Emilio. Mi disse che Joyce, sellato il cavallo, si assentava per interi giorni, guadava il Flumendosa, dormiva negli stazzi, esplorava boschi e paesi. Erano davvero immagini di un tempo remoto, ricordavano quelle delle antenate inglesi di Joyce che nell'Ottocento facevano il bagno al mare tra lo stupore dei sangiorgesi.

Joyce verrà profondamente cambiata dalla Sardegna e dalle donne sarde, ma anche molte donne sarde cambieranno a contatto con lei. Perché poi ci sono le donne con cui fare lotte politiche, donne da interrogare per capire lo stato sociale ed economico della regione, donne da avvicinare al di fuori dei comizi e degli uffici studi. Joyce ne scriverà per tutta la vita, accompagnando la sua propria maturazione ai cambiamenti che riguarderanno quella terra. «Le donne parlavano molto e vivacemente. Non avevano letto libri e non conoscevano la geografia del mondo, ma conoscevano molto bene quella dell'essere umano, i suoi sentimenti e i suoi comportamenti, i problemi della convivenza e della sopravvivenza. Analizzavano con ironica acutezza e grande precisione di linguaggio le condizioni e i movimenti della comunità, pubblici e privati, dal rapporto di coppia o di proprietà all'incontro con eventi più vasti, il sardismo, il fascismo, la guerra, i partiti», scrive. Incontra donne di tutti i tipi: insegnanti, studiose, politiche, spaccapietre, casalinghe, mogli dei minatori, operaie, braccianti. Si occuperà di tesseramento, di scuola, di salari. Piano piano entrerà a contatto anche con la parte più ancestrale della Sardegna e il suo sguardo sarà da storica più che da antropologa, ma per il momento è ancora presto.

Sia chiaro: mentre Joyce osserva i sardi, i sardi osservano Joyce. I sardi e le sarde. Trovo una testimonianza di quelle prime apparizioni joyciane in Sardegna in un libro di ricordi su di lei uscito dopo la sua morte per un piccolo editore marchigiano. Scrive Maria Giacobbe, sua amica per tutta la vita e spesso sua ospite a Copenaghen dove vive, della prima volta che incontrò quella che conosceva col nome di 'Simonetta' («Tevere uno, Tevere due», «Non canta la raganella», «È arrivata Simonetta», ascoltava l'estate del '43 alla radio) a Nuoro, dove i Lussu erano in visita: «Ancora più bella di quanto non mi fosse stato possibile immaginarla, un viso e un corpo botticelliani in un elegantissimo tailleur di lana inglese tessuta a mano. Dei mocassini a tacco basso, che avevano l'aria di essere morbidi come una carezza attorno ai piedi sottili e proporzionati alla lunghezza delle gambe snelle e perfette, avvolte nelle calze più leggere che io avessi mai visto. Una valigia, pure elegantissima, posata su una sedia nella camera di mia madre che a tanto ospite volentieri aveva ceduto il proprio letto [...] era la prova che 'Simonetta', alias 'la contessa Salvadori', alias Joyce Lussu, era finalmente arrivata e ci faceva l'onore di una visita insieme a Giuannicu, il suo meraviglioso bambino di alcuni mesi, nato tra un attraversamento e l'altro della 'linea gotica'. Noi, dopo molti anni di povertà sotto il fascismo e dopo esser stati privati di quasi tutto ciò che non era strettamente indispensabile per tenerci in vita durante gli anni della guerra, eravamo vestiti di stracci più o meni dignitosi e sui piedi calzavamo 'scarpe' cosiddette ortopediche, costituite da basi di sughero legate ai piedi con strisce di stoffa o, nei casi più fortunati, di pelle». Prosegue, Maria Giacobbe, raccontando l'impressione che quel lusso fece su di lei e le sue sorelle e di come Joyce avesse spiegato che quell'equipaggiamento le aveva permesso di apparire come una fatua signora dell'alta società insospettabile per gli ufficiali tedeschi e italiani che mai avrebbero pensato a lei, abbigliata così, come a una pericolosa sovversiva. «È partita Simonetta», «È arrivata Simonetta», «Simonetta non risponde»: per i ragazzi era già un mito ancora prima di palesarsi.

Con Maria Giacobbe e altri membri della sezione giovanile del Partito sardo d'azione Joyce si confronterà, insegnando loro a cercare di cambiare le cose che non vanno, piuttosto che lamentarsene. Joyce sarà una grande ispiratrice per le donne e i giovani sardi ma il rapporto è reciproco: anche lei verrà ispirata da loro e da quella terra, profondamente.

Dalle persone e dal paesaggio. Dal Flumendosa, dal nuraghe di Armungia, dai pascoli aperti, dai boschi di elci, dai ginepri: non dimentichiamo mai che Joyce guarda con occhi poetici.

Quei primi giorni sardi con Giovanni piccolo in montagna verranno celebrati molto tempo dopo nella strofa finale della poesia che Joyce scriverà per i trent'anni con Emilio:

> Oh le querce di Murdega
> Giuannicu avvolto nella coperta
> col ciuffo biondo in cima alla testa
> per la sua prima notte all'addiaccio
> mentre i cavalli impastoiati
> cercavano erbe odorose tra i sassi...

9

Alla fine del '44, tornati a Roma, ultimi giorni di novembre o inizio dicembre, Joyce ed Emilio decidono di andare nelle Marche. A me Joyce racconta di questo incidente terribile che ebbero in macchina, andando per la Salaria. Lei ricorda che stavano andando a una riunione politica, di sicuro la destinazione finale del viaggio era San Tommaso, come si evince da una lettera di Giacinta (3 dicembre: «Ti ho scritto per posta, dicendo di come ci sia dispiaciuto quell'orribile incidente con la macchina, che vi ha mandati all'ospedale invece di farvi arrivare qui. E penso come sarà stato forse difficile combinare questa gita, e come sarai stata delusa; ma forse, non potevi pensare ad altro che al pericolo appena scampato quasi per miracolo. Non abbiamo avuto la notizia altro che dal giornale e dalla radio»).

Nei pressi di Nerola, mi raccontò Joyce, la macchina che portava la famiglia Lussu sulla Salaria, guidata da un autista, era stata centrata in pieno da un camion finito fuori controllo ed Emilio era stato sbalzato fuori riportando una gravissima commozione cerebrale. Joyce e il bambino, sistemati dietro, si erano fatti solo qualche graffio. Accolti nella casa di un contadino in attesa dei soccorsi, a Joyce era stato offerto da mangiare e mi aveva proprio raccontato di questa scena un po' surreale in cui da un lato c'erano Emilio mezzo morto e Giovanni che strillava e dall'altro lei che mangiava della pastasciutta.

Adesso che c'è Google Maps, verifico il percorso per capire che giro stessero facendo i Lussu in quell'occasione. Cerco in rete a che altezza sia Nerola – peraltro all'epoca da me erroneamente trascritto come Merola – e la prima notizia che esce riguarda un tale Picchioni 'mostro di Nerola' o 'mostro della Salaria' che dal '44 al '47 aveva causato incidenti stradali buttando chiodi per poi rapinare i malcapitati costretti a fermarsi e chiedere soccorso. Le vittime erano state attirate in casa, rapinate, accoppate, sepolte nell'orto. A leggere le cronache si tratta di un caso emblematico del periodo, in cui fame, miseria e guerra avevano fatto aumentare criminalità e impunità, mischiandosi alla politica, visto che il Picchioni si era dichiarato comunista e aveva, durante il processo tenutosi nel '47, tentato una difesa dicendo addirittura che aveva agito in protesta contro il Partito d'azione!

Che la famiglia Lussu sia stata vittima inconsapevole dei famosi 'incidenti del km 47' provocati da Picchioni? Non lo sappiamo e non lo sapremo mai. Lo immagino io ora. Certo, molte cose coincidono. Luoghi, date, modalità.

Quello che è certo è che Emilio rimane in ospedale molti giorni. Joyce, di guardia sulla soglia della camera, riceve mezzo mondo politico arrivato in visita al Santo Spirito, da De Gasperi agli altri rappresentanti dei partiti, lasciandoli fuori: l'infortunato deve riposare al buio, in totale tranquillità.

Un grosso spavento, uno di quei rischi quotidiani, ordinari, che possono colpire anche persone abituate a rischi straordinari (penso all'incidente in motocicletta, più o meno in quello stesso periodo, durante uno spostamento in Provenza, che costrinse Nuto Revelli, comandante partigiano, a un periodo di lunga immobilità).

Da un'altra lettera di Giacinta sappiamo che Emilio, nel febbraio del '45, non si è ancora rimesso del tutto. Lei scrive a Joyce che a Fermo il gruppo del Partito d'azione desidererebbe moltissimo incontrarlo. Nella stessa lettera, scrive di aver letto sul giornale che Emilio è stato chiamato a testimoniare al processo Roatta, il generale capo del Sim e poi capo dello Stato maggiore dell'esercito indagato per la mancata difesa di Roma, per crimini di guerra in Jugoslavia e sospettato di essere tra i mandanti dell'assassinio dei fratelli Rosselli (Roatta, alla vigilia della sentenza, verrà fatto fuggire dal servizio segreto militare e si rifugerà nella Spagna franchista. Condannato all'ergastolo con sentenza inappellabile, che verrà poi incredibilmente cassata, sarà tra i beneficiari dell'amnistia Togliatti).

Le lettere di Giacinta ci aiutano a seguire Joyce da lontano. I Lussu fanno avanti e indietro dalla Sardegna, Emilio soprattutto, che sta seguendo le vicende del Partito sardo d'azione. Da quando è tornato nella sua regione, ha fatto molti giri e incontrato parecchi compagni (in realtà non pochi fra loro inorridiscono all'idea di sentirsi chiamare 'compagni'). Verso la frangia separatista, indipendentista, nazionalista del partito, è molto duro: impossibile lavorare con loro. Viene attaccato e attacca, la sua linea anti-indipendentista è indigesta e non compresa. Ha contro l'ala liberal-democratica e quella indipendentista. La sua posizione socialista, posizione che sta imponendo anche al Partito d'azione (con il quale il Partito sardo d'azione è federato) nel quale si contrappone alla corrente liberal-democratica di Parri e La Malfa, nella sua regione è minoritaria. È un paradosso, commenta Giuseppe Fiori, perché a livello nazionale la linea di Lussu prevale sull'altra proprio grazie al fatto che lui rappresenta il Partito sardo d'azione, partito dal largo seguito.

In quei mesi, in cui la liberazione del paese va completandosi e ci si deve confrontare con una possibile democrazia da far nascere, sono numerosi i convegni, il lavoro di tessitura politica, le questioni di cui occuparsi. Mentre Emilio segue il suo percorso che lo porterà a riprendere la sua carriera politica nelle istituzioni da ricostituire, Joyce si interessa della questione femminile.

Nel settembre del '44, a Roma, è nato il Comitato provvisorio dell'Unione donne italiane, che si costituirà come Udi (Unione donne in Italia) a Firenze nel '45 e avrà come organo lo storico periodico «Noi donne». Sin da subito Joyce collabora alla vita dell'associazione, partecipando a riunioni, dirigenza, diffusione della rivista su cui pubblicherà vari articoli e reportage.

Dunque, quell'anno, col bimbo piccolo, Joyce scrive.

Nel corso del '45 pubblica la prima edizione di *Fronti e frontiere*, che esce per le Edizioni U in un volume di 245 pagine divise in dodici capitoli non numerati ma intitolati a nomi di donne e con una dedica alla madre.

Giacinta, da San Tommaso, le scrive raccontando le vicende del luogo, dandole notizie di conoscenti impegnati su vari fronti (chi nel Partito d'azione, chi ancora coinvolto con i fascisti), descrivendole le condizioni materiali in cui vivono nelle Marche in quei mesi in cui polacchi e inglesi impegnano le strade con movimenti di mezzi militari, informandola che a Guglielmo è stata proposta la presidenza della biblioteca di Fermo. Le parla dei loro cavalli, della salata, del freddo, delle sue letture, di Max.

Quei mesi del '45 vedono succedersi grandi avvenimenti: sfondamento degli Alleati della linea Gotica, ordine del Cln di insurrezione generale il 25 aprile, cattura di Mussolini, esecuzione, resa dei tedeschi, fine della guerra.

Il 7 giugno Giacinta le scrive che Max è stato lì da loro per un giorno e mezzo e ha portato dei ricordi da Milano, cioè un gonfalone, una statuetta in bronzo di sant'Ambrogio a cavallo e una foto in cui è assieme al sindaco Greppi e al suo amico Pertini presa nel momento in cui gli è stata consegnata la cittadinanza onoraria di Milano.

Negli ultimi giorni della guerra, infatti, Max ha avuto un ruolo di grande rilievo a Milano. Da ottobre del '44, promosso tenente colonnello, è stato nominato ufficiale di collegamento tra il comando del 15° gruppo di armate alleate e il comando militare del Cln per l'Alta Italia (Clnai). Il suo compito prima della liberazione è fare in modo che i tedeschi in ritirata non distruggano le fabbriche e le centrali di produzione dell'energia. Propone che lo sciopero generale delle masse operaie venga accompagnato dall'occupazione delle fabbriche: «Se quando entreranno negli stabilimenti, le *Technische Truppen* (unità tedesche addette alla distruzione) le troveranno occupate da migliaia di lavoratori, ci penseranno due volte prima di cominciare a sparare per arrivare ai macchinari», comunica alla Special Force.

Contatta sindacati, banchieri e industriali, coordina una rete di ricetrasmittenti posizionate al Nord, partecipa alle riunioni del Clnai. Il 25 aprile, a Milano, alle otto del mattino, partecipa a una riunione segreta nel convento dei Salesiani di via Copernico con il comitato direttivo della resistenza italiana. Da quella riunione escono disposizioni chiare: 1) insurrezione generale, 2) resa senza condizioni dei tedeschi per le diciotto di quel giorno, 3) trasferimento immediato di tutti i poteri civili e militari al Clnai, 4) costituzione di tribunali popolari, di tribunali di guerra e di commissioni di giustizia. Per i membri del governo fascista e i gerarchi si prevedeva la pena di morte. Di quella riunione tenutasi in uno stanzone dalle imposte chiuse sorvegliato da figure in abiti talari neri, Max scrive: «Osservavo e tacevo; vedevo diventare realtà la visione che ci aveva incoraggiato durante gli anni difficili della cospirazione e dell'esilio: i cittadini insorgere contro la dittatura e stabilire un governo libero».

La sera di quello stesso giorno, Mussolini parte diretto in Svizzera aggregandosi a una colonna di tedeschi in ritirata. Fermato a Dongo travestito da tedesco, tre giorni dopo, su ordine del Clnai, viene giustiziato dai partigiani a Mezzegra.

Il 26 aprile, a Milano, Max ha requisito un palazzo nei pressi della prefettura (villa Necchi Campiglio, precedentemente sede dei fascisti e di Pavolini) e innalzato le bandiere britannica e americana.

Intanto, dalle Marche a Roma, viaggiano uova, lettere, pensieri per Giuannicu che ha imparato a stare seduto sul seggiolino, per Joyce che compie gli anni, per Emilio che è stato lodato da Croce per *Marcia su Roma e dintorni*. Scrive Giacinta: «Ho letto la recensione di Croce sul libro di Emilio, con molto piacere. Piacere perché si merita le lodi, e piacere pure perché accrescerà la vendita del libro e le vostre risorse» (ricordiamo che in quegli anni Lussu ha avuto come principale fonte di reddito la vendita dei suoi libri).

Il 21 giugno Emilio viene nominato ministro dell'Assistenza post-bellica del governo Parri.

Quell'estate Giuannicu è, da metà luglio, dai nonni nelle Marche. Giacinta scrive a Joyce varie lettere mandandole notizie del bambino. Lei è in Sardegna impegnata a girare con i camion che portano cibo e beni di prima necessità nei paesi distrutti. La situazione in molte parti d'Italia è drammatica e più tardi Joyce sarà anche in Puglia, in Sicilia e in Calabria.

In un articolo sulla scuola uscito su «Il Ponte» anni dopo, Joyce descrive la situazione sarda così: «A Perdasdefogu, mi si fecero attorno bambini denutriti e seminudi, pallide madri con pallidi neonati in braccio. Venne la levatrice e mi raccontò che i neonati morivano, tra l'altro, perché in paese non esistevano pannolini: prendevano infiammazioni, infezioni, e morivano. Venne il sindaco, e mi raccontò di bambini che morivano di fame: non solo per malattie contratte a causa del progressivo indebolimento della denutrizione; ma semplicemente, letteralmente, per mancanza di alimenti».

Ancora negli anni Cinquanta la situazione delle scuole sarà disastrosa (molte sono fienili, stalle, ripostigli, magazzini senza finestre dove i bambini stanno ammassati a cinquanta, sessanta, tra la polvere, senza libri né quaderni, a turni di un'ora, tra «inenarrabili miserie»), in tutta Italia nel 36% delle scuole l'istruzione si ferma alla terza elementare. Joyce parla, dati alla mano, della denutrizione infantile in Sardegna, che provoca malattie come tracoma, tubercolosi, tigna, scabbia, malattie intestinali, reumatismi, anemia, linfatismo. Parla del lavoro infantile, delle bambine costrette a trasportare enormi carichi di acqua e panni da lavare al fiume, dei bambini mandati in montagna da soli con le greggi. In quello stesso articolo (del '51) constata amaramente: «Chi ha mai detto che in Italia c'è stata una guerra di Liberazione, una Costituente Repubblicana, un balzo verso la civiltà? Mi pareva di averlo letto forse in qualche giornale, ma dev'essere stata una notizia falsa».

Il lavoro di Joyce per la Sardegna non è solo pratico, sul campo, e politico, nell'organizzazione di partiti e movimenti. È anche di scrittura. Di articoli di giornale e di racconti.

I racconti, dapprima, li tiene per sé. Li scrive via via negli anni, lavorandoci ogni tanto. Poi, su invito dell'amico Manlio Brigaglia, li pubblicherà all'inizio degli anni Ottanta nella raccolta *L'olivastro e l'innesto*.

«Ho trovato in una vecchia cartella dei manoscritti ingialliti e dei ritagli di giornale di più di trent'anni fa», comincia a raccontare Joyce. Spiega il suo percorso in Sardegna, che in parte abbiamo già visto, e anticipa l'incontro politico con le donne sarde. Ma è nei racconti, tenuti all'inizio per sé per timore di sembrare sentimentale o triste e di cui all'inizio parla solo a Emilio («a cui piacevano perché sentiva le stesse cose che sentivo io»), che esprime una sua ulteriore vicinanza alla gente di Sardegna:

> C'era anche una Sardegna a cui non poteva più giungere il linguaggio raziocinante e speranzoso dei sindacati e dei partiti, l'ottimismo semplificatorio del sole dell'avvenire, perché per loro era troppo tardi; troppo tardi per i bambini morti di fame o mutilati da malattie incurabili, per i vecchi invalidi e abbandonati, per le donne distrutte dalle gravidanze e dalla fatica, per tutti quelli che non avevano futuro, salvo un aggravarsi di sofferenze fino alla morte. A loro non poteva giungere il linguaggio del dinamismo e delle lotte, dell'avanti compagni per la giustizia e la libertà. Erano inutili, non servivano a nessuno, e soffermarsi a far loro un po' di compagnia era rallentare la marcia, perdere tempo.
>
> Perciò a loro mi avvicinavo da sola, al di fuori dei comizi, dei cortei e degli uffici studi esprimendomi non col saggio, l'articolo o la ricerca socio-economica, ma con poesie e racconti che non pubblicavo e lasciavo nei cassetti.

Ci sono anche delle poesie, scritte con lo stesso *mood* («non mi preoccupavo che fossero 'belli', né che fossero 'belle' le poesie che venivo scrivendo, come questa, vissuta in una sperduta, siccitosa, angosciosa frazione di Giba: '[...] Giovanna ha sette bambini gli ultimi due gemelle / durante la gravidanza le sono caduti tre denti / si vede quando tira le labbra pallide per sorridere / e sopra gli occhi e le tempie cave i ciuffi di capelli

/ son secchi e polverosi nel sole / adesso che non è gravida / il suo corpo è scavato come un arco / la spina dorsale è curva e i seni pendono / lunghi e vuoti sotto la vestina di cotone / ma certamente il marito la ingraviderà ancora più volte / Giovanna ha ventisette anni'»).

Poesia «vissuta», dice Joyce, così come sono vissuti molti dei racconti contenuti nella raccolta: anche quando frutto di invenzione letteraria, più lavorati come impianto e andamento, testimoniano di condizioni umane vere e viste. Sono racconti molto belli, che ricordano le novelle di Maupassant (bisogna sempre ricordare che nella formazione di Joyce conta molto il positivismo di suo padre, traduttore di Spencer) con echi di racconti russi classici. Brevi, naturalistici, asciutti, non sono poi così 'sentimentali' come temeva l'autrice, tutt'altro: niente a che vedere, per capirci, con tanti racconti e romanzi all'insegna della miseria e del dolore che ancora oggi vengono prodotti nella nostra letteratura. Nessun indulgere, nessun pietismo, nessuna esibizione gratuita. Lo sguardo di Joyce è, come sempre, partecipe ma rigoroso. Modernissimo.

I racconti hanno per protagonisti vecchi e vecchie (con l'ombra delle acabadoras, le donne che accompagnano verso la fine), bambini lavoratori (la bimba a servizio in casa di signori che ha sempre sonno, Beniamino che a undici anni dorme su una stuoia in cortile e lavora dalla mattina alla sera), madri di neonati, madri lavoratrici spaccapietre.

L'impegno di quei primi anni del dopoguerra, rivolto in particolare alle donne, culminerà nel 1952 nel Congresso delle donne sarde, presieduto dalla professoressa Aida Cardia Tore, e alla cui organizzazione Joyce lavorerà insieme a un'altra celebre e impegnata ex partigiana, Nadia Gallico Spano, una delle ventuno donne facenti parte della Costituente ('forestiera' anch'essa, come Joyce, e come Joyce sposata a un sardo, il dirigente comunista Velio Spano).

Sono anni di intensa attività politica, per Joyce, fatta di congressi, comizi, conferenze e convegni. Dopo il lavoro nel governo Parri, Emilio è anche, nel dicembre 1945, nel governo De Gasperi come ministro per i rapporti con la Consulta nazionale. Negli anni successivi sarà eletto senatore per altre otto volte, arrivando a terminare la sua attività in parlamento nel 1968, anno in cui si ritira per motivi di salute (nel frattempo avrà lavorato alla Costituente impegnandosi soprattutto per un modello statale federalista che preveda ampie autonomie regionali, intervenendo in aula sulle direttive generali sul progetto della Costituzione, su diritto di sciopero, famiglia, autonomie locali, rapporti tra Stato e Chiesa, libertà di stampa, sistema giudiziario).

A Joyce il ruolo di 'moglie del ministro' non sta affatto bene. Sin da subito si smarca, prendendo le distanze dal mondo romano dei ministeri e dei salotti. Tuttavia, pur non facendosi mai vedere a fianco del marito, diviene all'istante «la consorte di Sua Eccellenza» o la «signora del signor ministro», un ruolo che è «una specie di riflesso dai contorni imprecisati, cui si richiedevano, come virtù principali, discrezione, devozione e buone maniere».

Ce la vediamo, la Joyce che abbiamo conosciuto fin qui, in questo ruolo? No. Col cavolo.

E infatti lei prende il bambino e se ne va in Sardegna: comincia a girare per l'Italia mandata dai compagni a parlare nelle piazze e non solo.

«Mi misi anch'io a ricostruire l'Italia, come suol dirsi».

Rapidamente, Joyce nella politica 'partitica': nel '46, si presenta a Porto San Giorgio nella lista del Partito d'azione per le prime elezioni amministrative del dopoguerra. La lista vince e Joyce viene eletta consigliera. Il 2 giugno, è capolista nella lista del Partito d'azione a Fermo per le elezioni che devono designare i deputati dell'Assemblea costituente. La lista non avrà alcun eletto, avendo preso l'1,94% dei voti. Nel '47, finita l'esperienza del Partito d'azione diviso in varie formazioni, Joyce ed Emilio confluiscono nel Partito socialista («quello italiano era molto speciale, in quanto non apparteneva all'Internazionale socialista e aveva un patto d'unità d'azione con i comunisti: perciò era un partito fortemente a sinistra rispetto ai partiti socialisti e socialdemocratici del mondo», mi dirà Joyce, valutando molto criticamente il fatto di essersi poi presentati alle elezioni del 18 aprile 1948 in una lista unica uscendone schiacciati dal Pci, partito strutturato e legato al Comintern sovietico che aveva finito per spaventare molti dei potenziali elettori socialisti più vicini a esperienze specificamente italiane).

Il rapporto di Joyce con i compagni dei partiti, con le sezioni, con i circoli, con le camere del lavoro, non è rose e fiori. Certo non è limitato ai garofani rossi che Joyce trova ad accoglierla sui palchi accanto alle bandiere e ai microfoni pronti per lei.

Joyce lo racconta allegramente: arrivava magari dopo dieci ore di treno verso sud o verso nord, nelle piazze e nelle sale, e le trovava stipate di uomini. Volenterosi giovanotti che avevano montato il palco, ex partigiani che volevano abbracciarla, segretari locali imbarazzati davanti alla richiesta di Joyce: «Dove sono le donne?». Le donne sono a casa, balbettavano quelli, non vengono in sezione, non si intendono di politica, non vogliono stare tra gli uomini, devono preparare il pranzo domenicale, badare ai bambini piccoli, andare a messa. Ma sono tesserate, eh! E allora Joyce prendeva a urlare «Ah sì? Restano a casa perché sono donne oneste! E io che giro con voi per le piazze e le osterie, che cosa sono? Il vostro atteggiamento è una critica che non accetto, per me come donna. Vado a prendere il treno». Per placarla tirano fuori la solita scusa (già di Croce) per cui Joyce sarebbe un «caso eccezionale», pezza al buco che la fa infuriare ancora di più.

«Eccezionale un corno!», tuonava. «Siete voi che chiudete in casa le vostre donne, che impedite loro di fare quello che faccio io. Adesso glielo vado a chiedere, se non preferirebbero essere qui!» E minacciava di far saltare il comizio se non fossero arrivate due donne da mettere sul palco assieme a lei, una a destra una a sinistra, se necessario con bambini al seguito.

Joyce racconta che il giorno dopo aver fatto queste scenate, i partiti dovevano mandare dei dirigenti a rassicurare i capifamiglia che «mai e poi mai le sinistre avrebbero messo il dito tra moglie e marito».

7 giugno 1947, da «Il solco» di Cagliari, settimanale dei combattenti del Partito sardo d'azione: «JOYCE LUSSU e SILVIA CROCE nei pozzi di carbone. La Signora Joyce Lussu è stata graditissima ospite di Carbonia insieme alla Signorina Silvia Croce, figlia del grande filosofo della libertà. Le visitatrici eccezionali sono scese nei pozzi accolte con affetto deferente dagli operai che, infine, hanno voluto sentire la parola della Signora Lussu, che dalla Sezione del Partito Sardo ha tenuto un applauditissimo discorso. La grande folla dei minatori ha lungamente acclamato al nostro Partito e alla sua strenua lotta in difesa del popolo sardo».

È a Carbonia che Joyce ha visto la situazione più disastrosa. Nella città costruita dai fascisti è rimasta qualche settimana («I minatori in tutto il mondo hanno la credenza che la gente con la gonna porti male, per cui preti e donne non devono scendere nelle miniere. Però, per me facevano un'eccezione. Mi portavano in questi ascensori scricchiolanti fino a trecento metri di profondità, perché volevo vedere»). Si porta dietro la figlia di Rosselli e la più piccola di Croce. Amelia Rosselli «non ce l'ha fatta a restare», racconta Joyce, mentre a Silvia Croce ha detto: «Vieni a vedere, tu che sei stata in un palazzo principesco, in mezzo ai libri». E lei non si sottrae, gira per gli stazzi e scende nei pozzi facendo buona compagnia a Joyce.

I medici che le dicono di aver scritto sui referti che i bambini erano morti per qualche malattia quando invece la causa dei decessi era la fame, le donne che spaccano il granito con martelli rudimentali accovacciate sull'orlo delle strade, l'analfabetismo che affligge la maggior parte della popolazione colpiscono profondamente Joyce che non immaginava di trovare nel suo paese condizioni peggiori di quelle che aveva osservato in Africa tanti anni prima.

Ma c'è anche la speranza e l'impegno a cambiare le cose, sempre. Vale per Joyce ma anche per tante donne progressiste, che decidono di riunirsi e unirsi. Sia Joyce sia Nadia Spano cercano di inserirsi nelle lotte che riguardano le donne sarde e che vertono soprattutto su questioni quotidiane molto pratiche. Racconta Spano nel suo intervento in *Joyce Lussu. Una donna nella storia*, in cui rievoca l'esperienza del movimento delle donne in Sardegna, che c'erano condizioni di partenza difficili anche per via dei mezzi di comunicazione ancora poco diffusi, per l'isolamento dal continente che si affiancava all'isolamento della casa e del villaggio («un triplice isolamento»), per via della poca conoscenza della parte che avevano avuto le donne nella resistenza che invece altrove era diffusa e aveva comportato rivendicazioni di uguaglianza, esempio e stimolo. In quegli anni, le donne dell'isola e le esponenti dei partiti di sinistra, insieme in un clima di collaborazione, unità e slancio, avevano ottenuto dopo una lunga battaglia che le donne fossero iscritte agli elenchi anagrafici. Avevano condotto lotte le raccoglitrici di olive, le donne erano state presenti nei conflitti del lavoro nelle miniere, donne si erano battute per migliorare la vita dei paesi: scuole, autobus, strade erano problemi molto concreti. Erano sorti gruppi con obiettivi precisi da cui ricavavano i nomi delle loro associazioni: Donne per la difesa della miniera, Amiche della scuola, Amiche della casa, Amiche di «Noi donne», Per la bonifica del Tirso, Donne della Trexenta e tante altre. Tutte queste iniziative sono ben descritte in un documento di Joyce per l'Udi della fine d'agosto del 1951. È da questa mobilitazione che nasce l'idea di un grande congresso delle donne sarde, da tenersi a Cagliari, in cui le donne pongano collettivamente e pubblicamente i loro problemi.

Racconta Gallico Spano: «Ci impegnammo tutte a fondo e trovammo altre donne che ci aiutarono a organizzare le assemblee e a tenerle». Joyce: «Io ero andata a dibatterne con le donne di Ittiri e di Ollastra-Simaxis, di Esterzili e di Gonnostramatza, di Maracalagonis e di Ussassai, di Nuraxis e di Noragugume, e di tanti altri posti dai toponimi misteriosi, discesi attraverso i millenni della civiltà nuragica».

Dove non si arriva con la macchina, le donne vanno a cavallo. E trovare mezzi per portare migliaia di donne (arriveranno in tremila al teatro Massimo di Cagliari) non è semplice.

In un dattiloscritto di Joyce pubblicato da Giuseppe Caboni troviamo intenti e modalità di questa importante occasione. Le donne «potranno esprimere finalmente, in forma solenne e collettiva, quelle che sono le loro aspirazioni civili, sociali e culturali; le aspirazioni della massa femminile, la più oppressa nell'oppresso popolo di Sardegna». Vi sarà, dice Joyce, la denuncia dei problemi ma vi sarà anche la parte positiva, di speranza.

Troviamo, in questo documento, la Joyce politica nella sua interezza e particolarità. Come quando, a proposito delle associazioni sorte nei paesi, scrive: «Queste associazioni sorgono per risolvere semplici, oscuri, modesti problemi: il lavatoio, la fognatura, le scarpe dei bambini, la medicina gratuita; semplici ma grandi, perché risvegliano, avviati a soluzione, tutte le responsabilità. Ed è certamente più importante sapere concretamente come si ottiene il lavatoio per la piazza del proprio villaggio, richiamando le autorità al rispetto delle leggi o iniziando uno sciopero a rovescio, che non sapere genericamente e astrattamente che il Patto atlantico è una cosa molto scellerata».

È questa la politica che interessa a Joyce. Quella di base e dal basso, pratica, concreta, effettiva. La più difficile. Meno visibile, meno prestigiosa, e, aggiungiamo, non remunerata.

Il congresso è un successo ed è raccontato da Joyce in un articolo uscito su «Noi donne» nel marzo del '52 intitolato *Mimose sui Quattro Mori* che, insieme ai ricordi di Gallico Spano, costituisce una cronaca preziosa dell'evento (gli atti del convegno, o almeno un resoconto, verranno pubblicati dai lavoratori portuali di Genova in un piccolo opuscolo ormai rarissimo). Operaie sedute accanto a eleganti signore, responsabili del Pci, dell'Azione cattolica, donne nei bellissimi costumi tradizionali dei paesi riempiono palchi e platea nonostante sia conclamata l'ostilità delle autorità: il presidente democristiano della regione, il prefetto, il questore con la celere schierata hanno fatto sapere che le donne devono stare a casa a cucire e cucinare. Il quotidiano della curia ha pubblicato il giorno prima «un violento articolo» in cui dichiarava che le donne possono stare senza pane ma non senza dio e i parroci nei paesi avevano tuonato per settimane dall'altare che partecipare al congresso avrebbe costituito peccato grave.

Ma un'assemblea di donne così in Sardegna non si è mai vista. Partecipatissima, intensa, colorata e attenta: gli interventi si succedono, portando all'attenzione problemi del territorio (acqua, frane, alluvioni, miniere), del lavoro (salari delle donne, sfruttamento, terre incolte), dei servizi (scuole e università, comuni, opere pubbliche). Parole d'ordine sono unione, azione comune, pace, autonomia.

Racconta Joyce: «Le donne sfilavano in lunghi cortei, all'uscita del teatro, per le vie tappezzate di manifesti e di saluti. Ciascuna sentiva che un avvenimento felice, solenne e decisivo aveva avuto luogo: un contributo concreto alla rinascita della Sardegna, una sicura promessa di ricostruzione e pace».

Le politiche sarde ne hanno conservato memoria come di un prodigio mai visto prima ma, purtroppo, a quell'intenso momento non ci fu seguito organizzato. Ricorda Spano: «Speravamo che questa entusiasmante esperienza che ci aveva visto lavorare insieme in modo così utile potesse continuare e rafforzare la nostra collaborazione, ma purtroppo non abbiamo saputo portare avanti un inizio così promettente. In parte perché siamo state chiamate, ognuna dal proprio partito, a dare un forte contributo alla campagna elettorale per le amministrative, che si svolgevano in quella stessa primavera; in parte perché le vicende politiche e gli impegni personali ci hanno portato in seguito a spostare in continente il centro della nostra attività, senza tuttavia mai allentare il legame con la Sardegna».

Per quanto riguarda Joyce, possiamo seguire il suo cambiamento di orizzonte e di azione di questo periodo tenendo in considerazione vari fattori. Alcuni sono, potremmo dire, esistenziali. Altri, di maturazione politica. Altri ancora riguardano il suo lavoro più propriamente intellettuale (anche se lei, come già detto, non amava particolarmente questa parola).

Mi viene in mente un'osservazione lasciata cadere, con humour molto british, da Giacinta in una vecchia lettera per Joyce. È del settembre 1948. Tra un racconto su crescita e giochi di Giuannicu arrivato a Porto San Giorgio insieme a Nennetta, notizie dei cavalli di casa e novità sulle elezioni locali, Giacinta scrive: «Nennetta sembra felice di stare qui. Mi dice che sei la dirigente di tutte le donne socialiste d'Italia, la capo-in-testa. Hai veramente quel posto importante e faticoso? Meglio, e opera più duratura, scrivere una poesia all'anno».

Politicamente, Joyce comincia forse a prendere atto di una serie di cose che non vanno. Riguardano il lavoro dei partiti, la mancata corrispondenza tra visione del mondo uscita dalla lotta di liberazione e realizzazione di ideali in una società nuova, posizione delle donne negli organismi decisionali.

Ricordo la sera del novembre '95 a San Tommaso in cui, alla fine di una giornata di incontri in giro per le Marche, riprendendo il nostro lavoro al registratore, mi disse: «Comunque, mi è venuta in mente una periodizzazione di cose con cui ho avuto a che fare dal secondo dopoguerra in poi. È una periodizzazione divisa per decenni, chissà poi perché: dal '48 al '58 comizi elettorali, sindacati, partiti di massa, Unione donne italiane. Conseguenze: ulcera gastrica con operazione d'urgenza. Dal '58 al '68: molti viaggi, ricerca di poesie nel mondo, partecipazione a movimenti di liberazione anticolonialisti, in Africa e in Medio Oriente. Conseguenze: stata sempre benissimo».

Ora, sulla periodizzazione per decenni, adesso che sono un po' avanti anche io con l'età, posso immaginare che da una certa data in poi si comincino a fare 'bilanci' dell'esistenza e ripensare al passato in blocchi, più che per altri tipi di marcatempo o segnavia, anche di decenni. Sullo spirito di Joyce, sempre massimo rispetto per lucidità e autoironia icastica (lei andava poi avanti per i decenni successivi, ma ci arriveremo).

Sulle conclusioni rispetto alle vicende di quegli anni, c'è da riflettere.

Non sono in grado di collocare con data precisa l'ulcera di Joyce, ma arriva certamente alla fine di un periodo che l'ha vista spendersi molto anche fisicamente (lei non lo dice, ma lo presumiamo dalle condizioni di tutte queste spedizioni, viaggi, giri, discussioni) e partecipare emotivamente (Joyce è oratrice generosa e questo comporta anche accalorarsi e, le donne lo sanno, fare ogni tanto 'due urli', metaforici e non, per farsi ascoltare). Una delle cause dell'ulcera, una cosa che per certo l'ha molto fatta arrabbiare subito dopo la guerra, è stata l'amnistia Togliatti. Mi raccontò a proposito della riconciliazione con i fascisti avviata dal segretario del Pci allora ministro della Giustizia: «Penso all'orrenda casistica dei magistrati italiani – parecchi si erano macchiati di efferati delitti ed erano stati messi dentro subito dopo la liberazione. Per tirarli fuori, si fa una casistica su cos'è una tortura efferata e cosa non lo è: si dichiara che mettere un coltello sotto le unghie non è efferato, che appendere un partigiano per i piedi e riempirlo di botte e scudisciate per fargli dire un nome è normale violenza, e questo solo per l'orrenda motivazione che non sono state usate delle armi. E che seviziare in dodici una partigiana e stuprarla – e quella poveraccia è morta, dopo – non è nemmeno normale violenza: è semplicemente un'offesa al pudore e all'onore del popolo italiano. Tutti e dodici fuori, questi assassini. Ti puoi immaginare che mal di fegato avevo...». Gli esiti dell'amnistia condotta in quel modo sono ben descritti da Mimmo Franzinelli in tutti i loro risvolti (continuità di alcuni apparati dal fascismo alla repubblica, in termini di personale di polizia, sentenze di tribunale, complicità istituzionali) in vari suoi libri.

C'è poi il silenzio sulle complicità tra Chiesa e fascismo che è sempre stato centrale nell'elaborazione storica di Joyce e che non è affatto secondario per capire il clima e come si vivesse in quegli anni in cui, lentamente, si insabbiavano vicende, si nascondevano crimini, si gettavano le basi per un futuro revisionismo.

A questo proposito, è preziosa una testimonianza di Joyce al Meeting anticlericale di Fano del 1992, in un incontro proprio con Franzinelli, in cui lei racconta: «Io, agli istituti del movimento di liberazione di cui ho fatto parte, sono stata anche presidente, ho sempre detto, invano, che bisognava fare una storia di tutte queste relazioni di cui erano pieni gli archivi nel '45, quando noi andavamo a cercare le nostre carte o quelle dei nostri amici nelle prefetture, nelle questure o anche nelle federazioni del fascio. Lì trovavamo mucchi di relazioni di parroci che facevano queste delazioni sulla condotta morale e politica del cittadino. Ma allora non avevamo tempo di storicizzare, dovevamo costruire l'Italia, anche se poi non ci siamo riusciti perché c'è stata una restaurazione dopo la liberazione, comunque eravamo molto occupati, e quando siamo tornati anni dopo per *storicizzarci* abbiamo visto che queste relazioni erano sparite. Questo ve lo potranno testimoniare non pochi colleghi e amici che hanno fatto queste esperienze».

Riposizionamenti, insabbiamenti, occultamenti (basti pensare all'"armadio della vergogna' contenente i fascicoli sulle stragi dei civili perpetrate dai nazifascisti divulgati solo nel 1996 dai giornalisti Franco Giustolisi e Alessandro De Feo) sono stati messi in opera già l'indomani della guerra di liberazione. L'ulcera era il minimo che potesse venire a chi per anni aveva combattuto e rischiato per la liberazione del paese.

10

Ancora oggi molti si chiedono perché Joyce non abbia intrapreso una carriera politica 'classica', lavorando in qualche istituzione, con ruolo definito (e stipendio sicuro). A me è capitato di chiedermelo anche di recente, a Copenaghen: con la regista Marcella Piccinini, presentiamo il suo documentario su Joyce a un pubblico composto in prevalenza di sardi, all'Istituto italiano di cultura. Un signore dalla platea mi chiede perché Joyce, nel dopoguerra, non sia entrata in parlamento o non abbia avuto una sua funzione all'interno di qualche partito, come Nilde Iotti per intendersi, o, potrei aggiungere io, Nadia Spano che abbiamo già incontrato in questa storia. Le risposte sono molteplici. Per prima cosa, Joyce non fa parte di un grande partito di massa come il Pci ma si presenta alle elezioni e lavora per partiti sì forti ma non così «capillari» (definizione di Trenti) e in fondo non così organizzati come quel partito che era assai strutturato ancora prima della guerra. Nel Partito d'azione, le donne discutono delle sezioni femminili, ricorda Joyce ne *L'azionismo nella storia d'Italia*, atti del convegno tenutosi a Porto San Giorgio nel 1986: «Eravamo d'accordo quasi tutte che non era utile creare delle sezioni femminili dei partiti e dei sindacati o una organizzazione soltanto femminile, perché prevedevamo quello che in effetti è successo. Noi dicevamo: entriamo a parità di condizioni con gli uomini nei partiti, nei sindacati; quello che sappiamo fare sappiamo fare, ma almeno otterremo di mobilitare l'intera organizzazione anche sulla questione femminile; riusciremo a far indire una riunione di comitato centrale per discutere i nostri problemi in sede decisionale. Non ci siamo mai riuscite con le sezioni femminili, perché succedeva che il problema femminile veniva affidato a un gruppo subalterno, ghettizzato generalmente nella stanza più brutta della federazione, senza nessun potere perché non faceva parte degli organi dirigenti, ai quali serviva da alibi per togliersi dalle spalle ogni responsabilità. Le donne avevano un bel parlare, parlare, proporre, progettare; ma il partito o il sindacato se voleva infischiarsene se ne infischiava. E così faceva in effetti».

Faticosa la politica così, per le donne.

E poi c'è appunto la restaurazione, dopo la guerra. Perché se durante la resistenza le donne hanno ottenuto ruoli prestigiosi e sono uscite con le loro belle medaglie (in realtà le medaglie vere arrivano un po' dopo, a Joyce verrà conferita nel '57 ma consegnata solo nel '61), le «forze della conservazione» facevano il loro lavoro: non solo quelle cattoliche con le mamme e le mogli tanto amate, com'è ovvio, dalla Democrazia cristiana, ma proprio dai compagni progressisti sui quali si era riposta tanta fiducia. Su questo Joyce è molto chiara.

«Dio, Patria e Famiglia comincia a diventare il motto anche delle sinistre», dichiara. Gli attacchi arrivano su vari fronti: dall'isolamento in politica, come si è visto, dal dialogo delle sinistre con i cattolici, e pure dall'articolo 7 della Costituzione, quello sui Patti lateranensi che non vengono toccati: «L'articolo 7 è una mazzata di testa per tutta la questione femminile». Il concordato clerico-fascista, trasferito in Costituzione senza alcun cambiamento, è per Joyce un problema enorme per lo sviluppo civile del paese. E di certo non lo manda a dire.

«Arretramenti, quindi, che rimproveravamo non alle destre tradizionali, le quali facevano il loro mestiere di destre tradizionali, ma alle sinistre, che il loro mestiere, per ciò che riguarda la liberazione delle donne, non lo facevano».

Joyce, come si vede, contesta molto. Critica, mette in discussione, movimenta le piazze e quando torna a Roma le capita di essere convocata in direzione per dare conto e rispondere alle lettere indignate che arrivano dagli uomini delle sezioni.

Dunque, tornando alla legittima domanda posta sul perché Joyce non abbia fatto una carriera politica 'tradizionale': un po' per tutti i motivi di cui sopra, ma anche, fondamentalmente, per sua scelta. Scrive Giancarla Codrignani, storica femminista e attivista per la pace che di Joyce è stata amica, in un suo ricordo di qualche anno fa: «[...] era contro tutti i poteri. In questo c'era qualcosa che non era soltanto una posizione anarchica. Era una reazione tutta femminile, di chi non si ritrova dentro logiche alla cui fondazione non ha presieduto il proprio genere. Grande combattente, esperta di clandestinità partecipe della fondazione di movimenti e anche del Partito d'azione, è stata la donna che meno si è fatta ingabbiare dalle strutture di pensiero e non, del fare politica maschile».

Insomma, Joyce non si è mai fatta fermare, men che meno dalla politica.

Ma non ci sono solo gli attriti con la politica maschile, Joyce esce infatti dalla dirigenza dell'Udi durante un congresso nel 1953, in una maniera che lei, sempre ironica, racconta così: «abbastanza tempestosamente, difendendo con ambo le mani dai tentativi di strapparmelo un microfono, attraverso il quale mi ostinavo a tentare un'analisi classista degli anni del dopoguerra: è inutile prendersela genericamente con gli uomini, in una società dove la disoccupazione, la sottoccupazione, l'emigrazione li obbligano, per disperata necessità, a difendere il loro posto di lavoro contro la nuova concorrenza delle donne; in un sistema capitalistico arretrato l'economia si regge sugli enormi risparmi realizzati con le fatiche domestiche e le mansioni assistenziali gratuite fornite dalle casalinghe e retribuite con la sola sussistenza; e crea le strutture culturali adeguate a giustificare questo stato di cose, dalla morale piccolo borghese alla religione, sempre espressione di una società di diseguali [...]».

La critica di Joyce è radicale e rimane minoritaria. Le donne e i partiti di sinistra non sono pronti a mettere davvero in discussione ordinamenti, modi e rapporti produttivi. Negli stessi mesi lascia anche la redazione di «Noi donne». Per «Noi donne», Joyce ha scritto nel corso degli anni commenti, reportage, testimonianze. Dalla tesi di Giada Iman Ferru su *Joyce Lussu e «Noi donne», 1949-1952* e dall'archivio storico della rivista, sappiamo che Joyce si è concentrata in particolare sui seguenti temi: istruzione, resistenza, condizione della popolazione sarda, donne, bambini, memoria, paesi socialisti.

Di Joyce, su «Noi donne», possiamo rintracciare poesie, racconti, un ritratto della signora Maria di *Fronti e frontiere*, oltre ad articoli vari, alcuni legati a circostanze come suoi viaggi in Urss e in Cecoslovacchia, uno sulla morte di Benedetto Croce, molti sulla Sardegna (per esempio, il racconto delle lotte delle donne di Gairo, paese dell'Ogliastra che stava scivolando a valle a causa delle alluvioni e in cui le donne, asserragliate nel municipio per protesta con i loro bambini, furono picchiate dalla polizia). Gli scritti sui diritti dei bambini sono vari e curiosi, colpisce il resoconto dalla Cecoslovacchia in cui Joyce racconta della tradizione dei burattinai itineranti coltivata da intellettuali e poeti come espressione di arte popolare rivolta ai bambini analfabeti per istruirli attraverso la satira, di come a Mosca i negozi di giocattoli restassero aperti fino a tardi perché considerati beni di prima necessità, dei servizi per mamme e bambini previsti in questi paesi per sostenere i loro diritti e la loro completa realizzazione. I suoi articoli sulla scuola italiana sono, al contrario, molto critici: elogia le maestre come eroine del nostro tempo in lotta per la civiltà ma raccoglie le loro testimonianze sulle gravi condizioni in cui versano gli edifici scolastici e sullo stato di salute dei bambini, spesso denutriti e costretti al lavoro minorile e a rinunciare al loro diritto allo studio.

Da un lato dunque il sociale nell'Italia da ricostruire, dall'altro la testimonianza di Joyce partigiana che scrive per l'anniversario delle Fosse ardeatine, racconta la storia della partigiana gappista Carla Capponi, rievoca la nascita in Francia della parola 'resistenza' contrapposta a '*collabos*'. Uno dei risultati più importanti della rivista è stato, come rievocato da Patrizia Gabrielli ne *La pace e la mimosa*, la costruzione politica della memoria da parte delle donne. Subito dopo la fine della guerra, infatti, si è riproposto il mito virile dell'eroe che sempre accompagna la guerra a scapito delle donne che, in quanto donne, vengono «emarginate dal memorabile», relegate al ruolo di madri o vedove. Ma, scrive Gabrielli: «L'Udi, in particolare, ebbe la percezione, se non la consapevolezza, che la triade guerra donne Resistenza fosse alla base della cittadinanza appena acquisita». Dunque, l'Udi e «Noi donne» lavorano in questo senso. Una delle iniziative più importanti risale al marzo del 1948, al cinema Lux di Milano, dove – racconta Italo Calvino in una cronaca per «l'Unità» – si riuniscono dirigenti come Ada Gobetti, Joyce Lussu, Gisella Floreanini, Elvira Pajetta, Maria Comandini Calogero e Camilla Ravera insieme a «contadine dai neri scialli, miti visi di buone casalinghe, volti decisi d'operaie, vecchiette nerovestite col cappello».

Appena un mese prima, a Torino, una grande manifestazione ha raccolto diecimila persone, di cui quattromila donne provenienti da varie regioni, poi terminata in piazza San Carlo con un comizio di Gisella Floreanini, Joyce Lussu e alcuni esponenti del Fronte democratico popolare in cui l'Associazione donne della resistenza e della libertà rivendica i diritti che la donna ha acquisito partecipando attivamente alla guerra contro l'invasore tedesco e si ripromette di difendere la pace.

Ricorderà sempre Joyce: «Il nostro slogan durante e dopo la guerra era GUERRA ALLA GUERRA. Non volevamo che dopo quello che era successo si potesse prendere ancora in considerazione l'idea della guerra».

La pace diventa un tema centrale dei giri e dei discorsi di Joyce. Il 4 marzo del '51 partecipa a Marzabotto a un incontro internazionale per la pace, contro il riarmo tedesco e contro la scarcerazione dei criminali di guerra, in cui parla insieme a Gina Borellini e Nuccia Gasparotto. In quella giornata viene deposta la lapide a ricordo del martirio e le delegazioni internazionali visitano il luogo.

Joyce, scrivono Langiu e Traini, uscita dall'Udi manterrà comunque «un fattivo impegno nell'organizzazione fino al '58/'59: si occuperà di attività culturali e politiche senza vincoli di linea né condizionamenti di apparato».

Quindi, tirando le fila: il decennio dell'impegno di Joyce in Italia l'indomani della guerra è all'insegna di una grande energia profusa che forse, alla fine, non ha dato i risultati sperati o quanto meno non ha soddisfatto appieno le sue aspettative. Nel '48, Joyce ha trentasei anni, arriva dagli anni intensi e accidentati della guerra che abbiamo visto, ha un bimbo piccolo ma anche l'urgenza di correre a ricostruire il suo paese. È testimone di miserie e dolori che in tutta evidenza la toccano e muovono sentimenti profondi verso il prossimo, donne e bambini soprattutto, e riguardanti solidarietà, aiuto, giustizia, dovere. Per sua scelta, le capita di frequente di lasciare Giuannicu alle cure della tata Nennetta o dai nonni, visti gli incontri e gli impegni per cui viene chiamata in giro per l'Italia. In quegli anni non si tratta di una scelta ovvia, anzi. In un certo ambiente borghese potrebbe essere giudicata con qualche riserva e anche se Joyce e la sua famiglia sono sempre stati molto anticonformisti e determinati in certa tradizione anche distante da quella italiana (più vicina all'inglese, magari), la pressione sociale forse si fa sentire. Poi non c'è solo quella, c'è anche il sentimento materno di Joyce per il suo bambino. Scriverà in una delle sue ultime poesie, ripensando al bimbo che piange ogni volta che lei parte: «Avrei dovuto trovare la bilancia giusta affinché l'amore personale e la vita ideale / si fossero alleati senza farsi male». Ci torneremo su questa poesia, perché è una Joyce inedita che guarda indietro con occhi diversi. Ma siamo negli anni Cinquanta e Joyce è presa dalla sua attività di giovane donna alla ricerca di una sua posizione nel mondo. Perché c'è anche il problema (come per molte altre donne uscite cambiate da quel periodo rivoluzionario che è stata la lotta di resistenza) di trovare una sua collocazione, un suo spazio distinto da quello del marito.

A lungo hanno marciato insieme, lavorato e collaborato, ma ora Emilio è ministro e il suo tempo e le sue stanze sono altrove. Joyce non entra negli uffici del ministero, del Senato, della direzione del partito, ma, di nuovo, non può certo starsene a casa ad aspettare. Emilio è molto rispettoso dell'autonomia della moglie e non le chiede alcun tipo di compromesso, ma non basta: è la società a relegare la donna in un ruolo subalterno. «Non era colpa sua se era come una grande quercia, nella cui ombra mi ritrovavo sempre, senza riuscire a prendere direttamente il sole», scrive in *Portrait*. Ma per crescere il sole ci vuole e Joyce è proprio nella fase della vita in cui è piena di forze e solidità per crescere ancora.

E poi, per mantenere equilibrato il suo rapporto con Emilio, deve poter raccontare anche lei, come lui, quando si trovano la sera a casa, le cose interessanti che viene facendo.

Ha un problema non trascurabile, però. Cioè trovare un'attività che la porti «oltre la frontiera della notorietà di Emilio. Se fossi stata una scienziata o un architetto, la cosa sarebbe stata più facile. Ma avendo gli stessi suoi interessi, bisognava aguzzare l'ingegno. Il caso mi fu benigno, come in altre occasioni. Trovai un mestiere insolito, che era quello di tradurre e far conoscere in Italia poeti rivoluzionari del Terzo mondo».

Poesia e traduzione sono campi peculiari di Joyce. In quegli ambiti Emilio non si è mai cimentato e non c'è il rischio di sovrapporsi o intralciarsi in alcun modo.

Anche se già nel primo dopoguerra Joyce ha cominciato a viaggiare (per esempio inviata da «Noi donne»), è dalla metà degli anni Cinquanta che inizia il suo periodo più intenso di impegno per la pace in giro per il mondo. Da Mosca a Berlino, da Budapest a Praga, da Helsinki a Stoccolma e via, in altri continenti, dall'Africa a Cuba, Joyce per un decennio sarà protagonista di movimenti, associazioni, dibattiti.

È proprio durante il Congresso per il disarmo e la cooperazione internazionale a Stoccolma, nel luglio del 1958, che incontra Nazim Hikmet, ospite anche lui tra i delegati mondiali.

Colpita dall'aria «rustica e principesca» allo stesso tempo di quest'uomo dai capelli grigi e dagli occhi azzurrissimi, con abito dal taglio sovietico e portamento distinto, Joyce si informa, incuriosita. «È il più grande poeta vivente», le viene detto. Lei va al banchetto dei libri all'entrata del convegno, vede le molte traduzioni delle sue opere, legge per sommi capi delle sue vicende di perseguitato in esilio dal suo paese. Si presenta al poeta. Cominciano a conversare in francese e sin dalle prime battute si intendono subito. Lui le parla di un dramma che sta scrivendo e che riguarda una storia d'amore, poi le racconta di avere un figlio di nove anni che non ha mai conosciuto perché trattenuto dal governo fascista turco insieme alla sua mamma.

Joyce è subito attratta dalla figura del poeta rivoluzionario e dai suoi versi così amati nel mondo ma sconosciuti in Italia. «Se ti piacciono, perché non li traduci?», le domanda, con grande semplicità, Hikmet. Joyce non sa il turco ma conosce altre lingue con cui possono spiegarsi. «Proviamo», gli dice, e si trasferiscono nella hall dell'albergo, armati di carta e penna.

Racconta Joyce: «Poi cominciò a spiegare. Aveva idee chiarissime su ciò che voleva farmi capire, e un senso rigoroso delle parole: se non trovava in francese quella voluta, si aiutava con parafrasi e circonlocuzioni, con espressioni in altre lingue e analogie e riferimenti, con indicazioni di oggetto, con gesti delle mani, che erano belle e sapevano muoversi. Non avevo mai il dubbio di non aver capito o di cadere in qualche approssimazione».

Inizia, così, un lungo lavoro di scoperta e traduzione di poeti che durerà un decennio e non riguarderà solo Hikmet.

Hikmet è il primo, colui che ha avuto l'idea del metodo che diventerà il 'sistema Joyce' di traduzione – vale a dire lavorare con poeti viventi, fianco a fianco, partendo da lingue non necessariamente conosciute dalla traduttrice – che sembra un po' *sui generis* (una traduzione atipica, questa, che parte dal concreto, dall'incontro, dalla voce stessa del poeta) ma che si rivelerà più precisa e viva di tante altre traduzioni libresche e canoniche.

Alla base c'è l'accordarsi su temi e slanci comuni, una profonda conoscenza del mondo del poeta, della sua situazione, una consonanza su idee e visioni del mondo: «Con Hikmet, avevamo in comune la cultura politica, che ci dava lo stesso tipo di interessi e d'interpretazione della realtà».

C'è anche un principio di fondo, in Joyce traduttrice di poeti che spesso sono anche leader politici o capi rivoluzionari: non occorre la filologia accademica ma è necessario immettersi nella matrice storica e nel movimento contemporaneo della loro rivoluzione.

È l'inizio di un'esperienza ricca e articolata che si concretizzerà nella pubblicazione di una serie di monografie dedicate a poeti provenienti da diversi continenti, dalla Guinea-Capo Verde alla Turchia, dal Mozambico alla Danimarca, pubblicate per Lerici, Einaudi e Edizioni Avanti!, e che culminerà, nel giugno 1967, nella pubblicazione per Mondadori dell'antologia *Tradurre poesia*.

Tradurre poesia è un lavoro molto importante, sia perché, preceduti da ricche presentazioni di Joyce, introduce ai lettori italiani una serie di poeti alternativi fino a quel momento inaccessibili, sia perché si accompagna a una lunga militanza che ha fatto nascere associazioni, gruppi, solidarietà di vario genere, soprattutto per quel che riguarda i poeti africani di lingua portoghese (ma anche l'avventurosa liberazione della moglie di Hikmet dalla Turchia portata a compimento da Joyce è esemplare del suo modo di intendere la traduzione a tutto tondo: in questo caso, in senso lato, traduzione vera e propria verso la libertà).

Per scrivere quelle introduzioni, per penetrare nel mondo dei suoi poeti, Joyce viaggia nei loro paesi, studia tutto quello che riesce a trovare, contatta famiglie, amici e compagni di lotta dei poeti. È convinta che con la poesia si possa fare storia. Cita Rimbaud che parla di poeti «moltiplicatori di progresso», Majakovskij che esalta quelli che «non rimangono al loro posto aspettando che l'avvenimento passi, per rispecchiarlo, ma si slanciano in avanti per trascinare con sé il tempo stesso».

Per lei un vero poeta è una vera forza liberatrice: «Un vero poeta non canta la rivoluzione: fa la rivoluzione cantando».

Comincia a ricercare e, mentre ricerca e traduce, impara e delinea la sua poetica. Da Hikmet apprende insegnamenti sulla traduzione e sulla poesia. Lui la invita a usare parole che siano comprensibili a tutti, anche agli analfabeti, dunque semplici, concrete, che non diano spazio ad ambiguità di sorta. Vuole essere letto dal maggior numero di persone possibile, ovunque nel mondo.

Come ai tempi della sua rottura con i professori di filosofia a Heidelberg, come nei giorni in cui è arrivata in Sardegna la prima volta, di nuovo Joyce sente di essere imbevuta di troppo eurocentrismo, di liceo classico. E di doversene liberare. Fuori c'è un mondo da scoprire: «Era la prima volta che uscivo seriamente dai confini europei».

Lo fa lavorando fisicamente accanto al poeta, sulle parole e le immagini, ma lo farà anche viaggiando. Oltrepassando, di nuovo, fronti e frontiere.

Va a Istanbul. Non da turista, ma da conoscitrice della realtà cantata dal poeta. Dunque, gira per le vie del quartiere asiatico di Kadikoy o tra i lavoratori delle botteghe e dei magazzini attorno al ponte di Galata, si inserisce negli ambienti dell'antifascismo turco, stringe amicizia con Munevver Andaç, la moglie di Nazim bloccata in Turchia dalla polizia, che vive in un piccolo appartamento in periferia con il figlio avuto da Nazim, Mehmet, e una figlia quindicenne avuta da un primo matrimonio. Da dieci anni ha davanti casa una macchina con tre agenti che sorvegliano i suoi spostamenti, le sono stati tolti i documenti, i suoi amici e conoscenti vengono perquisiti e le è molto difficile lavorare così. Vive in ristrettezze. Joyce non può non sentirsi vicina a questa donna (che, tra l'altro, è quasi sua coetanea, le somiglia molto, è una traduttrice e viene da una famiglia franco-turca) e comincia a pensare a cosa può fare per aiutarla. Descrive la sua condizione come quella di una Penelope in attesa di Ulisse, ma mentre Ulisse-Nazim in giro per il mondo miete successi, trova stimoli e novità, Penelope-Munevver conduce una vita disastrata. «Le Penelopi mi appaiono soggette a una ingiustizia di tipo classista e colonialista, che stimola la mia rivolta sul piano ideologico e morale», scrive Joyce.

Comincia a pensare a un modo per far evadere quella donna da quella situazione ingiusta.

È un'impresa quasi impossibile perché ci sono anche i figli, da portare via. Ma davvero possiamo credere che Joyce si fermerà di fronte al primo ostacolo? Che poi non ce n'è solo uno: i problemi pratici riguardano il modo in cui eludere la sorveglianza e uscire dalla città, il modo in cui attraversare la Turchia e arrivare fino a Smirne, il modo in cui procurarsi un'imbarcazione per filarsela via.

In *Tradurre poesia*, che è del '67, Joyce racconta l'impresa in poche righe, sorvolando sui dettagli. Ci tornerà su, a distanza di trent'anni, diffusamente, nel libro dedicato a Hikmet, *Il turco in Italia*, del '91, biografia del poeta ma anche narrazione del loro rapporto (sottotitolo: *ovvero, l'italiana in Turchia*). Racconta come si sia rivolta, dapprima, a partiti e sindacati di sinistra per trovare appoggio e sponsorizzazione. Niente. Solo Emilio, grande teorico delle evasioni, la appoggia e crede nella possibilità di riuscita dell'impresa. Allora si rivolge a un privato: cercherà un mecenate che voglia legare il suo nome a una nobile missione. Lo trova, su indicazione di un'amica sarda, in un industriale milanese con «interessi in Sardegna» (sappiamo oggi che si tratta del conte Enrico Giulini, a quell'epoca impegnato nell'estrazione di fluorite nel Gerrei, poi a capo della Fluorsid), amante della poesia, che non esita a farsi coinvolgere in un'avventura rocambolesca orchestrata da Joyce.

Come Joyce sa per esperienza, ci vuole anzitutto un motoscafo potente. Pronto: una mattina di luglio del '61, si ritrovano in un porto del Pireo Giulini con uno dei suoi quattro figli (Gabriele) e Joyce con suo figlio Giovanni. Devono risultare una facoltosa famiglia milanese in vacanza tra Grecia e Turchia. Ad attenderli un Riva, modello Tritone, il più moderno e veloce che offra il mercato dei motoscafi in quel momento. Insieme a loro, un marinaio, pronto a salpare con destinazione Smirne. Primo giorno, tutto benissimo; a Chio, Giulini sbarca chiedendo il miglior ristorante e il miglior albergo, champagne e caviale. Joyce si diverte, ammira la facilità con cui il ricco milanese distribuisce dollari e mance, ne apprezza la munificenza. Il secondo giorno, il mare è grosso e Joyce preoccupata: la capitaneria li ha sconsigliati di partire ma il conte, da bravo sportivo, si è messo al timone e i ragazzi si divertono nella traversata sui cavalloni. Dopo otto ore sono a Smirne. Lì l'accoglienza non è delle migliori, perché finiscono in una zona militarizzata. Col morale a terra, esitano sul proseguimento della missione ma alla fine decidono che Joyce andrà in aereo a Istanbul e gli altri, navigando tranquillamente, andranno ad aspettarla ad Ayvalik, un paese sulla costa.

Senza avere idea di come sia Ayvalik ma azzardando che vi sia una piazza principale, si danno un sommario appuntamento di lì a due giorni. Se non la vedono nella data concordata, devono aspettare due giorni e, nel caso, tornare in Italia senza di lei.

«Sarebbe troppo lungo raccontare come arrivai a Istanbul, come non trovai Munevver né i bambini a casa, come la reperii in casa di una cugina che abitava sul Bosforo, come girammo la città per depistare gli agenti di scorta, come infine riuscii a fare i biglietti per il barcone che traversava il mar di Marmara da Istanbul a Bandirma», scrive. Ma non è finita lì: da Bandirma in treno fino all'ultima stazione utile, Balikesir. E da lì, fingendosi turiste americane desiderose di andare a Pergamo per visitare le rovine, trovano una macchina a noleggio, una Buick degli anni Quaranta che pagano in dollari. Duecento chilometri di strada polverosa e piena di buche, senza incontrare nessuno, con i bambini che conversavano in inglese. Arrivati a Ayvalik, piazza deserta.

Dopo un'ora trascorsa in preda allo sconforto, ecco arrivare un piccolo gruppo festoso: il mecenate seguito da mezzo paese di ritorno da una giro in motoscafo in cui ha scarrozzato diversi notabili del paese. «È il vostro turno, signore!», annuncia spingendole verso il porticciolo. Salgono a bordo in tutta fretta ma con loro salta su anche il giovane farmacista del paese. Che fare, buttarlo giù e lasciarlo affogare?, si chiede Joyce (ma se lo chiede anche Giulini figlio, anni dopo, ridacchiando). Tranquilli, niente omicidi, niente soppressione di gente capitata nel posto sbagliato al momento sbagliato: lo mollano alla prima baia utile, senza restituirgli però le scarpe, e via, a tutto gas sotto la luna che sta sorgendo.

Il racconto della prima parte della traversata verso la Grecia è esilarante e drammatico al tempo stesso: mentre il mecenate recita poesie classiche sulla libertà per celebrare il momento, beccano in pieno uno scoglio e fanno naufragio. Alle tre di notte vengono tratti in salvo da una nave greca e sbarcano a Mitilene; il mecenate e i ragazzi italiani vanno in albergo ma Joyce resta con i tre turchi che, senza documenti, possono solo aspettare l'alba sul molo. Durante la notte, le due donne elaborano una storia secondo cui Munevver e figli sono cittadini polacchi (sarà quella la nazionalità dei passaporti che li attendono ad Atene, procurati da Nazim secondo gli accordi presi prima di partire) che hanno perso i documenti durante il naufragio del motoscafo.

Funziona e possono partire alla volta della capitale.

Una volta arrivati ad Atene, Joyce manda un telegramma a Emilio spiegando che va tutto bene e Giovanni sta bene, poi, salutato il mecenate che se ne torna a Milano in aereo con il figlio, inizia la lunga attesa dei passaporti per Munevver. All'ambasciata polacca non ci sono, non ne sanno nulla, non sanno chi sia Hikmet, e la valigia diplomatica viaggia una sola volta alla settimana. Joyce si rivolge allora ai russi ma, per quanto gentili e comprensivi e per quanto conoscano sia il nome di Nazim Hikmet che quello di Emilio Lussu, spiegano alla compagna Joyce che non possono accogliere profughi politici nelle loro mura. Per giorni, Munevver e Joyce stazionano in un parco della capitale, poi Giovanni viene imbarcato su un volo per Roma dove dovrebbe chiedere l'intercessione del segretario del Pci sul governo polacco. Il settimo giorno, ecco arrivare finalmente il passaporto per la compagna Andaç e figli.

Lieto fine per la famigliola riunita del poeta? Sì e no. Mentre Munevver aspettava fedelmente da anni il ricongiungimento con il poeta, il poeta si era risposato con una giovane sovietica, Vera.

Dall'autore delle *Poesie d'amore* tra le più lette al mondo, molte delle quali dedicate a Munevver, è un colpo di scena inaspettato. Ma Joyce non dà giudizi, anzi mi raccontava sorridendo che in Turchia una brava attrice e drammaturga, nonché traduttrice delle opere di Dario Fo in turco, aveva trovato una lettera di Hikmet con un disegnino fatto da lui con Munevver e Joyce che esclamavano: «Siamo state una bella scocciatura, per te, nella tua vita!». Questa studiosa ha curato un volumetto che è la traduzione de *Il turco in Italia* più il carteggio tra Joyce ed Emilio durante l'evasione di Munevver. Nel carteggio, anche un famoso bigliettino di Hikmet a Joyce in cui, commentando l'operazione messa in piedi da Joyce, Nazim le narra una strana storia di sdebitamento impossibile (almeno io l'ho sempre trovata strana), la storia di un contadino curdo che, in visita a un ricco proprietario, riceve una sontuosa ospitalità. Ma il contadino, tra cibi squisiti e letti morbidissimi, passa il tempo a preoccuparsi di come potrà ricambiare tanta generosità, lui povero diavolo senza un soldo. Alla fine, per non soffocare di gratitudine per il resto della vita e apparire comunque indegno, decide di tagliare la gola al suo ospite, per evitare a tutti e due molti dispiaceri. Nazim scrive a Joyce: «Non potrò mai ricambiare tutto il bene che mi hai fatto e per evitarci dei dispiaceri dovrò forse tagliarti la gola?».

E quando nel '95, durante un viaggio in Turchia organizzato dalla Fondazione Nazim Hikmet, dal pubblico di una conferenza chiedono a Joyce se al momento della sua fuga con Munevver sapesse dell'esistenza di Vera, lei risponde di sì, che ne era a conoscenza. Questo scambio tra Joyce e alcuni uomini presenti alla conferenza (poeti anch'essi?) sulla questione 'donne di Hikmet' è ripreso in un filmato contenuto nel documentario di

Marcella Piccinini. Joyce dice: «Sapevo di Vera e anche di altre donne. Ma dico, dopo diciassette anni di carcere, quest'uomo doveva chiudersi in un eremo? Ha avuto delle amiche affettuose. Sarebbe successo anche a una donna, nella stessa situazione. Vera ha contato poco perché non ha partecipato alla vicenda politica o alla passione per la poesia, se ha dato conforto saranno fatti loro. Ma è Munevver che è stata la grande compagna di una vita, proprio per la condivisione di politica e poesia». Dal pubblico insistono, le domandano: «Quindi un uomo deve scegliere come compagna un'artista, una politica?». E Joyce si scoccia. «Non ci sono regole burocratiche nelle scelte sentimentali!», dice. «Sono stata amica di entrambi e se qualcosa tra loro non ha funzionato, a un certo punto, non mi riguarda: pazienza, capita! Ma è materia di pettegolezzi, io ho stima di entrambi, questo non toglie nulla all'ammirazione e al rispetto che ho per loro e per quello che sono stati». E poi, rivolgendosi all'interprete: «Sono dei pettegoli, vogliono la telenovela! Vi diverte solo *Beautiful*!». Risate. Applausi dal pubblico.

Joyce e Nazim si incontrano in giro per il mondo, durante i convegni per la pace a cui entrambi partecipano e continuano le loro traduzioni. Diverse volte Nazim viene in Italia, dove conosce Emilio a casa di Joyce, e gira per Roma con la sua traduttrice, visitando sezioni di partiti e quartieri popolari. Non gli interessano monumenti e musei e ancor meno i salotti letterari o gli ambienti culturali: racconta Joyce che una sera, a cena con Monica Vitti e Michelangelo Antonioni, polemizzò con il regista, a cui imputava di essere interessato solo ai problemi borghesi di ricchi borghesi annoiati che avevano già risolto tutti i loro problemi pratici, mentre di sé rivendicava il fatto di cantare chi aveva fame; così gli recitò la sua poesia *Lo stomaco sacro*, scritta nel '29 prima di entrare in prigione:

O tu
        tu sei tutto
                sei tutto FAME!

Sono gli anni della guerra fredda e Joyce, dai suoi giri per convegni a parlar di fine della guerra e disarmo, dai suoi incontri con gli esponenti delle lotte di liberazione in giro per il mondo, ricava l'idea che la resistenza non è finita, perché non sono finite le guerre nel mondo. «Durante questa attività avevo girato parecchio e conosciuto rivoluzionari di tutti i continenti, rendendomi conto che la guerra partigiana che avevo combattuto era stata solo l'inizio di una lunghissima serie di guerre partigiane altrettanto legittime e necessarie, dato che il nazifascismo era stato solo parzialmente abbattuto e rispuntava dalle sue radici: lo sfruttamento sostenuto dalle armi, il colonialismo, il razzismo».

L'attività è quella insieme al Movimento per la pace. E la convinzione di dover andare alla radice del problema – riassumibile proprio nei tre capisaldi armi, colonialismo e razzismo – ristudiando la storia a partire dalle grandi società schiavistiche e dalla loro organizzazione militare e religiosa e affiancando allo studio una pratica sul campo fatta di viaggi, organizzazione di solidarietà e sensibilizzazione, diffusione della conoscenza e della cultura di quei popoli, caratterizzerà quel decennio della sua vita.

Nel suo recente libro *La resistenza continua* Vincenzo Russo, professore di letteratura portoghese all'università di Milano, ricostruisce minuziosamente il lavoro di supporto alle lotte di liberazione dal colonialismo portoghese svolto in Italia in particolare da due importanti figure intellettuali: Joyce Lussu e Giovanni Pirelli. Entrambi ex partigiani, entrambi socialisti «eterodossi» (secondo la definizione di Russo), entrambi poliglotti (Pirelli è il traduttore di Frantz Fanon), entrambi militanti nel movimento pacifista del Consiglio mondiale per la pace fondato nel 1950 dal fisico francese Frédéric Joliot-Curie – genero di Marie Curie, tra gli scienziati firmatari del Manifesto Russell-Einstein –, Joyce e Pirelli sono uniti da amicizia e comune militanza. Militanza che si concretizza in partecipazione alla galassia di movimenti che nascono in tutta Italia tra gli anni Sessanta e Settanta attorno al terzomondismo in una «geografia della conoscenza e della solidarietà» alla lotta armata di liberazione attiva sui fronti di Angola, Guinea-Bissau e Mozambico.

È il periodo della guerra d'Algeria, della critica all'imperialismo americano e alla partecipazione degli Stati Uniti alla guerra del Vietnam, della lotta contro lo Estado Novo fascista di Salazar in Portogallo. Da Milano a Bologna, da Reggio Emilia a Roma, dalle università ai partiti (Pci, Psi, Psiup), si incrociano movimenti e istanze, tradizioni e nuove elaborazioni, marxismo e solidarismo.

Lo studio di Vincenzo Russo verte sulla ricostruzione del ruolo che ebbe la solidarietà di tipo culturale, accanto a quelle di altro tipo così come definite da Amílcar Cabral (finanziaria, militare, logistica, ospedaliera), e che si esplicò nella diffusione di traduzioni italiane di testi letterari e saggistica, di manifesti di propaganda politica, di collane di studi che divulgano la storia di territori e popolazioni. In tutto questo, Joyce ha una posizione centrale.

Venuta a conoscenza, per caso – tramite una signora sarda che ha sentito parlare di questo grande poeta africano rinchiuso nelle carceri portoghesi e le dice che «sarebbe il caso di organizzare un'evasione come quella di Munevver» –, della storia di Agostinho Neto, subito si attiva per raggiungerlo a Lisbona. È il 1961. Joyce, che conosce il portoghese per aver fatto i suoi studi in filologia e letteratura portoghese nella capitale lusitana all'epoca del suo soggiorno lì con Emilio durante la guerra, sente subito un morso di nostalgia per la bella capitale e comincia a darsi da fare. Ottiene da Alberto Mondadori e Vittorio Sereni un contratto di traduzione per le poesie di Neto e, con quello e una lettera firmata dalla comunità internazionale degli scrittori, parte alla volta del Portogallo. In attesa del permesso di incontrare Neto in carcere, a Lisbona prende contatto con l'ambiente letterario, caratterizzato da un forte antifascismo: «tutti antifascisti, che per lo più erano usciti di prigione o stavano per entrarvi: in uno Stato fascista, ogni espressione di cultura non può non apparire un attentato alla sicurezza del regime». Incontra il poeta Alexandre O'Neill, di cui la colpisce «la dispettosa vena satirica, la aggressiva malinconia di alcuni suoi componimenti», e dichiara che O'Neill è la sua chiave per entrare nella realtà portoghese, come già Hikmet lo era stato per la realtà turca.

Però Joyce è «in Portogallo per cercare l'Angola», quindi va a incontrare il capo della Pide, la polizia politica del regime portoghese, un organismo assai duro nei confronti dei patrioti neri che lavorano alla liberazione delle colonie. Non è un colloquio amichevole, quindi a Joyce non rimane che contattare la moglie di Neto e cercare una via di comunicazione attraverso di lei. La signora Maria Eugénia le affida alcune poesie inedite e impara a memoria le domande che Joyce ha da porre al poeta.

È tornata in Italia da due settimane quando riceve la notizia che il colonnello de Oliveira Matos col quale ha parlato nel tetro palazzo della Pide è stato dimissionato e a Neto sono stati concessi i domiciliari grazie a pressioni dell'opinione pubblica internazionale tra cui una petizione firmata da Sartre, Aragon, Mauriac e altri. Joyce torna di corsa a Lisbona e va a trovarlo in questa abitazione fatiscente in cui vive con la famiglia all'Alfama, «l'edificio era del Seicento, con una facciata assai pregevole se pure deteriorata dall'incuria e dalle intemperie: i turisti si fermavano a guardarla con ammirazione. Ma anche l'interno era del Seicento e, a quanto pareva, le generazioni di padroni di casa che si erano succedute non vi avevano mai fatto alcuna riparazione». L'incontro col poeta, in questo caso, non è immediato come quello con Hikmet, a Joyce ci vuole un po' di tempo per vincere la diffidenza e capire le sue reazioni: «Era la prima volta che avevo un colloquio così approfondito con un rivoluzionario africano». Ma c'è la poesia a metterli in comunicazione e, di nuovo, il lavoro di traduzione fianco a fianco.

Joyce cerca anche sponde istituzionali. Con l'ambasciatore italiano Grillo e sua moglie brasiliana antifascista, organizza una cena con stampa e diplomatici. Questo ricevimento provoca un caso diplomatico, facendo arrivare le proteste portoghesi fino alla Commissione esteri del Senato, che però era a quell'epoca presieduta da Emilio Lussu, il quale appoggiato dalle sinistre dichiarò che un ambasciatore aveva diritto di tenere rapporti anche con l'opposizione di un paese fascista, per avere il quadro completo. Si risolse con l'allontanamento dell'ambasciatore Grillo, destinato ad altra sede.

Tornata a Roma, Joyce continua il lavoro di curatela per le poesie di Neto ma cerca anche di organizzare una rete di solidarietà. Come testimoniato da Mario Albano, fondatore insieme a lei nel '66 dell'Armal (Associazione per i rapporti con i movimenti africani di liberazione) e in seguito rappresentante dell'Angola all'Unesco, il contributo di Joyce ai fenomeni di decolonizzazione dei paesi ex portoghesi è più importante di quanto si pensi. Secondo Albano, la grande dote di Joyce è stata anche quella di saper individuare, nella situazione complessa e confusa dei diversi movimenti e partiti, chi fosse un interlocutore autorevole e affidabile. Scrive in *Joyce Lussu e le lotte di liberazione nazionale* (contributo incluso negli atti del convegno *Joyce Lussu. Una donna nella storia*): «Joyce Lussu seppe muoversi in quel difficile frangente, con una naturalezza decisa che le consentì di optare per scelte rivelatesi poi assolutamente esatte. Riuscì in questa operazione con un metodo assai semplice: si recò di persona nelle zone di guerriglia, conobbe non solo i leaders delle lotte, ma le popolazioni delle 'zone liberate', si confrontò con i nessi politico-economici, con il portato antropologico-culturale, con i mille risvolti strategici implicati da quelle opposizioni appena nate».

Dopo il putiferio della cena dall'ambasciatore e anche per via dell'attività di Joyce che non perde occasione per raccontare al mondo la situazione in cui si trova Neto, quando tenta di rientrare in Portogallo viene fermata insieme alla sua amica Leda (che è la moglie del conte Giulini, mecenate dell'operazione Munevver, nonché amico e ammiratore di Neto già dagli anni Cinquanta, quando lo aveva incontrato una prima volta in Cecoslovacchia). Leda passa i controlli e può raggiungere

Rabat, dove ha sede la Conferenza delle organizzazioni nazionali delle colonie portoghesi che riunisce i movimenti di liberazione di Angola, Mozambico, Guinea-Capo Verde, isole São-Tomé e Príncipe, Joyce invece viene espulsa e imbarcata sul primo aereo per Parigi. In *Portrait* Joyce scrive che l'espulsione dal Portogallo è avvenuta mentre cercava con altri di organizzare «l'evasione di Neto e il suo ritorno in Africa».

Negli anni sono circolate voci riguardo a un coinvolgimento diretto del gruppo italiano composto da Joyce, Leda e Enrico Giulini, Giovanni Pirelli e altri, nella fuga da Lisbona di Neto e famiglia nel luglio del '62, ma le versioni ufficiali, confermate da Maria Eugénia e da Jaime Serra che partecipò personalmente alla fuga del futuro presidente dell'Angola e di Vasco Cabral, confermano che fu opera del Partito comunista portoghese. Come rileva Mariamargherita Scotti nel suo libro *Vita di Giovanni Pirelli*, però, «È possibile dunque ipotizzare che esistessero più piani di fuga, e che uno di essi avesse base in Italia e coinvolgesse anche Pirelli. Oppure, gli italiani potrebbero aver fornito, grazie alla presenza di Joyce Lussu in Portogallo, una qualche forma di sostegno – economico o logistico – ai comunisti portoghesi, esecutori materiali dell'evasione».

Dopo l'evasione, Joyce va a cercarlo in Marocco, a Rabat, dove conosce Amílcar Cabral e Marcelino dos Santos, e altri dirigenti del Paigc (Partito africano per l'indipendenza della Guinea e di Capo Verde), del Fronte di liberazione del Mozambico, dell'Mpla (Movimento popolare di liberazione dell'Angola). Ma Neto è già partito e Joyce, accompagnata da Leda, lo raggiunge in Congo. Anche in Congo la vita di Neto è in pericolo per le crescenti tensioni tra i vari gruppi e quindi da lì passa nella parte nord dell'Angola dove si unisce alla guerriglia.

«Iniziarono da lì le mie peregrinazioni per l'Africa, che allargarono di molto i miei orizzonti culturali», racconta Joyce. «La poesia era sempre un'ottima chiave per socchiudere un uscio sulla realtà. Il mio punto di riferimento erano i movimenti di liberazione, il che mi conduceva, con le lunghe marce nelle fila dei guerriglieri, nel cuore della lotta armata e della ricostruzione della società nei territori liberati».

Di Neto osservato muoversi nel suo paese, Joyce nota le stesse cose che già aveva rilevato in Emilio in Sardegna: la familiarità, l'adesione alla realtà popolare, l'essere uno di loro. Ma anche lei, sempre grazie ai versi che le sono noti e in cui è penetrata a fondo grazie alle traduzioni col metodo e le premesse che abbiamo visto, si sente in territorio noto. «Tra i partigiani angolani mi sentivo in famiglia, discutevo con congolesi di varie tendenze, e in quel luogo lontano parteggiavo e mi collocavo con altrettanta convinzione come nel mio paese».

Tra un viaggio e l'altro dall'Italia, dove continua a organizzare sostegno in termini di innumerevoli iniziative (Albano: «in certo modo perseguitò le direzioni dei partiti politici della sinistra finché non ottenne risultati concreti, impegni effettivi») e contatti con organizzazioni internazionali, e solidarietà concreta in forma di corsi di tipografia, corsi per operatori radio, corsi sanitari e supporto logistico di vario genere per gli angolani, Joyce riesce a far pubblicare vari libri, tra cui una *Storia dell'Angola* e manuali di alfabetizzazione. E non smette di tradurre poeti africani, come il mozambicano José Craveirinha e Marcelino dos Santos. Ognuno di questi poeti viene presentato da Joyce partendo dalla storia del paese e dalle condizioni sul campo, dal contesto sociale e dalle singole biografie spesso incentrate su rivolta e lotta: le descrizioni dei suoi viaggi in Mozambico e in Guinea, le città, le strade, le marce con i guerriglieri e Cabral sono rese in pagine molto belle e costituiscono una testimonianza preziosa del momento storico. In particolare, sono emozionanti le sue impressioni sulla nascita di queste nuove società, libere, che si instaurano in paesi tutti da ricostruire. Sono l'attimo in cui si realizza l'utopia, questo concetto così caro a Joyce: per lei non un sogno irrealizzabile, ma una progettazione concreta. L'utopia non è, come dicono i vocabolari, «un ideale etico-politico destinato a non realizzarsi sul piano istituzionale», non è un miraggio e non è una fuga dalla realtà, ma per lei è proprio ciò che, realmente, potrebbe essere fatto.

«È una proposta di un possibile che c'è virtualmente, che ancora non è posto nella concretezza della vita, nell'organizzazione della società, ma potrebbe esserci». Lei, possiamo dirlo, almeno in due momenti l'ha toccato con mano, questo possibile: dopo la vittoria sul nazifascismo e durante la liberazione dei paesi dal colonialismo.

Descrive allora le riunioni politiche, a cui partecipa tutto il villaggio e in cui si discute su come riorganizzare i fondamenti della società (scuole, servizi, amministrazione), descrive i momenti di riposo e convivialità, descrive le marce nella foresta a cui partecipa con grande naturalezza e resistenza (ci sono foto formidabili di Joyce quasi sessantenne, con occhiali da sole, al seguito di guerriglieri provati dalla fatica sotto il peso di mitra e bandoliere). Questi momenti straordinari danno luogo anche alla nascita dell'epica che Joyce può osservare in diretta, la sera. Non si tratta di indagini folkloristiche sui canti tradizionali, a Joyce interessa il canto partigiano che nasce e dà luogo a una nuova epopea popolare, a parole nuove per descrivere situazioni nuove, che elenca: *partido*, *liberdadi*, *resistença*, *progreso*, *colonialista*, *oportunista*, *pobo* (popolo), *grilha* (partigiano), *bati bala* (sparare), *jato* (bombardiere), *bumba*, *mina*, *tanki blindado*, *vitoria*.

Racconta che una sera, arrivati in un villaggio bombardato, si sedettero su dei mattoni e i soldati cominciarono a cantare, dapprima a bocca chiusa, senza parole, e poi recitando:

Ti abbiamo mandato a dire di andartene
ahi portoghese
ti abbiamo mandato a dire di andartene
Ma tu non hai voluto ascoltare
ahi portoghese
tu non hai voluto ascoltare
Soltanto il fuoco ti farà partire
ahi portoghese
soltanto il fuoco del fucile
soltanto il dito sul grilletto

Leggo questo canto e risento la voce profonda e solenne di Joyce, nella sua cucina di San Tommaso, tanti anni dopo, che con tutte le pause e la giusta musicalità, mentre noi si ascolta trattenendo il fiato, recita dei versi di Neto e davvero la poesia vibra come un tamburo:

E tra l'angoscia e l'allegria
una trebbia immensa dal Niger al Capo
marimbe e braccia tamburi e braccia canzoni e braccia
accordano il canto inaugurale dell'Africa!

Dopo l'Africa, riprende il lavoro in Europa. Bertrand Russell, filosofo e matematico, premio Nobel per la letteratura, le ha affidato l'incarico di fondare la sezione italiana del Tribunale Russell, un organismo etico (non giudiziario come farebbe pensare il nome) che ha fondato con Sartre. Ne fanno parte, a livello internazionale, tra gli altri, Simone de Beauvoir, James Baldwin, Lázaro Cárdenas, Peter Weiss, Lelio Basso che lavora insieme a Joyce. Il compito di Joyce è, di nuovo, di animatrice-aggregatrice: ne sono testimonianza corposi carteggi, conservati alla Fondazione Basso di Roma e all'Istituto Parri di Milano, tra Joyce e numerose personalità della cultura italiana e varie associazioni di tutta Italia per adesioni e appoggio. In particolare, a Milano è conservata la sua corrispondenza con Norberto Bobbio che, su proposta di Joyce, diventerà responsabile della sezione italiana nel '66 di questo organismo che nasce con lo scopo di indagare sui crimini di guerra commessi dall'esercito degli Stati Uniti in Vietnam.

Prosegue anche la sua attività di traduttrice. In casa dell'amica e scrittrice Maria Giacobbe a Copenaghen, sarda che ha sposato il poeta danese Uffe Harder, scopre la poesia eschimese e ne resta affascinata. È una parentesi dalla poesia impegnata, un modo per ampliare ulteriormente la sua ricerca di poesie ignorate o trascurate dalle accademie, «poeti grandissimi di piccoli popoli repressi e di lingue poco scritte come l'eschimese o il curdo o il creolo della Guinea-Capo Verde» che lei potrebbe far conoscere in Italia. Uno degli esempi forse più significativi e specifici del lavoro di traduzione e trasmissione di lingue e culture altre fatto da Joyce riguarda proprio la poeticità di un popolo e di una terra lontanissimi dall'Italia (ma non da Joyce, evidentemente) come quelli eschimesi. Ai *Canti esquimesi* dedica una pubblicazione (Edizioni Avanti!, 1963) e interessanti osservazioni anche linguistiche: «La lingua eschimese, di origine mongolica, è polisintetica: non è composta da parole ordinate cronologicamente, ma da grandi conglomerati nei quali i concetti si sovrappongono e si fondono in modi del tutto estranei alla logica grammaticale e sintattica cui siamo abituati. [...] Tradurre dall'eschimese in una lingua europea vuol dire sciogliere grovigli di nodi semantici, ridare autonomia a mucchi di parole rigidamente agglutinate per le radici, introdurre nessi temporali e gerarchie sintattiche estranei all'originale». Bella prova per la traduttrice e per la studiosa di lingue. Traduce anche le poesie del suo amico Harder, continua ad andare – quando può – in Polonia, da Munevver, per portare avanti le traduzioni di Hikmet insieme a lei e traduce quindi anche il poeta polacco Jozef Ozga-Michalski, poeta contadino e bucolico, e da lì passa ad altri poeti di paesi socialisti.

Va in Albania, terra dei suoi avi (un lontano antenato dei Salvadori, appartenente al clan Scanderbeg, Giorgio, era approdato a Fermo «verso il '470», aveva comperato una grande quantità di terra e aveva commissionato a Carlo Crivelli un suo ritratto: questa del polittico del Crivelli è una storia centrale – e cruciale – nei rapporti tra i Salvadori e la curia di Porto San Giorgio, tra vendite, dispute, alienazioni e poi scomposizione e partenza delle varie tavole in giro per il mondo, da Londra a Washington, a Tulsa, a Cracovia).

Comunque, con in mente i ricordi di famiglia, Joyce parte alla volta dell'Albania: «Traversai l'Adriatico nella stiva di un barcone jugoslavo fatiscente chiamato *Sveti Stephen* che faceva servizio tra Bari e Bar, arrivai alla frontiera albanese su un traballante autobus dei primi anni Trenta, traversai a piedi la frontiera, al di là della quale un altro traballante autobus della stessa epoca mi trasportò a Tirana».

I partigiani albanesi la accolgono con grandi feste e le fanno conoscere poeti «forti e gentili» che lei traduce subito: si tratta di poesia rapsodica e canta di amore, lutti, nascite. Pubblicherà poi la raccolta *Tre poeti dell'Albania di oggi. Migjeni, Siliqi, Kadaré* oltre ai componimenti di altri poeti presentati in *Tradurre poesia*.

Ma in Albania Joyce scopre anche altro, qualcosa che approfondirà negli anni successivi: le Zane, mitologiche figure femminili che richiamano le sibille e le diane.

Nei poemi di Hikmet che continua a tradurre con Munevver, Joyce trova spesso riferimenti al popolo curdo e ritorna col pensiero a quando lui le parlava con rispetto e simpatia di quel popolo sempre sopraffatto dai turchi e al quale Ataturk aveva promesso diritti e autonomia in cambio di aiuto per vincere la guerra d'indipendenza ma che poi aveva tradito e represso sanguinosamente. «Nazim Hikmet mi aveva lasciato una specie di eredità morale. Mi aveva parlato spesso dei curdi e del Curdistan. Io ne sapevo assai poco, e non facevo molta attenzione a quello che mi raccontava».

Hikmet le aveva parlato della poesia curda come di una poesia originale e molto antica con grande presenza di poetesse in quanto le donne curde sono sempre state emancipate. Joyce comincia la sua ricerca, ma trova subito indifferenza o ignoranza. La questione curda è pericolosa perché mina equilibri delicati ma lei continua a leggere della guerra che c'è nel Nord dell'Iraq e di un audace capo partigiano, Mustafa Barzani, soprannominato il Mullah Rosso. Contatta un professore curdo della Sorbona che la introduce alla storia e alla letteratura curda, poi decide di andare sul posto.

Si fa inviare da un rotocalco, un settimanale e una rivista che le coprono le spese di viaggio per Bagdad, ma prima fa tappa a Beirut per incontrare un frate domenicano francese con cui è in corrispondenza da tempo e che è un noto curdologo.

Seguire nel dettaglio le peripezie di questi viaggi, quando Joyce le racconta (e non le racconta tutte), è straordinario. Significa entrare nelle stanze piene di cultura di personaggi che solo lei sa scovare – un frate domenicano francese a Beirut? No, questo non me lo aspettavo, non me lo ricordavo, sembra un personaggio minorissimo in tutta questa storia, che compare per qualche riga, e invece lui da solo potrebbe già costituire un racconto! Aggirarsi per anticamere di ambasciate chiedendo «Come faccio a ottenere un salvacondotto? Mi chiami un taxi per il ministero, grazie! Mi chiami il ministro! Sono una poetessa!» (Joyce lo fa davvero, eh, ridendosela e ottenendo quello che vuole, mentre fa la spola tra Interni e Esteri); mettere in difficoltà generali, sventolare riviste di poesia sotto il naso di funzionari, organizzare complicati trasferimenti per duecento chilometri, verso Sulaymaniyya, andando incontro a colonne di mezzi carichi di soldati iracheni.

Le riesce. Parte, salvacondotto su carta velina che le permette di circolare per tutto il Nord dell'Iraq alla mano. Dal deserto, in quel viaggio punteggiato da posti di blocco militarizzati, passa a verdi colline, dall'Arabistan al Curdistan. Coglie dei narcisi insieme a due peshmerga che scorge dalla macchina: sono due soldati di Jalal Talabani in avanscoperta arrivati lì per preparare l'incontro tra Talabani e il governatore iracheno in ordine a una visita tra il ministro dell'Interno e Barzani.

Quella stessa sera, Joyce incontra Talabani in una sala piena di peshmerga armati di tutto punto: «Mi sentii, in mezzo a loro, come se li conoscessi da vent'anni, e con Talabani parlammo subito di tutto, come vecchi amici».

Sebbene le spieghino che il viaggio per Sangasar, il quartier generale di Barzani, è molto difficoltoso perché la strada a un certo punto finisce e ci sono solo piste, Joyce decide di andare comunque. Partono prima dell'alba, lei e due uomini, Aziz e Baran, che parlano solo curdo ma con i quali Joyce dichiara di intendersi alla perfezione, a gesti, esclamazioni e indicazioni. Devono discutere come proseguire, dopo che la Land Rover si è impantanata. Aziz si procura un trattore, poi pure quello si impantana. Trovano un bulldozer. Poi la strada migliora e trovano un camion. A sera, proseguono a piedi costeggiando villaggi distrutti dai bombardamenti. Joyce, con gli scarponi che a ogni passo sollevano chili di fango, decide di proseguire scalza fino a Ranya. Lì trovano una jeep e arrivano finalmente da Barzani. L'incontro tra la signora senza scarpe e il capo curdo nel suo prestigioso costume col turbante è bizzarro per entrambi: «mi feci l'idea che Barzani non approvasse molto le donne emancipate, che arrivano scalze a notte fonda in un comando militare».

Dopo due giorni di colloqui, e una squisita accoglienza, Joyce riparte con qualche dubbio: con Barzani non è scattata l'intesa su questioni politiche e storiche che ha trovato altrove. Il giudizio di Joyce è che nella lotta di Barzani mancano «degli elementi costruttivi in senso moderno», le appaiono fondate le critiche del partito democratico curdo nei suoi confronti. Torna quindi da Talabani, con il quale gira per qualche giorno, a piedi o con carri tirati da trattori, per villaggi e campagne, dove c'è da controllare l'organizzazione del partito e dell'esercito. Joyce assiste a varie assemblee e incontri tra partigiani, alle discussioni nei villaggi sulla divisione delle terre. Passa giorni molto belli, ma è lì anche per la poesia. E studia, ricerca, ascolta. «La poesia era dappertutto, nella tensione morale di un popolo che si batteva, con molta convinzione ma senza fanatismo, per la sua affermazione civile; nella lingua espressione principale della sua unità, nell'antica tradizione rapsodica vivificata da contenuti attuali». Ammira la lingua: «Parlare curdo voleva dire rivendicare il diritto di essere uomini, difendere una cultura costruita per secoli con intelligenza e fatica, salvare la terra in cui erano nati dalla rapina; insegnare il curdo ai bambini voleva dire esporli ai rischi e alle violenze, formarli alla fierezza e alla ribellione».

Il rapporto tra Joyce e la traduzione, tra Joyce e le lingue (ci metto anche il sardo), tra Joyce e la poesia, non smette di stupirci. È un prisma di suggestioni, spinte, di nuovo azione, scelte, intrecci. Intrecci tra vita, conoscenza, voci, libertà. Nelle sue traduzioni, le vite degli altri si intrecciano alla sua e marciano, per un pezzetto, insieme. «Di un autore ho sempre voluto sapere tutto: come ha vissuto, qual era il suo rapporto col denaro, come s'è comportato con le donne, il suo comportamento in generale».

Un bell'insegnamento sulle scelte autoriali, etiche, di progettualità e consonanza (in una parola, infine: politiche) da compiere nel lavoro intellettuale.

Certo, non tutti hanno la possibilità di prendere e partire, andando alla ricerca diretta di testi e storie, però è un modo. Alternativo, efficace, vivo. È un modo e Joyce ce lo ha mostrato. La traduzione ha anche implicazioni, diciamo, "diplomatiche", e pazienza se l'ambasciatore viene trasferito.

La traduzione, come la poesia, è sovversiva. Le scelte non sono mai neutre.

Nel 1968, traduce *L'idea degli antenati. Poesia del Black Power*, per Lerici. Traduce anche Ho Chi Minh, passando dal francese di Phan Nhuan, avvocato vietnamita, garanzia di avvicinamento a una lingua così diversa nel proporre «l'umanità eccezionalmente ricca e matura del grande rivoluzionario, sempre dialettica nella sua coerenza: utopico e realista, implacabile e generoso, duttile e intransigente, scettico ed entusiasta, capace di adattarsi alle circostanze come di adattare le circostanze a sé e ai suoi fini».

Appartenente a un piccolo popolo di contadini che si è opposto ai più grandi eserciti del mondo, Ho Chi Minh ha dimostrato, ci dice Joyce ammirata, che in una lunga vita di combattente e organizzatore c'è posto per la poesia. «E questo è importante».

11

«Dopo tre giorni, cominciavo già a pensare al viaggio di ritorno, con grande nostalgia per la casa e la famiglia. Senza questo riferimento, anche quelle esaltanti esperienze avrebbero perso lo smalto. La più grande gioia era di raccontarle a Emilio. Forse, come Sinbad il marinaio, cercavo le avventure solo per poterle raccontare. Era ancora un modo di ritrovarmi con Emilio, per parlare da pari a pari, di discutere insieme la vita che ciascuno inventava autonomamente, al di fuori delle grigie ipoteche che la società tentava d'imporre al nostro consorzio».

Nel 1975, agli inizi di marzo, muore Emilio.

Non è ancora esplosa la primavera ma è una bella giornata e Joyce, sola in cucina, guarda dalla finestra i pini di Castel Sant'Angelo che per trent'anni ha guardato insieme a Emilio.

Scrive: «Nel silenzio totale della casa, sentivo la sveglia di cucina battere il tempo con ritmi monotoni e tristi, come gli attitus delle donne sarde. Non più, per te, il tempo... Il tempo, per te, mai più».

Ho pensato tante volte a Emilio e Joyce insieme. Ho letto i loro libri in parallelo, ho guardato le foto che li ritraggono affiancati, ho cercato gli intrecci dell'olivastro e l'innesto, ho chiesto a Joyce.

Poi, una sera di qualche mese fa, ho cercato la voce di Emilio. Adesso in rete si trova tutto, mi ripetevo, troverò anche la voce di Emilio che non ho mai sentito dal vivo.

C'è un filmato in cui parla di Giustizia e Libertà e del suo amico Rosselli. Emilio è un signore distinto, dal viso magnetico, bellissimi lineamenti, giacca scura e camicia bianca senza cravatta, occhiali dalla montatura moderna che incorniciano uno sguardo vivido. Con una penna tra le mani e una gestualità misurata, tra libri, pile di carte, seduto a una scrivania dalla bella lampada da studio, parla con chiarezza scegliendo parole precise ed efficaci. È davvero un uomo bello, autorevole, libero.

Continuo a cercare. Trovo un articolo dell'Istituto De Martino. Esiste la registrazione di un'intervista di Gianni Bosio a un Emilio Lussu quasi ottantenne, risalente all'8 maggio del '69 (l'8 maggio è anche il compleanno di Joyce) effettuata nella casa della famiglia Lussu, piazza Adriana 10, quartiere Prati, Roma. Il tema dell'intervista ruota attorno al mondo dei pastori, sul quale Bosio stava facendo uno studio all'epoca, ma Emilio parla anche dei suoi sardi e quindi di guerra, della brigata Sassari, di storia dei villaggi, di archeologia, della sua infanzia, del suo paese. Ordino al volo la rivista che l'Istituto ha prodotto attorno a questo documento rimasto a lungo inedito: quando arriva ascolto subito il cd accluso con la riproduzione del nastro. Lì c'è, eccome, la voce di Emilio.

«Al mio paese mi rimetto in sesto», dice subito Emilio, che è tornato con Joyce da Armungia da quindici giorni. E comincia a raccontare di nuraghi. In sottofondo si sente la voce di Joyce, in conversazione con qualcuno in un'altra stanza.

Emilio parla di storia.

Dice a Bosio di avere due coscienze, una barbarica e una modernissima; di Rosselli e gli amici di Giustizia e Libertà a Parigi che dicevano che Lussu era fatto per capeggiare una grande rivoluzione contadina; parla di uomini di montagna liberi rispetto a quelli di pianura in quanto in montagna non esiste la grande proprietà, mentre dove c'è feudo ci sono i servi della gleba; parla della Carta de Logu; parla di socialismo e mondo contadino, del suo ruolo nella creazione di uno spirito unitario, di una coscienza morale, così come scritto dal generale Motzo in un libro sulla brigata Sassari, e della nascita del Partito sardo d'azione; di Piero Gobetti che nel suo *La rivoluzione liberale* delinea i due movimenti usciti dalla grande guerra, i due soli movimenti rivoluzionari capaci di cambiare lo Stato: gli operai attorno a Gramsci al Nord e i contadini attorno al Partito sardo d'azione che si irradia anche al Sud; parla dei discorsi che ascoltava la notte nei ricoveri dei soldati, che raccontavano della loro vita, dei loro problemi, racconti poi confluiti in *Un anno sull'Altipiano*; racconta come organizzò, da ufficiale, il ripiegamento dignitoso verso il Tagliamento dopo Caporetto (una manovra militare complicata ma condotta «senza perdere un solo soldato»); di come per questo godesse di stima: per questo e perché certi ordini in guerra non li eseguiva; di come, in vecchiaia, sia arrivato ad avere una coscienza che considera rivoluzionaria; del suo rapporto con l'amico Antonio Gramsci; di socialismo rurale; di linguaggi e gerghi dei ramaioli e degli zingari. Sul gergo e sul linguaggio, si sente qualche attrito con Bosio, che insiste a voler rintracciare una lingua specifica nei pastori, ma interviene anche Joyce e parlano di nuovo di pastori come di uomini liberi che conoscevano le costellazioni e la medicina popolare, delle donne che con esperienza millenaria adoperavano le erbe medicinali e del mondo magico di cui Lussu ha parlato ne *Il cinghiale del diavolo*.

Emilio era molto interessato alla storia della sua gente e del suo territorio. Continuava a studiare e ricercare, imparava e faceva storia (come nel suo celebre *Discorso sul brigantaggio in Sardegna*, tenuto in Senato il 16 dicembre 1953). Dice a Bosio che avrebbe voluto un figlio archeologo (Giovanni è diventato un famoso grafico ma suo figlio Tommaso è un archeologo e vive in Sardegna, quindi il desiderio di Emilio si è realizzato saltando una generazione). Quando tornava in Sardegna, oltre a girare per lavoro politico, faceva gite per conto suo per ragioni di studio, cercando rovine nuragiche, confrontandosi con Giovanni Lilliu, archeologo e paletnologo di fama mondiale che scoprì la reggia nuragica di Barumini. A lui scrive nel '62:

«Come vecchio rappresentante della Sardegna, le debbo un caloroso ringraziamento per questa sua così intelligente e appassionata attività culturale che lei dedica alla nostra Isola. In sostanza, i viventi conoscono meglio se stessi conoscendo delle generazioni lontane che li hanno preceduti in una lunga serie di vicissitudini secolari che ne segnano la prima vita associata» (lettera contenuta negli atti del convegno *Emilio Lussu e la cultura popolare della Sardegna*, tenutosi a Nuoro nell'aprile del 1980: nelle lettere a Lilliu, Emilio parla anche di lingua sarda, accenna ai suoi lavori di ricerca nella biblioteca del Senato, scrive delle sue letture, dei suoi spostamenti che sono sempre più condizionati dalla salute e dall'età che avanza, aspetta Joyce che nel '58 è all'estero da qualche parte, traccia i suoi spostamenti tra Cagliari, Roma, Fiuggi, il Trentino).

Mario Rigoni Stern, nella sua introduzione a *Un anno sull'Altipiano*, scrive: «Re pastore, nobile cacciatore, domatore di cavalli, uomo politico in prima linea nei momenti più importanti della storia d'Italia di questo secolo, narratore semplice come un classico antico, ma per me *capitano*».

E Joyce lascia un ritratto di Emilio anziano, bello ed emozionante:

A Armungia, sopra il piccolo orto di casa Lussu, c'è un pendio erboso-roccioso, e sul pendio diciassette querce. Emilio ci andava volentieri, soprattutto nelle giornate di settembre, quando la terra sarda è ancora riarsa dal calore estivo, e si sedeva tra le radici della quercia più grande, all'ombra. Di fronte, c'è il nuraghe sul punto più alto del villaggio, sopra il vecchio municipio.

Quando guardava immobile l'aspro paesaggio e le povere case, alzando il viso dall'ossatura forte e dall'alta fronte, inciso attorno alla bocca da dure rughe quasi diritte, la sua espressione aveva qualcosa d'indomito e di perenne, come se il tempo non lo scalfisse: sembrava l'uomo della quercia e del nuraghe. Ma poi sorrideva, con dolcezza e ironia molto moderne, e parlava in quel suo italiano attento e corretto, che sembrava qualche volta una traduzione dal sardo, e del sardo aveva le cadenze e le consonanti; e raccontava qualcosa del lungo arco di storia che aveva vissuto, dall'archibugio del nonno ai missili transcontinentali, attraverso guerre e rivoluzioni.

Non più il tempo per il re pastore, per *su capitano*, per l'uomo della quercia e del nuraghe, dei pascoli e delle trincee.

«Non più per te il tempo... Il tempo, per te, mai più».

Joyce chiude la casa di Roma e si trasferisce nelle Marche.

12

C'è un aspetto importante nel rapporto Joyce/Emilio che finisce spesso in secondo piano, superato da altre direttrici importantissime del loro percorso comune, ma che a me sembra importantissimo per comprendere toni, dettagli, fondamenta del loro essere e della loro scrittura. È l'ironia. Per Emilio assolutamente sardonica, tagliente, asciutta, definitiva; per Joyce l'understatement inglese di famiglia, la marchigianità dissacratoria, il gusto per la risata e la leggerezza (di lei si ricordano spesso scenate e spigolosità, il caratteraccio, la provocazione che attacca e ferisce, ma era una donna che rideva spesso, di gusto, ed era generosa e insieme agli altri si divertiva molto).

I punti di contatto tra l'ironia sarda e quella inglese, Joyce li rintraccia proprio nella lingua: spiega che la lingua sarda restringe, addensa. A differenza del resto degli italiani, i sardi non sono teatrali, dice, non gonfiano le parole. «È come l'inglese, non si pensa mai alla lingua inglese senza quel tanto di ironia che può alle volte piegarsi fino allo humour nero».

Le osservazioni di Joyce sull'ironia, da me sollecitate con domande sui contadini marchigiani, sono preziose: «L'ironia ti arriva da una sicurezza di te e da una padronanza della realtà e del linguaggio: è questo che ti consente di essere ironico. Una persona spaventata o servile non potrà mai esserlo. I sardi, invece, posseggono la loro libertà, possono permettersi di prendere in giro continuamente se stessi. C'è ironia nelle minime cose quotidiane, da loro». Ironia, dunque, come segno sottile ma profondo di libertà, taglio preciso, secco. Un lasciapassare per poter dire che il re, insieme ai preti e ai generali, è nudo.

La conoscenza profonda del mondo contadino, la familiarità che entrambi hanno con la dimensione rurale e storica di quell'universo, pur derivati da diversa provenienza (per Joyce da parte di aristocratici *rentiers*, 'padroni', Emilio da medi proprietari di pascoli non molto fruttuosi), sono l'altro grande collante della formidabile coppia. «Ho conosciuto Emilio in una grande città, e abbiamo vissuto quasi sempre in una grande città. Eppure, credo che ciò che ci ha unito più profondamente nei gusti e anche nell'utopia è stata la nostra provenienza comune da una civiltà delle campagne, anche se prodotta da storie così diverse come quelle del mondo agropastorale sardo e della tradizione mezzadrile dell'Italia centrale».

Ecco, le Marche, la campagna giardino modellata dal lavoro mezzadrile, con la casa di famiglia divisa ora in tre: a destra Gladys, a sinistra Max, al centro Joyce (vista dallo 'strocchio' – una costruzione indipendente chiusa da mura con al centro un cortile di pietra e vetrate luminose, in cui ospita familiari e amici d'estate –, sembra riprodurre la disposizione dei tre fratelli Salvadori in alcune foto che li ritraggono da piccoli).

Max vive negli Stati Uniti da dopo la guerra, insegna Storia e Politica allo Smith College a Northamtpon, in Massachusetts, dal '47 al '73, e prima ancora è stato professore al Bennington College nel Vermont. Lavora per l'Unesco, torna raramente in Italia, dove lo ricordano (e leggono) con affetto e ammirazione: a Porto San Giorgio ha conservato ottimi rapporti con gli amici della Società operaia di mutuo soccorso. Gladys è stata sempre nelle Marche dove, dopo essersi occupata dei genitori anziani, si è dedicata all'opera di cura e riordino del vasto patrimonio archivistico e documentario della famiglia Salvadori.

Joyce si stabilisce nella sua porzione di casa, la arreda con grande gusto e con un tocco davvero 'anglo-marchigiano': i soffitti affrescati dell'ultimo piano, le antiche librerie di ciliegio a vetri, il grande tavolo del salone, le camere da letto essenziali e confortevoli, i libri, i vasi con i fiori freschi, le consolle, i mobili antichi, il caminetto con gli alari, i mazzi di lunarie in vecchie brocche dialogano con grazia con i poster di lotta e di pace alle pareti, le ceramiche di Castelli nelle vetrine, la grande sedia a dondolo, le poltrone di giunco, i tavolini bassi da caffè, la stufa, i gioghi e le pentole di rame appesi alle pareti di sotto, le mappe di Marche e Sardegna vicine, i pavimenti di cotto e i tappeti sardi intrecciati al telaio. E poi c'è la veranda, bellissima, che chiude l'antica scala esterna tipica della casa marchigiana, e da cui si vede il giardino, la macchia di bambù, la strada che porta verso i campi. Ovunque, seggioline da focolare e poltrone per tutti. Sul tavolo di cucina, o vicino alla porta, ceste e cassette con ortaggi e frutti appena colti, a seconda della stagione.

Casa di Joyce è sempre piena di amici, di editori, di Angela (che è la signora che la aiutava a gestire cucina e giardino): il telefono squilla spesso per portare saluti, inviti, definire dettagli dei viaggi che Joyce continuerà a fare per decenni, girando per scuole, librerie, convegni e incontri di tutti i tipi. Non si sono mai interrotti, quei giri e quei viaggi. Nei paesi attorno a San Tommaso come nel resto d'Italia e nel mondo.

Nella periodizzazione di Joyce per decenni, del periodo '68-'78 scrive: «Dal '68 al '78: va be', il Sessantotto, e poi le varie propaggini femministe. Pubblicazione di diversi libri su guerra, ecologia, poesia, editi da Mazzotta, Mondadori e altri». Libri che servono anche a suscitare dibattiti e discussioni da condursi in scuole di ogni ordine e grado, chiamata da professori che vogliono proporre letture storiche diverse, attuali, vive ai loro ragazzi e ne approfittano per imparare a loro volta un bel po' di cose con taglio nuovo e riflettere su metodi alternativi.

La parola 'altro' è stata sempre fondamentale per Joyce: altro come alternativa possibile al potere costituito e dominante (e dunque altro come utopia possibile), altro come altri mondi da aggiungere al nostro paese e continente, altro che è stato minoritario e sconfitto ma non cancellato e «cammina insieme a noi» (altre forme di società e organizzazione), altro anche come cose impreviste e imprevedibili che capitano nella vita (e che usa nel titolo del suo libro di memorie *Lotte, ricordi e altro*).

Quando arriva nelle Marche, Joyce è dunque una sessantenne che non ha perso nulla della grinta di un tempo: ha attraversato il Sessantotto a contatto con i giovani contestatori che l'hanno chiamata a parlare e confrontarsi con loro (e ha preso, dai celerini, una manganellata in piazza: la prima della sua vita), ha incontrato le giovani donne che preparano la grande liberazione sessuale degli anni Settanta, ha approfondito incessantemente le riflessioni sulla guerra ripercorrendone a fondo origini e dinamiche storiche, ha analizzato le politiche belliche dissimulate dietro i trattati e le proposte di legge, ha studiato le innovazioni tecnologiche di armamenti sempre più micidiali e preoccupanti.

Questi temi confluiscono nella ripresa di una produzione scritta che la vedrà impegnata, in quegli anni, nella pubblicazione di pamphlet per l'editore Mazzotta e di libri di storia locale sulle Marche e sulla Sardegna, raccolte di memorie familiari, studi sulla figura delle sibille.

Negli ultimi decenni, le capiterà di cimentarsi anche in prove di 'genere', scrivendo lo scoppiettante apocrifo sherlockiano *Sherlock Holmes nelle Marche. Anarchici e siluri* (Il lavoro editoriale, 1982), alcuni racconti di fantascienza usciti per l'editore fermano Andrea Livi e anche un racconto di fantasmi, *Camilla*. E ci sarà, soprattutto, la ripresa dei suoi scritti autobiografici, affidati ai suoi amici editori non in cambio di *royalties* ma per sostegno e visione comune, che verranno rimontati e ampliati, ri-raccontati dall'autrice, in modo ogni volta diverso ma sempre con costante coerenza e tenuta robusta.

Joyce non si è mai pensata come una scrittrice, e nemmeno Emilio ha mai messo al centro della sua vita la scrittura, eppure entrambi sono due autori importantissimi. Joyce si è sempre definita una «scrittrice di complemento, non di professione» che lavorava sulla pagina scritta solo per fare in modo che le sue parole arrivassero al maggior numero di persone possibile, Emilio ha scritto libri per avere una fonte di sostentamento durante l'esilio.

Nessuno dei due ha mai frequentato salotti letterari o premi, eppure i loro libri oggi si leggono e circolano molto più di quelli di tanti scrittori mondani e famosi. *Un anno sull'Altipiano* è letto nelle scuole e in tutte le storie della letteratura se ne parla come di uno dei capolavori del nostro patrimonio letterario: amato da generazioni di studenti e studiosi, da decenni si trova ogni inizio estate nella classifica delle vendite. La circolazione dei libri di Joyce ha un andamento più 'clandestino', come capita spesso alle scrittrici, carsico, più underground e indie, di ristampe e riedizioni sostenute da donne, anarchici, editori alternativi, a cui si accompagna un revival dell'autrice, o forse un vero e proprio debutto, con conseguente successo a livello accademico che si manifesta soprattutto con tesi di laurea su di lei in storia contemporanea o storia delle donne, inaugurato dall'importante lavoro di Federica Trenti della quale mi piace riprendere una suggestione a distanza di anni. Trenti, che come Marcella Piccinini ha fatto all'inizio un po' fatica a mettere insieme tutta Joyce e trovare la sua, chiamiamola, 'pista' per raccontarla, a un certo punto ha pensato di mollare: la roba era tanta, non aveva a disposizione archivi e note a margine nei testi (mettere le note, diceva Joyce, era come girare sempre con due notai che certificassero burocraticamente le sue affermazioni) e nemmeno una conoscenza diretta che le permettesse di mettere a fuoco la personalità di Joyce. Piccinini, dopo aver lavorato al suo film per anni intervistando decine di persone, girando la Turchia in pullman per ricreare l'altezza di sguardo della traduttrice di poeti rivoluzionari (su strada, tra polvere suoni odori) e aver studiato a fondo una spigolosa intervista filmata da Marco Bellocchio, ha scelto di raccontarla partendo dalle sue case, intese come San Tommaso e anche come il mondo intero. Di recente, commentando con me una polemica su argomenti di donne, quei *flames* che ogni tanto si accendono attorno al femminismo (questione sempre stimolante, ma assai complessa e piena), mi ha detto: «Ma sai, io dopo Joyce ho già tutto quello che mi serve. Capisci che ti sto dicendo? In Joyce c'è tutto, non ho bisogno di andare a cercare altro».

Trenti, dopo aver considerato come chiave interpretativa del pensiero di Joyce la pace e l'ambiente, ha scelto di raccontarla proprio come protagonista del Novecento. Scrive: «La porta che avevo pensato di chiudere e che invece ho lasciato aperta mi ha permesso di portare a termine la tesi su Joyce: non è un lavoro esaustivo e si presta ad ulteriori approfondimenti, ma oggi la considero il mio tenace contributo alla memoria di una figura che continua a passeggiarmi nella mente, con la fiaccola della Resistenza alta e viva».

Per me è la stessa cosa: leggere Joyce è un percorso da continuare e ripetere anche a distanza di anni. Ripercorrere le sue tracce, rileggere di nuovo la sua storia, è come quando si sale alla Sibilla, magari portandoci degli amici, e guardare da lassù quel magnifico paesaggio, antico, umano, ricco di acqua e vegetazione, solido e composito, mosso da venti gentili e operoso. Sapendo che un tempo, lì attorno, ci sono state per secoli centinaia di comunanze governate pacificamente da donne che hanno prodotto, tramandato e conservato saggezza e conoscenza, modi di vita alternativi e giusti per tutti.

Uno degli aspetti che, in questi anni, mi è sembrato restare un po' indietro in questi avvicinamenti al suo lascito, riguarda proprio la scrittura di Joyce. Certo, non è l'unico caso: si sa come vengono trattate le opere delle donne in questo paese dalla critica, nel canone. Aggiungiamoci l'eccentricità dell'opera di Joyce, l'atipicità della sua formazione (cosmopolita, anticonformista, ricchissima ma rinnegata dall'autrice stessa, come abbiamo visto, soprattutto per quel che riguarda classicismo ed eurocentrismo), la sua scelta di porsi sempre in una zona alternativa a quello che oggi chiameremmo il mainstream, il suo essere tenacemente «selvaggia» (le viene detto della sua modalità di storica che lavora moltissimo negli archivi ma non sente la necessità di mettere le note), la sua ricerca del nuovo secondo la sua sensibilità, ideologia, tensione etica che sono personalissime e spesso di rottura.

A fornirci osservazioni critiche molto interessanti sulla scrittura di Joyce ci ha pensato Gigliola Sulis, italianista all'università di Leeds, che nel suo illuminante studio *Le parole di tutti i giorni. Appunti sulla scrittura di Joyce Lussu*, presentato al convegno di Cagliari del 2001, individua una serie di caratteristiche dell'opera di Joyce Lussu che ne fanno un *corpus* assolutamente originale e unico (e per questo difficile da classificare in qualcosa di già noto e consueto nella nostra storia della letteratura).

Poesie, racconti, memorie, reportage, saggi, pubblicistica varia, traduzioni, interventi orali che vengono trascritti in varie forme e si fanno leggere in assoluta continuità e coerenza con il resto dei suoi scritti... «Il corpus lussiano può essere letto», scrive Sulis «e analizzato come un insieme di testi profondamente coeso, percorso da costanti correnti tematiche che hanno come forte centro di attrazione la figura dell'autrice, con i suoi interessi e le sue idiosincrasie. Da questa si irradiano dei campi di energia e di attività, che hanno poi documentazione e testimonianza nella scrittura: la questione femminile, il diverso approccio alla storia, la ricerca di modelli alternativi di sviluppo, la memoria personale e familiare, l'antifascismo e le lotte di liberazione, l'ecologismo, l'antimilitarismo, la poesia come momento 'naturale' della vita di ognuno».

Energia, attività, scrittura. Temi. Pensiero (e parola) che corrono insieme all'azione, sempre. Non se ne trovano altre, così, in giro. C'è solo Joyce.

Sulis riconosce che per Joyce, una volta rigettata la tradizione letteraria appresa a fondo con lo studio (ricorda Dante mandato a memoria da piccola, poi i grandi autori affrontati a Heidelberg, alla Sorbona e a Lisbona), diventa centrale la lezione sulla lingua appresa da Emilio e da Hikmet. Emilio, con la tradizione popolare e rurale dei pastori sardi che raccontano con chiarezza, semplicità e precisione le loro storie che lui ha ascoltato davanti al fuoco o in trincea con oratoria «non gerarchica» ed essenziale, condivisa dall'intera comunità; Hikmet con la sua lezione sulle parole che devono essere capite da tutti, anche dagli analfabeti, e costituire qualcosa di «utile» e concreto: «utile a tutta l'umanità, utile a una classe, a un popolo, a una sola persona; utile a una causa, utile all'orecchio».

Altro rivoluzionario metodo, in Joyce, è quello del riuso, ulteriore concetto che deriva dalla pratica orale del racconto. «Non è raro», scrive Sulis, «all'interno dell'opera della scrittrice, imbattersi in sequenze testuali che si ripetono con una frequenza e una disinvoltura superiori ai rimandi intra e intertestuali abituali nella letteratura scritta», ma, spiega, «La formularità è invece un criterio-cardine della narrazione orale, cui la Lussu sembra ispirarsi nella costruzione di un *corpus* le cui tessere possono essere riutilizzate e variamente combinate ogniqualvolta si presenti l'occasione, magari con leggeri cambi di accento o minime variazioni linguistiche».

Non ci sono solo le tessere riguardanti gli episodi dell'avventurosa vita di Joyce, che corrono e si incastrano da un testo all'altro definendosi in varie forme, dai saggi al memoir alle poesie. Ci sono anche altri echi, altri personaggi. È interessante, allora, constatare come alcuni episodi, figure, rimandi, tornino da un testo all'altro per dar luogo a libri diversi: la figura dell'avo Salvadori ornitologo di fama mondiale è possibile trovarla in un racconto di sibille, negli anarchici e siluri di Sherlock Holmes, nelle memorie di famiglia.

Quanto alla lingua di Joyce, alle «parole di tutti i giorni», Sulis sottolinea che la ricchezza del patrimonio letterario occidentale, per quanto ripudiato da Joyce, continua comunque ad agire come *humus* sotterraneo nella sua scrittura. Mi piace ricordare, a questo proposito, l'uso delle bestemmie che Joyce fa un paio di volte nei suoi testi. Una sicuramente in *Fronti e frontiere*, che in un'edizione per le scuole venne epurata, un'altra in un racconto di sibille nel contesto di una delle frequenti e interessanti notazioni di Joyce sulla lingua, nello specifico inglese (Joyce ha riflettuto moltissimo sulle lingue, da studiosa di filologia e traduttrice). Mi piace ricordarlo come segno di libertà e creatività, rispetto per il parlato e mancanza totale di ipocrisia: fatto raro nelle lettere italiane, ancor più in testi prodotti da donne.

Non esita a colpire basso, Joyce, non tanto per dare scandalo, quanto per mettere in chiaro che di fronte a un potere assoluto, dogmatico, soprannaturale e a lungo violento nei confronti delle donne, si possono e si devono usare, nel linguaggio, toni altrettanto brutali. Da sempre il turpiloquio contro le femmine è diffuso e giustificato, dice Joyce, con la scusa che la donna sarebbe responsabile del peccato originale (bella invenzione, questo peccato originale: comodo e strumentale!), e allora è lecito chiedersi, come fa lei, con queste esatte parole: «Perché, dal Papa all'ultimo prete, i gestori della divinità dovevano essere forniti di coglioni?».

Questi preti e padreterni con coglioni compaiono in un paio di suoi libri e venivano spesso nominati dalla nostra nelle piazze e nelle sale dei paesi marchigiani (dove non manca mai un rappresentante della Chiesa o qualche suo emissario e referente, siamo pur sempre ex Stato pontificio), ed erano applausi e discussioni vive e accese con relative fughe di sottane talari e scomuniche a vita di gente del pubblico peraltro già sbattezzata o mai stata cattolica.

Altro passaggio fondamentale è quello che riguarda i riferimenti letterari di Joyce. Ha letto moltissimo e liquidato spesso con giudizi tranchant la maggior parte della produzione borghese, noiosa, della tradizione letteraria italiana novecentesca. A un certo punto della sua vita ha sentito il bisogno di aprirsi a studi scientifici che ampliassero la sua visione filosofica, politica, letteraria del mondo: «È proprio questo secondo dopoguerra, accompagnato da un enorme sviluppo – della tecnologia in generale su su fino all'elettronica – che ha mutato tutte le nostre precedenti prospettive di lettura».

E allora, dice, non si possono più usare parametri ottocenteschi per leggere l'economia. Bisogna considerare diversamente l'ambiente, le risorse che non sono infinite, l'energia, i beni comuni. Le interessa molto la scrittura saggistica, tra le sue autrici di riferimento cita proprio donne che hanno scritto saggi: «Per me le grandi scrittrici non hanno scritto narrativa. Prendi Carolyn Merchant o Vandana Shiva: loro due scrivono benissimo. Avendo le idee chiare, hanno uno stile e un linguaggio estremamente limpidi».

La morte della natura di Merchant (1980) e *Monocolture della mente* di Shiva (1993) erano tra i testi più citati da Joyce in tante discussioni: mi piace immaginare una sorta di connessione tra sibille di tutto il mondo fatta di correnti sotterranee. Sviluppo, ambiente, economia, distruzione, donne ed ecologia: Joyce è stata tra le prime a lavorarci.

Altro testo importantissimo, stavolta di archeomitologia, è stato *Il linguaggio della dea* (1989) dell'archeologa e linguista Marija Gimbutas, che attraverso lo studio di migliaia di reperti individua l'esistenza di una società egalitaria, pacifica e matrilineare esistita tra il 7000 e il 3500 a.C. con al centro una figura femminile legata alla terra. Joyce, facendo ricerche sulla sibilla appenninica, aveva trovato tracce e segni di una società comunitaria esistita in tempi remoti. Come spiega in un suo contributo del 1988 per la rivista «Proposte e ricerche» dal titolo *Tra comunità e comunanze all'ombra della Sibilla: divagazioni picene*, testimonianze di una figura e di una cultura di questo tipo si trovano in ciò che sopravvive nel folklore (nelle feste pagane tuttora celebrate nei paesi delle valli fermane), nelle inchieste ottocentesche sul mondo agricolo con sopravvivenze di antichi ordinamenti comunitari, nei viaggi degli umanisti da tutto il mondo alla ricerca di risposte (che cercava Antoine de La Sale mandato da Agnese di Borgogna, che cercava il Guerìn Meschino? Solo risposte sul futuro o modelli alternativi che costituiscono una critica ai poteri costituiti e vengono per questo additati come 'magici e diabolici'? Maghe malefiche o società di contadini libere e pacifiche dediti a una gestione giusta, equilibrata e pacifica di risorse comuni?), nei processi e nelle persecuzioni iniziati nel Trecento contro le comunanze e gli intellettuali che le hanno frequentate, come il celebre Cecco d'Ascoli arso vivo per mano degli inquisitori di papa Giovanni XXII, nella leggenda della sibilla o in quella rovesciata della madonna del telaio che, analizzate strutturalmente, testimoniano l'esistenza di una tradizione ove è assente la figura del padrone e *pater familias* (romano), del re e della regina (longobardi), del padreterno (apparso solo all'epoca della prima crociata). Come rileva la scrittrice Loredana Lipperini, esperta conoscitrice di storie di sibille, Joyce Lussu è la prima scrittrice a lasciarci un'interpretazione della sibilla appenninica da un'ottica di donna (prima di lei hanno scritto la storia della sibilla solo uomini). La sibilla di Joyce Lussu non è la maga della leggenda, non incanta e non seduce. Semplicemente, è una donna saggia e pacifica, attenta all'ambiente, che vive sulla terra e non ha nulla né di angelico né di demoniaco, nulla di soprannaturale o divino, anzi è molto umana. È ciò che rimane di antiche civiltà e diventano 'streghe' quando il nuovo sistema produttivo si impone e smantella vecchie forme di organizzazione più eque e rispettose. Joyce rintraccia nelle varie guerre contro i contadini condotte a partire dal XIV secolo anche i primi fenomeni di caccia alle streghe e si chiede: «Chi erano in realtà queste donne che oggi ci parlano soltanto attraverso gli atti dei processi montati con la tortura e con la frode, distorti dal raptus maniacale dei magistrati e degli aguzzini? Quali forze sociali e culturali intendeva annientare la classe dominante cristiana con questa efferata persecuzione, dalla strage ordinata da Giovanni XXII contro le incantatrici e i negromanti della Sibilla appenninica, al *Malleus Maleficarum* (maglio per le streghe) d'Innocenzo VIII, dal rogo di Giovanna d'Arco agli ultimi roghi di streghe nei paesi anglosassoni, quando già fiorisce l'epoca industriale? Che nessi vi sono tra il fenomeno delle streghe e le guerre contadine, tra la caccia alle streghe e il colonialismo razzista e schiavista dopo la 'scoperta' di altri continenti?».

Dunque, tra il 1976 e il 1978 Joyce pubblica per Mazzotta tre pamphlet che riprendono i tre temi attorno a cui ha lavorato intensamente per tutta la vita: le donne, l'ambiente e la pace. Lo fa con la sua originalissima cifra che, abbiamo visto, intreccia ricerca storica e vicende personali.

In *Padre, padrone, padreterno. Breve storia di schiave e matrone, villane e castellane, streghe e mercantesse, proletarie e padrone* (1976), diviso in capitoletti che riprendono le definizioni del sottotitolo, alle riflessioni su essere donna, civiltà, domani, Joyce aggiunge le sue memorie familiari (infanzia, formazione) per descrivere la condizione della donna del suo tempo così come ha avuto modo di osservare fin lì anche in altri paesi (in particolare parla delle donne dell'Unione sovietica e delle anziane in Cina). Quindi, dopo aver chiarito cosa intenda con 'civiltà' e 'inciviltà' – tema molto caro a Joyce, che considera storia e società in termini di lotta di classe tra una minoranza di privilegiati e le masse di sfruttati –, torna alle origini del diritto romano, con la sua struttura basata su *patria potestas* e *pater familias*. Nel suo *excursus* sulla storia delle donne, non esita a criticare il femminismo borghese e polemizzare contro le donne, appartenenti alle classi dominanti, che storicamente hanno spalleggiato e sostenuto modelli oppressivi e sfruttamento, dalle matrone romane alla parte notevole di donne che diedero il loro consenso al fascismo, passando per le borghesi della società capitalistica dagli albori sino a oggi.

La guerra è uno dei principali motivi di frizione tra Joyce e le femministe storiche. Ci sono donne che hanno sostenuto la guerra da complici parassitarie integrate nei meccanismi del capitalismo avanzato. Attorno al tema della guerra, come sappiamo, Joyce ha continuato a lavorare tutta la vita: torna in forma di breve storia antimilitarista ne *L'uomo che voleva nascere donna. Diario femminista a proposito della guerra* (1978). Joyce contesta la delega agli uomini del «problema della guerra» da parte dei movimenti femminili che così perpetuano «l'antica divisione secondo cui le donne si occupano delle questioni personali e gli uomini di quelle decisive». Per di più questi uomini appartengono a una particolare categoria, quella dedita alla pratica militare che, esattamente come avviene nella pratica religiosa con il clero, esclude totalmente le donne. Dopo il suo impegno in prima linea come resistente e la partecipazione alle liberazioni degli altri, dopo la militanza nel movimento dei Partigiani della pace, nel dopoguerra Joyce affronta la questione militare denunciando due fenomeni tipici dell'epoca che riguardano proprio il nostro paese: la presenza di basi americane nel nostro territorio e le servitù militari imposte alla Sardegna, oltre allo sviluppo dell'industria bellica assai fiorente nell'area del bresciano dove si producono mine, elicotteri e armi sempre più sofisticate che esportate costituiscono una delle voci principali del nostro Pil.

Tra questi due pamphlet usciti per Mazzotta e a lungo ristampati, c'è *L'acqua del 2000. Su come la donna, e anche l'uomo, abbiano tentato di sopravvivere e intendano continuare a vivere* (1977), in cui Joyce analizza storicamente i rapporti che l'uomo ha instaurato con l'ambiente. Con sensibilità quasi profetica (sibilla davvero!), Joyce si pone il problema del futuro e del mondo naturale (parlando di cibo, acqua, risorse ma anche di salute, rifugi, igiene, malattie, epidemia, sesso, infanzia e vecchiaia, dell'uomo e del suo rapporto con i beni e con la tecnica, con la sopravvivenza materiale e la convivenza nel mondo, casa di tutti) partendo dalla critica di «un sistema basato sulla mercificazione di tutti i prodotti e sul meccanismo del profitto e del mercato concorrenziale» che non può che «rendere pericolosamente precario l'equilibrio tra l'uomo e la produzione e di conseguenza tra l'uomo e l'ambiente». Di nuovo, nota che la sinistra si è occupata poco e male di questi temi, fin lì, mentre per lei sono centrali ed essenziali per arrivare al 2000 con progetti e intelligenza nuova. È un'idea di futuro concreta e basata su quanto è davvero necessario alla sopravvivenza nostra e del pianeta.

Sempre in quegli anni, Joyce guida un gruppo di lavoro sulla storia locale che vede impegnati giovani storici coordinati dal Centro beni culturali marchigiani che afferisce all'università di Urbino. Joyce pubblica così ricerche sulla medicina popolare, sulle streghe, sulle comunanze, e lo fa ispirandosi alla *Storia dell'Angola*, pubblicata mentre la liberazione di quel paese era ancora in corso, che Joyce e i suoi amici avevano tradotto e diffuso in Italia «come un delizioso libro di pedagogia, magnifico e modernissimo». Joyce, ricordando la sua esperienza come responsabile di una collana di studi storici, «Le molte storie di Italia», spiega così la sua metodologia storica:

Dopo un po' la collana è stata chiusa, perché scrivere un libro di storia non è cosa da poco; ma di sicuro questi libri fatti prima del Sessantotto erano un buon esempio di metodologia storica e tali sono rimasti. Adesso questi metodi di ricerca sono accettati da tutti, ma quando è uscita la *Storia del fermano* da me curata, c'è stata una specie di insurrezione. Tutti che dicevano: «Ma cos'è? Questa non è storia!» Vent'anni più tardi è stata la nostra stessa amministrazione provinciale a ripubblicarla e diffonderla nelle scuole. Oggi sono stati fatti notevoli passi avanti, riguardo la metodologia storica. E quindi il nostro sforzo di allora è valso a qualcosa. [...] Tutto questo è stato fatto prima del Sessantotto. Siamo stati degli antesignani. Assolutamente.

Oltre alla storia del territorio, Joyce si occuperà anche della storia della sua famiglia, con *Le inglesi in Italia* e la curatela dei libri di sua nonna Margaret Collier, il delizioso *La nostra casa sull'Adriatico*, prezioso racconto antropologico sulla vita quotidiana nelle campagne picene dell'Ottocento visto dagli occhi di una giovane e colta donna inglese di città, e *Babele*, che viene invece introdotto da sua sorella Gladys. La storia dell'avo Adlard Welby che dal Lincolnshire approda ad Ancona con le cinque figlie al seguito – Ethelin, Joanna, Casson, Susanna e Berta (Ethelin, se a qualcuno interessa, è la parente comune tra il ramo della mia famiglia e quello di Joyce) – e poi prosegue verso sud, la parte quacchera dei Collier (che invece arrivano da Plymouth) con Margaret che a Roma conosce il marchigiano Arturo Galletti, gli avi albanesi arrivati nelle Marche nel Cinquecento sono l'occasione per parlare di un territorio poco noto: quel lembo di Marche abitato da farfensi, borbonici, giacobini, proprietari e contadini, e persino da nobili inglesi con figlie scrittrici, in un singolare e assai produttivo amalgama di culture e influenze.

Le ricerche sul suo territorio alimentano anche le riflessioni sulla sibilla. Ne *Il libro delle streghe*, Joyce immagina di incontrare varie sibille e dialogare con loro, in giro per il mondo e in varie epoche: dall'Australia alla Biblioteca nazionale di Roma in Castro Pretorio, dai borghi delle Marche in cui lei va a passeggiare all'Olanda del Seicento con i massacri delle streghe da parte di cattolici e luterani, anglicani e calvinisti (divisi su tutto e d'accordo su una cosa sola: la caccia alle streghe) che, *Malleus Maleficarum* in pugno, hanno insanguinato il continente per secoli, e dalla Sibilla di Gerusalemme alle Zane albanesi, passando naturalmente dalla Sibilla appenninica.

Una Sibilla in carne e ossa, Joyce l'ha incontrata. In Sardegna. Lo racconta ne *Il libro Perogno*, narrando di quando va a Orgosolo a conoscere Elisabetta Lovico, *tiina*. Sibilla barbaricina, conoscitrice di erbe e guaritrice, Joyce la descrive come «una donna intera»:

> È abbastanza raro trovare una donna veramente intera. In generale, alle donne hanno sempre tolto qualche cosa: autonomia, autorità, identità. Portano i segni di adattamenti forzosi, di rinunzia a una parte di se stesse, di mortificazioni secolari, di mutilazioni profonde, di violenze subite che generano paure, inganni e meschinità. In Elisabetta non vi era nulla di tutto questo. Aveva autonomia, autorità e identità; e le usava bene, non per sopraffare, ma per aiutare la sua comunità, in maniera interamente femminile, diversa e opposta al potere patriarcale e guerriero; come le antiche sibille delle società comunitarie. Mi balzò in mente l'immagine delle dodici sibille di Visso, così simili a lei nel portamento fiero e ridente.

Elisabetta non è cristiana e non va in chiesa, ma non teme il prete; le parla di un'antica legge universale di giustizia che «riequilibrava instancabilmente le fratture e le contraddizioni tra le azioni costruttive e le azioni distruttive, tra la vita e la morte». La chiama con un nome all'inizio incomprensibile, «perogno», e solo dopo due ore di conversazione Joyce capisce che Elisabetta si riferisce a un antico libro, un libro che comincia con le parole latine «per omnia saecula saeculorum». Joyce è arrivata a Elisabetta grazie a un amico comune, Raffaello Marchi. A loro, nel corso di un'unica visita rimasta purtroppo senza seguito, Elisabetta spiega che quel libro risale all'epoca in cui le donne sapevano leggere e scrivere ma che nel corso della storia, escluse dall'istruzione proprio in quanto donne (lei stessa è analfabeta), avevano disimparato ed erano state costrette a tramandarsi le conoscenze esclusivamente per via orale, mandando a memoria i testi e ripetendosi a voce informazioni e scoperte. Discutono insieme di giustizia e di medicina, si ripromettono di rivedersi per approfondire la questione del Libro della Sapienza ma purtroppo Elisabetta morirà prima.

Per lei Joyce ha parole di ammirazione, ma quando tornerà a Orgosolo scoprirà che il paese ha dimenticato la sua guaritrice, la saggia che regolava la vita quotidiana della comunità e pacificava le liti: cancellata sia dal prete che dai compagni marxisti-leninisti che hanno preferito alimentare e coltivare «il romanticismo sanguinolento delle maschie vendette e dei funebri ululati delle prefiche» piuttosto che l'immagine «energica e umana» della donna intera Elisabetta.

Le sibille scompaiono e poi riemergono, lasciano tracce, sono esistite ed esistono. Basta andarle a cercare.

Nell'ultimo periodo della sua vita, Joyce indossa spesso occhiali scuri perché il male che affligge i suoi occhi bellissimi, con gli anni, peggiora. Ma la sua voce è quella di sempre, forte, chiara, e, aiutata da amiche ed estimatori che la chiamano ovunque, gira, viaggia, lavora. Lavora anche con me, e con altre donne con cui scrive le sue ultime riflessioni, sulla civetteria con Luana Trapè, sulla storia con Viviana Simonelli, sui temi a lei cari con Maria Teresa Sega che per anni ha raccolto testi e brani su e di Joyce da proporre agli insegnanti diventati poi un libro, *Sguardi sul domani*, che è un prezioso strumento per conoscere il percorso di Joyce e riannodare i tanti fili e i tanti argomenti.

Joyce selezionava dal suo passato episodi e spunti che potessero essere utili per il futuro, tralasciando quelli definibili come fini a se stessi, cioè non produttivi per riflessioni in comune. Via quindi quelli troppo privati e intimi: c'era già una marea di materiale che le persone che si sono occupate hanno cercato di gestire rispettando il dettato del suo insegnamento.

Durante le nostre interviste per il mio libro, in quegli incontri che si svolsero nel corso di anni, quando provai a dire: «Joyce, dovremmo seguire una scaletta», lei mi rispose: «la scaletta sono io», e questo per me spiega tutto: Joyce ponte, Joyce scaletta, Joyce centro propagatore, Joyce reloaded, unplugged, live, Joyce never ending tour, Joyce che rimasterizza e anche Joyce con le varie band, dagli anarchici del circolo Napoleone Papini di Fano a quelli della comune agricola Aurora di Offida; Joyce con le streghe a fuoco; Joyce con i suoi editori di Ancona che la accompagnano a Pedaso, a ottant'anni, all'alba, a prendere un passaggio da un tir carico di cozze che la porta a Barcellona per una visita oculistica da un famoso specialista; Joyce con i compagni sardi a cui affida gli scritti di Emilio per poi andarseli a riprendere – racconta la leggenda – 'armi in pugno' perché sono finiti per sbaglio all'università e non vuole che si costruiscano carriere accademiche sulle sue carte; Joyce che rinuncia a un invito alla televisione francese perché ha già un impegno con una scuola media di Cagliari; Joyce che si definisce, abbiamo visto, una scrittrice «di complemento» perché scrive per parlare a più persone possibile, non altro (dice); Joyce che sceglie di pubblicare con editori indipendenti piccoli e piccolissimi per aiutarli a crescere (ricordo di Mangani di Il lavoro editoriale: «quando trovammo questi libri delle inglesi in Italia, della nonna di Joyce, pensavamo che ce ne sarebbero stati altri, in qualche archivio di famiglia delle Marche, dunque cominciammo con Joyce e fu un inizio unico e irripetibile»); Joyce che, ormai impossibilitata a scrivere a causa della cecità incombente, pratica uno straordinario uso della memoria e dell'oralità cesellando parole, rimodellando il racconto, affinando ancor di più la comunicazione parlata e lavorando sulla voce, affidando le sue riflessioni anche alla scrittura di altri (o meglio altre, come nel mio caso).

Nell'ultimo decennio di vita, Joyce aveva il progetto di trasformare la sua casa in una libera e informale accademia di cui sarebbe stata ispiratrice e referente, con giovani significativi per esperienze di vita e preparazione intellettuale, consentendo loro un proficuo scambio di opinioni, la messa in comune di studi, l'avvio di progetti. Anche per questo Joyce si era circondata di persone con cui dialogare e dopo la sua morte, avvenuta il 4 novembre del 1998, sono stati raccolti molti ricordi su di lei. Negli anni sono stati ricavati spettacoli teatrali su Joyce Lussu, un documentario, molte tesi di laurea, sono stati fatti almeno tre preziosi convegni, ad Armungia è stato aperto il museo Emilio e Joyce Lussu, c'è un premio letterario a suo nome a Offida. A Joyce Lussu sono state intitolate vie, biblioteche, asili nido in giro per l'Italia: per lei la toponomastica delle donne era importante (ricordo quando mi 'ordinò' di fare la mia tesi di laurea su Louise Michel, anarchica comunarda che io non conoscevo, spiegandomi che era una figura talmente amata dai francesi che le avevano dedicato una via e una fermata del metrò, cosa da noi impensabile).

Mi piace ricordare che Joyce terminava spesso i suoi interventi (e anche un suo libro) con la formula «larga la foglia, stretta la via, dite la vostra che ho detto la mia», che è l'invito a passare la parola, e quindi a confrontarsi, criticare, discutere, studiare.

Ha scritto anche della sua morte, in un paio di poesie:

Tutta questa felicità
non potrà sparire dal mondo
anche dopo il gran tuffo nell'aldilà
continuerà a svolazzarvi attorno
travestita da lucciola o da farfalla
o saltellando sulle stelle
o giocando allo scivolo con le sibille
giù per l'arcobaleno o sul crinale
di un raggio di sole al tramonto
o magari danzando sulle punte
lungo una nota musicale.

E lo ha fatto forse in un'altra poesia (a cui si è già accennato), l'ultima che ha lasciato, dedicata al figlio, che sembra scritta quasi a chiusura di una vita. È una poesia triste, dedicata al suo Giovanni piccolo che, disperato per le partenze della mamma, piange e la prega di non lasciarlo solo. Joyce sente di aver sbagliato, lo ha detto molte volte, ma mai con toni così dolorosi e con tanta severità verso se stessa:

> Ma io tutta infervorata
> dalle grandi prospettive
> che coinvolgono tanta gente
> ho la testa piena di grandi parole come:
> dovere, lavoro, ideali, giustizia e libertà

E dice che c'era anche qualcosa come un pizzico di vanità o il gusto di sentirsi lodare, mentre ora darebbe «tutte le lodi e i libri / tutte le opere e tutte le parole della mia vita» per ricominciare daccapo. Sappiamo che Joyce ha agito in tanti modi per aiutare i bambini (con le sue poesie, con i suoi reportage, con le sue spedizioni nei paesi disastrati), ma sente di aver trascurato il suo, che è stato il vero amore della sua vita, «perfetto e totale», facendosi distogliere da cose che dalla distanza forse non le sembrano più così importanti.

Della nostra ultima conversazione, al telefono, pochi giorni prima della sua morte, preferisco non parlare perché è una di quelle cose private (e molto dolci) che conservo come una cosa tutta per noi.

Mi chiamava dall'ospedale, io a Milano lei da Roma, e su questo lascio la parola a Mimmo Franzinelli, lo storico di cui Joyce mi diede due libri la prima volta che ci incontrammo: «Ironia della sorte, l'ultima volta che ci sentimmo (inizio autunno 1998) si trovava ricoverata al policlinico romano Gemelli. Mi telefonò più volte, ironizzando sul nome dell'ospedale e chiedendo di inviarle alcune copie del libretto su padre Gemelli. Ancora a pochi giorni dalla morte era sorretta dal desiderio di nuovi incontri e di viaggi su e giù per l'Italia. Con Joyce non era certamente il caso, da parte delle suore che prestavano servizio al Gemelli, di tentare la carta della conversione in extremis: se ne andò con le medesime convinzioni laiche che l'avevano animata, fedele allo stile di vita che si era scelto».

Le ceneri di Joyce sono insieme a quelle di Emilio, al cimitero acattolico di Roma, al Testaccio, dove riposano tanti scrittori e poeti, da Keats a Shelley, da Amelia Rosselli a Gadda, oltre a scultori, archeologi, architetti, artisti. Si trovano vicino alla tomba di Gramsci, in mezzo alle rose selvatiche e ai mirti, con i gatti che passeggiano tra lapidi incise in decine di lingue.

È un racconto che va ascoltato, raccontato di nuovo e, magari, ogni tanto, ripreso da capo. Il racconto di Joyce l'ho ripetuto molte volte, l'ho ripercorso, ho aggiunto letture e voci di altri che lo hanno studiato.

Alcune sue frasi potrei recitarle a memoria (e so che anche altri potrebbero farlo, me lo dicono). Per esempio, «Essere donna, l'ho sempre considerato un fatto positivo, un vantaggio, una sfida gioiosa e aggressiva. Qualcuno dice che le donne sono inferiori agli uomini, che non possono fare questo e quello? Ah, sì? Vi faccio vedere io! Che cosa c'è da invidiare agli uomini? Tutto quello che fanno, lo posso fare anch'io. E in più, so fare anche un figlio». E i versi delle sue poesie («Lo ricordate, madri / ricordate Tonello di Marzabotto?»), e le poesie dei 'suoi' poeti nelle sue traduzioni, e le sue considerazioni sull'ironia, sulle lingue, e alcuni passaggi del libro di sua nonna, e i toni di Emilio: un mondo di libri e di racconti.

Ogni tanto, ancora oggi, quando scrivo le mie cose, i miei libri, mi sorprendo a usare parole che so di aver ascoltato da lei, letto nelle sue pagine. «Questa è Joyce», penso. Più tardi, man mano che il tempo passava, e gli anni diventavano decenni, mi capitava di ripercorrere le sua tappe verso la maturità alla luce delle tappe che anche io raggiungevo – quarant'anni, cinquanta, le cose che cambiano nel lavoro, i libri che si accumulano – e mi sembrava di capire meglio altre cose, quindi adattavo anche il mio racconto (in occasione di incontri in Sardegna, nelle Marche, a Milano in libreria, tra donne) ad altri aspetti che magari fin lì avevo trascurato: il suo reinventarsi e ricercare la sua cifra, il suo tono, le sue riflessioni sulle lingue e le traduzioni, le frizioni con le donne del suo tempo, con una certa sinistra, il rapporto con il luogo da cui entrambe proveniamo, l'attenzione per l'ambiente, la sensibilità verso i più giovani adesso che non sono più giovane neanche io, e mille altre cose che vengono fuori ogni volta che riprendo in mano i suoi libri o riascolto la sua voce che ho incisa su nastro: caccia alle streghe, preti, fascisti, mondo, storia, letteratura, uomini e donne che resistono, sibille.

Penso spesso ad alcune sue frasi che per me sono come un totem segnavia (sull'essere donna, su cosa si deve fare, sulle relazioni tra persone, su cos'è civiltà e cosa invece è barbarie).

Penso alla sua casa, che avrebbe dovuto diventare un luogo dove fare storia e discutere di pace ma in cui il patrimonio di memoria e storia, arricchito dal tocco personale di Joyce nella disposizione degli spazi per ospitare, degli arredi pensati per conversare, dei tavoli su cui scrivere, e con i campi, fuori, in cui continuano a crescere le erbe e le verdure che metteva nei suoi minestroni formidabili, andrebbe in qualche modo recuperato e condiviso come aveva fatto lei. Penso ai fiori freschi che metteva in fondo al tavolo ogni mattina per ricordare la mamma Giacinta che tanto aveva amato piante e animali.

Penso a Joyce ogni volta che in città vedo dei fiori: penso a quando, da giovane e senza un soldo a Parigi, raccoglieva gli scarti lasciati a terra nei mercati smontati a fine giornata – i gambi spezzati, le corolle stropicciate, le foglie calpestate – e se li portava in casa per bagnarli, metterli in un vaso, farli vivere ancora un po', ricomponendoli in bouquet sorprendenti e bellissimi.

Post scriptum

Ci sono cose che vengono fuori a distanza di anni. Sono ricordi che abbiamo tenuto per noi. Io continuo a tenermi per me l'ultima telefonata con Joyce, ma Mimmo Franzinelli, invece, adesso ha tirato fuori un'altra cosa, più intima, più segreta, riguardo all'ultima volta che l'ha sentita. Capisco che non ne abbia parlato fin qui, dando la precedenza, a ridosso della morte di Joyce, all'aspetto dell'ironia (la storia del policlinico Gemelli aveva, naturalmente, colpito molto anche me). Però, Joyce era ironia e poesia. E preveggenza. E allora è giusto anche rievocare che in quell'ultima telefonata Joyce gli parlò, dettagliatamente, di un sogno che aveva fatto la notte prima e che lui mi ha raccontato solo in questi giorni.

Nel sogno, Joyce aveva rivisto Emilio, si erano incontrati da qualche parte per sposarsi, e lei portava una lunga veste bianca ricamata che era un abito da sposa, ma anche, forse, la camicia da notte che indossava in quegli ultimi giorni. Joyce era stata contenta di aver fatto quel sogno: di questo appuntamento che aveva con Emilio da qualche parte, e che lei aspettava come già era accaduto con successo tante volte nella loro vita grazie alla loro speciale telepatia familiare, ne aveva parlato come di una cosa che le aveva messo allegria e lasciato un grande sentimento di pace per quell'ulteriore possibile incontro, atteso da tanto tempo.

Nota bibliografica

Ho consultato molti libri per ripercorrere il 'continente Joyce' (definizione di Mimmo Franzinelli, che vorrei ringraziare per la gentilezza e generosità con cui ha letto in anteprima questo testo fornendomi prontamente suggerimenti e precisazioni). Non riuscirò a citare tutti i titoli: qui di seguito ne propongo solo una scelta, quelli che più di altri hanno costituito guida e supporto per questo racconto. Molti di questi libri hanno avuto riedizioni negli anni, altri vanno cercati in archivi e biblioteche (a questo proposito: grazie davvero a Federica Trenti che mi ha mandato il suo prezioso lavoro e a Marcella Piccinini che ha sempre risposto a tutte le mie domande).

Di Joyce non cito la bibliografia completa, che è lunga e articolata, ma elenco i libri da cui ho tratto più citazioni e notizie. Senz'altro quelli più autobiografici come *Fronti e frontiere*, in *Storie* (Il lavoro editoriale, 1986), *Portrait* (Transeuropa, 1988), *Inventario delle cose certe* (Andrea Livi Editore, 1994), *Liriche* (Ricciardi, 1939), *Tradurre poesia* (Mondadori, 1967), *Il turco in Italia, ovvero l'italiana in Turchia* (Centro Internazionale della Grafica Venezia, 1996), accanto ai tre pamphlet *Padre, padrone, padreterno. Breve storia di schiave e matrone, villane e castellane, streghe e mercantesse, proletarie e padrone* (Mazzotta, 1976), *L'acqua del 2000. Su come la donna, e anche l'uomo, abbiano tentato di sopravvivere e intendano continuare a vivere* (Mazzotta, 1977), *L'uomo che voleva nascere donna. Diario femminista a proposito della guerra* (Mazzotta, 1978).

Per la figura della Sibilla, *Il libro delle streghe* (Transeuropa, 1990) e *Tra comunità e comunanze all'ombra della Sibilla: divagazioni picene* (in «Proposte e ricerche», 20, 1988, pp. 111-116).

Per varie puntualizzazioni biografiche, ho ripreso in mano il 'nostro' libro *Joyce L. Una vita contro* (Baldini & Castoldi, 1996).

Importanti raccolte dei suoi interventi sono *L'olivastro e l'innesto*, a cura di Manlio Brigaglia (Edizioni Della Torre, 2018), *Con Emilio. Per la Sardegna nella storia di tutti*, a cura di Giuseppe Caboni (Cuec, 2013) e *Un'eretica del nostro tempo. Interventi di Joyce Lussu ai meeting anticlericali di Fano (1991-1995)*, a cura di Luigi Balsamini (Gwinplaine, 2012).

Inoltre di Joyce vorrei citare *Sherlock Holmes nelle Marche. Anarchici e siluri* (Il lavoro editoriale, 1982) e, tra le varie traduzioni e curatele, *In quest'anno 1941* di Nazim Hikmet (Lerici, 1961), *Con occhi asciutti* di Agostinho Neto (Il Saggiatore, 1963), *Canti esquimesi* (Edizioni Avanti!, 1963), *Poesie d'amore* di Nazim Hikmet (Mondadori, 1963), *L'idea degli antenati. Poesia del Black Power* (Lerici, 1968), *La poesia degli albanesi* (Eri, 1977).

Fondamentali guide che ho tenuto accanto dall'inizio sono state *Joyce Lussu. Biografia e bibliografia ragionate* di Antonietta Langiu e Gilda Traini (Assemblea legislativa delle Marche, 2008), *Il Novecento di Joyce Salvadori Lussu* di Federica Trenti (Le Voci della Luna, 2009) e *Joyce Lussu. Una donna nella storia* (Cuec, 2003).

Spunti di riflessione sono arrivati anche da *Joyce Lussu, sibilla del Novecento*, a cura di Vittoria Ravagli (Le Voci della Luna, 2008), *La vita è infinita. Ricordo a più voci di Joyce Lussu* (Andrea Livi, 2000), *Sguardi sul domani*, a cura di Maria Teresa Sega (Andrea Livi, 1996), *Joyce Lussu. Il più rigoroso amore* a cura di Francesca Consigli (Alinea, 2002), *La resistenza continua. Il colonialismo portoghese, le lotte di liberazione e gli intellettuali italiani* di Vincenzo Russo (Meltemi, 2020), *Sulla civetteria* di Luana Trapé con Joyce Lussu (Voland, 1998), *Lotte, ricordi e altro* di Joyce Lussu (Biblioteca del vascello, 1992) e da tesi su Joyce facilmente consultabili online.

Su Emilio, libri suoi e su di lui. Di Emilio Lussu, *Marcia su Roma e dintorni* (Einaudi, 2014), *Diplomazia clandestina*, in *Alba Rossa* (Transeuropa, 1990), *La catena* (Baldini & Castoldi, 1997), *Un anno sull'Altipiano* (Einaudi, 1994), *Il cinghiale del diavolo. Caccia e magia* (Lerici, 1968), *Un bombardamento notturno* (Henry Beyle, 2019). La biografia *Il cavaliere dei Rossomori* di Giuseppe Fiori (Il Maestrale, 2010), *Lipari 1929. Fuga dal confino* di Luca Di Vito e Michele Gialdroni (Laterza, 2009), *La trincea e i pascoli. Il socialismo di Emilio Lussu* (in «Il de Martino», 28, 2018).

Sulla famiglia Salvadori, *Lettere fermane* di Giacinta Salvadori (Il lavoro editoriale, 1989), *Le inglesi in Italia* di Joyce Lussu (Lerici, 1970), *La nostra casa sull'Adriatico* di Margaret Collier (Il lavoro editoriale, 1987), gli interventi di Joyce, Max e Gladys sul padre in *Scritti in ricordo dei proff. Antonio Cardarelli e Guglielmo Salvadori* (Biblioteca civica di Porto San Giorgio, 1982), l'intervista di Joyce rilasciata ad Anna Maria Mori contenuta nel libro *Nel segno della madre* (Sperling & Kupfer, 2000).

Su Max Salvadori, i suoi *Resistenza ed azione. Ricordi di un liberale* (Laterza, 1951) e *La Resistenza nell'anconetano e nel piceno* (Opere Nuove, 1962), l'introduzione di Mimmo Franzinelli alla *Breve storia della resistenza italiana* di Max Salvadori (Neri Pozza, 2016), *Max Salvadori. L'uomo, il cittadino*, a cura di Alfredo Luzi con la collaborazione di Clara Muzzarelli Formentini (Andrea Livi, 1996).

Sui rapporti con gli inglesi, Roderick Bailey, *Target: Italy. I servizi segreti inglesi contro Mussolini, le operazioni in Italia 1940-1943* (Utet, 2014) e David Stafford, *La resistenza segreta. Le missioni del SOE in Italia 1943-1945* (Ugo Mursia, 2013).

Sul periodo della resistenza vorrei citare, tra gli altri, Leo Valiani, *Tutte le strade conducono a Roma* (Il Mulino, 1995), Marcello Flores e Mimmo Franzinelli, *Storia della Resistenza* (Laterza, 2019), Santo Peli, *Storia della Resistenza in Italia* (Einaudi, 2017), Benedetto Croce, *Quando l'Italia era tagliata in due* (Laterza, 1948), Vera Modigliani, *Esilio* (Garzanti, 1946), Anna Bravo e Anna Maria Bruzzone, *In guerra senza armi. Storie di donne 1940-1945* (Laterza, 1995), Chiara Colombini, *Anche i partigiani però...* (Laterza, 2021), Noemi Crain Merz, *L'illusione della parità. Donne e questione femminile in Giustizia e Libertà e nel Partito d'Azione* (FrancoAngeli, 2013), Catherine Moorehead, *La casa in montagna. Storia di quattro partigiane* (Bollati Boringhieri, 2020), Giovanni De Luna, *Storia del Partito d'Azione 1942-1947* (Editori Riuniti, 1997), Paul Ginsborg, *Storia d'Italia dal dopoguerra a oggi* (Einaudi, 2006), *L'azionismo nella storia d'Italia, 1946-1953*, a cura di Lamberto Mercuri (Il lavoro editoriale, 1998), Carlo Levi, *L'Orologio* (Einaudi, 2015).

Indice

Annotazioni